KB066225

The Art *of* Memoir

아마존 · NPR · 샌프란시스코 크로니클
슬레이트 · 세인트 루이스 디스패치…
올해 최고의 책!

"인생 이야기를 쓰려는 이들은 물론, 좋은 친구나 연인이 되려는 사람들에게도 유용하다."
《모어》

"쓰기의 기술이 아닌 삶의 기술이라 할 것."
《샌프란시스코 크로니클》

"이 책에서 가장 안심되는 점은 자기 의심으로 가득 찬 조언이라는 것이다."
《워싱턴 포스트》

"자기 글의 비밀을 밝히고 핵심 요소들을 분해하는 과정을 통해 영리하고 지혜로운 목소리를 듣게 될 것이다."
《월스트리트 저널》

"진실된 자아를 위한 글쓰기로 인도하는 책이다."
《오프라 매거진》

"인생록을 사랑하는 사람들, 책의 진화를 궁금해하는 모든 이들에게 필요한 책이다."
《퍼블리셔스 위클리》

"걷잡을 수 없이 유쾌하며 솔직한 책이다. 앞으로 오랫동안 인생록 읽기와 쓰기에 관한 필독서가 될 것이다."
『와일드』 작가, 셰릴 스트레이드

"메리 카는 훌륭한 스승이다. 자전적 글을 쓰고자 하는 사람은 영감을 얻을 것이고, 성찰하는 삶을 살고자 하는 사람은 다시금 언어와 문학을 향한 사랑에 푹 빠질 것이다."
맨부커상 수상 작가, 조지 손더스

The Art of Memoir

인생은 어떻게 이야기가 되는가

경험이 글이 되는 마법의 기술

메리 카 지음 | 권예리 옮김

지와인

헨리 데이비드 소로Henry David Thoreau의 『월든Walden』은 한 남자가 호숫가 숲으로 들어가 통나무집 한 채를 짓고 산 2년의 체험을 담은 책입니다. 당시 소로는 유명한 인물이 아니었습니다. 책 출간도 어려웠고 출간한 다음에도 독자들의 반응은 냉담했습니다. 하지만 오늘날 그의 숲속 인생 이야기는 전 세계인들의 인생 지침서가 되고 있습니다.

현대 사회에서 가장 인기 있는 장르를 묻는다면 단연 '자전적 글쓰기'라 할 것입니다. 이제까지 사람들에게 영감과 용기를 주는 훌륭한 문학 작품들은 대부분 '픽션'이 차지해왔지만, 그 경계는 이미 모호합니다. 노벨문학상 수상 작가 아니 에르노Annie Ernaux는 "직접 경험하지 않은 것은 쓰지 않는다"라고 말합니다. 그의 작품은 픽션처럼 읽히지만 그 내용이 진실이라는 믿음이 없다면 수많은 독자들의 마음을 움직일 수 없었을 것입니다.

이 책은 작가 메리 카Mary Karr가 알려주는 '자전적 글쓰기'에 대한 조언입니다. 메리 카는 1995년에 발표한 첫 인생록 『거짓말쟁이들의 클럽The Liars' Club』으로 《뉴욕 타임스The New York Times》 베스트셀러 작가, 펜/마르타 알브랜드상 수상자, 전미비평가협회상 최종 후보자가 되었습니다. 그의 작품은 전 세계 최대 서평 사이트인 "굿리즈goodreads"에 6만 5천여 개의 서평이 달릴 정도로 큰 사랑을 받으며 전미 대륙에 자전적 글쓰기 열풍을 불러일으켰습니다. 작가 스티븐 킹Stephen King은 "그저 전부 다 놀라웠다"라고 말했으며, 퓰리처상 수상자인 조너선 야들리Jonathan Yardley는 "꼭 말해야 할 미국인의 이야기다. 아름다운 작품"이라는 찬사를 보냈습니다.

그가 쓴 것이 남다르게 특별한 이야기일까요. 메리 카의 작품에는 어린 시절 겪은 텍사스 남동부 작은 산업 도시의 풍경이 담겨 있습니다. 그는 공장에서 일거리가 없을 때 함께 모여 술을 마시고 수다를 떨던 아버지와 친구들, 알코올 남용과 심리적 문제가 있는 가족, 어머니의 정신적 불안, 성폭력과 죽음과 불평등에 대한 경험과 목격담들을 썼습니다. 매우 진실하게, 자신만의 목소리로 말입니다.

누구나 가끔 생각합니다. '내 인생도 글이 될 수 있을까?' 솔직히 쉽지는 않습니다. 그러나 인생을 특별하게 만드는 게 특별한 사건이 아니라는 것은 분명합니다. 평범한 경험에서도 가치를 발견하고, 숨기고 싶은 자신의 내면을 끝까지 대면하며, 타인과 깊이 공감하려는 태도가 있다면, 오직 나만이 말할 수 있는 이야기를 찾을 수 있을 것입니다. 한 번도 얼굴을 못 본 이들에게 즐거움을 주고, 그들이 오래된 트라우마에서 벗어날 용기와 삶을 뜨겁게 살아갈 열정을 불러일으킬지도 모릅니다.

메리 카의 『인생은 어떻게 이야기가 되는가The Art of Memoir』를 출간하는 이유는, 이 책이 '자기 이야기를 쓰고 싶은' 욕망을 가진 이들이라면 가장 먼저 읽어야 하는 지침을 담고 있기 때문입니다. 작문 기술과 구성법을 아무리 잘 안다 해도 남을 감동시키는 글쓰기는 쉽지 않습니다. 그것은 오직 과거와 현재의 자아를 어떻게 다루느냐에 달려 있습니다. 자신을 멋지게 포장하고 싶은 유혹에서 벗어나, '과거의 나'를 있는 그대로 발굴하고, '현재의 내'가 성장하고 변화할 때, 당신 인생은 반짝이는 이야기를 내놓을지도 모릅니다.

이 책을 펴내면서 가장 신경 쓴 부분은 '회고록'이라고 번역되는 '메모아memoir'라는 단어의 표기입니다. 한국에서 회고록이라고 하면 자서전autobiography이라는 한정적인 의미로 이해합니다. '메모아'는 자신의 체험을 이야기의 형태로 쓰는 광의의 글쓰기로 이해해야 할 것입니다. 때문에 이 책에서는 '메모아'를 인생록, 인생 글쓰기, 자전적 글쓰기 등 맥락에 맞추어 다양하게 표기했습니다. '메모아'는 기억이라는 단어인 '메모리memory'와 어원이 같습니다. 이 책을 통해 당신의 기억이 글이 되는, 마법 같은 일이 일어나길 바랍니다.

마침내 진실한 문장을 하나 쓰면,

거기서부터 계속 써나갈 수 있었다.

그리 어렵지 않은 일이었다.

내가 알고 있거나 어디에선가 읽었거나 남에게 들은 것 중에

진실한 문장 하나쯤은 있었으니까.

어니스트 헤밍웨이 Ernest Hemingway

일러두기

1. 단행본은 『』, 단편소설과 단편 에세이와 시는 「」, 신문과 잡지는 《》, 영화 등의 작품 제목은 〈〉로 표기했습니다.

2. 외국 인명과 지명 등은 국립국어원 어문 규정의 외래어 표기법을 따랐습니다. 외래어 병기는 작가, 작품 등에 한정하였습니다.

3. 일부 용어의 경우 관용 표현을 따랐습니다. 한국 독자들에게 낯선 용어, 표현 등은 이해하기 편한 표현으로 대체하였습니다.

4. 저자 주는 ( ), 옮긴이 주는 * *로 표기했습니다.

삶을 견뎌낸 이들에게는 이야기가 있다

이 책의 프롤로그는 내가 몇 년이고 만지작거리고 물어뜯은, 끼익 끼익 소리 나는 고무 장난감이다. 자전적 글쓰기 장르는 바야흐로 전성기를 맞았다. 하지만 이미 수백 년 전부터 이 장르는 기인과 성인, 정치인과 영화배우 등 아웃사이더의 예술이었다. 내가 대학원생일 때 누군가가 자전적 글쓰기란 쌀 한 톨에 주기도문을 써넣는 것이라고 말했다.

내가 이 장르의 글쓰기에 애착을 갖는 한 가지 이유는 세상을 살아가는 누구라도 인생록을 쓸 수 있다는 민주주의적인 성격이 있기 때문이다.

소설에는 얽히고설킨 플롯이 있고, 시에는 음악적 형식이, 역사책과 전기에는 객관적 진실이 있다. 인생록에서는 하나의 사건이 다른 사건으로 이어진다. 주인공이 태어나고 사춘기가 되고 성에 눈을 뜬다. 이런 사건들을 하나의 작품으로 묶어주는 요소는 우연과 테마, 그리고 한 사람이 지난날을 이해하려 애쓰는 데에서 우러나오는 순수하고 설득력 있는 서정성이다.

필립 고레비치Philip Gourevitch는 권위 있는 문예지 《파리 리뷰The Paris Review》의 편집자로 일하면서 문학적 논픽션 작품이 급증하는 현상을 자세히 관찰했다. 다음은 그가 《파리 리뷰》를 그만둘 때 했던 연설의 일부분이다. 그는 자전적 글쓰기가 수준 낮은 형식이라는 비판은 사진에 회화다운 독창성이 없다고 폄하하는 것이나 마찬가지라고 말했다.

> 지난 50년간 회고록과 르포르타주, 그리고 형태 · 분량 · 문체를 막론하고 사실을 다룬 문학 분야에서 흥미진진하고 새로운 작품이 폭발적으로 늘었습니다. 그러나 유감스럽게도 문학계에는 광범위하게 논픽션이라 일컫는 장르가 '문학'에 낄 자격이 없다는 우월 의식이 아직 남아 있습니다. 논픽션은 소설보다 왠지 모르게 예술적 기교나 상상력이나 창의성이 떨어진다고 은근히 암시하는 겁니다. (…) 하지만 제가 잡지에 실은 논픽션 작품은 소설에 견주어 결코 수준이 떨어지지 않았습니다.

요즘 사람들은 한때 비평가들이 장문의 글로 이런 종류의 글들을 공격한 일을 모를 것이다. 이제 눈에 들어오는 인생록이란 인생록은 죄다 읽고, 그중 훌륭한 작품들을 수업에서 가르친 지 30년이 지났고, 세 권의 책을 직접 쓰기까지 했다. 그래서 자전적 글쓰기라는 장르를 통일하는 이론 혹은 만물 이론이라고 부를 만한 것을 만들어보았다. 내가 더 나은 사람이었다면 진작에 만들었을 것이다(머릿속의 목소리가 잔소리를 한다. 내가 더 나은 사람이었다면 오레오 쿠키를 순식간에 한 줄씩 먹어치우지 않을 것이다). 책을 알파벳순으로 꽂고 머릿속 생각들을 파워포인트 슬라이드로 착착 정리해 둔, 완벽하게 체계가 잡힌 사람이었다면.

이 책을 쓸 때 나는 그런 체계를 찾으려고 대형 문구점에 가서 카트를 밀었다. 몇 시간 뒤 눈을 뒤집어쓰고 사냥감을 입에 물고 바닥에 질질 끌고 가는 사냥개처럼 집에 들어갔다. 진열용 이젤 세 개, 알루미늄 틀에 끼운 코르크판 네 개, 플립차트 한 개, 색색의 인덱스카드와 포스트잇을 잔뜩 샀다.

하지만 여름쯤 우리 집 거실은 벽 여기저기에 종이쪽지가 붙어 있고 창유리에 화살표와 메모가 적힌 연쇄살인범 강력수사본부과 눈곱만큼도 비슷하지 않았다. 인덱스카드에는 이런 글이 쓰여 있었다. "마이클 허Michael Herr와 피부가 벗겨진 사람 이야기를 써라!" 성 아우구스티누스Augustinus(4~5세기 로마의 주교이자 성인. 섹스 중독자로 추정되고 회고록의 아버지라고 볼 수 있다)의 말이 적힌 카드도 있었다. "주여, 저에게 순결을 주소서. 하지만 아직은 안 됩니다." 나는 몇 달 동안이나 깜빡이는 모니터의 커서를 쳐다보고만 있거나 내가 썼으면 좋았겠다 싶은 책들에 코를 박고 있었다. 털이 이상하게 깎인 개처럼 침대 밑으로 도망치고 싶은 마음을 꾹 눌러야 했다.

글을 쓸 때면 언제나 실패할 것이라는 두려움에 휩싸여 펜을 든다. 작은 진실을 말하려고 하면 좋은 말만 듣고 싶어 하는 괴물 같은 자아가 자꾸 겁을 준다. 그래도 괜찮다. 바로 그 때문에 무한히 현명한 신께서 우리에게 딜리트 키를 내려주셨으니까.

친한 동료 교수가 내가 수십 년 동안이나 학생들에게 자전적 글쓰기를 가르쳐왔고 그 일을 즐겼다는 사실을 일깨워주는 바람에 얼떨결에 이 책을 구상하게 되었다. 사실 강의에서 나의 가장 중요한 역할은 누구보다도 오랫동안 이 장르를 아끼고 사랑해온 열정을 보여주는 것이었다. 나는 언젠가 이렇게 썼다. "나중에 커서 절반은 시, 절반은 자서전을 쓸 것이다." 어렸을 때 헬렌 켈러Helen Keller와 마야 안젤루Maya Angelou의 이야기를 읽으며 외로움을 조금이나마 떨칠 수 있었다. 미신 같지만 나는 그들이 '나에게만' 말한다고 믿었다.

아이가 어른으로 성장하는 이야기를 담은 일인칭 시점의 실화를 읽을 때마다, 언젠가 나도 자라나 엉망진창인 환경에서 벗어날 수 있다는 희망을 키워갔다. 절망적인 가정생활의 혼란에서 벗어나고 자신을 보호하려고, 하루에 몇 시간씩 책을 읽으며 사회적으로 용인되는 현실 도피에 열중하던 나날이었다. 흑인민권운동 이전의 아칸소에서 태어난 안젤루, 가엾게도 보지도 듣지도 못한 켈러, 이런 사람들도 각자 지옥 같은 고통을 견디고 누구나 우러러보는 작가가 됐다면, 어쩌면 나 역시 그렇게 할 수 있을지도 몰랐다.

삶을 견뎌낸 사람들은 누구나 할 이야기가 있다. 그들이 살아남은 사연을 읽으며 나는 마약이라도 주입받은 것처럼 희망이 차오르고 설렜다. 비슷한 줄거리의 소설도 읽어봤지만 자전적 논픽션을 읽을 때만큼 마음이 움직이지는 않았다.

허구의 문학도 더러 실제 체험을 바탕으로 하지만, 진실한 내용을 보장하지는 않는다. 소설을 읽는 중에 일인칭 화자에게 홀릴 때도 많지만, 실제로 있었던 일이 아닌 허구라서 그런지 현실의 나에게 영향을 주지 않는다. 자신의 과거를 고백한 작가에게는 신비하고 강렬한 동질감을 느끼지만, 아무리 훌륭한 소설을 읽어도 소설가에게는 그런 감정을 느끼지 못한다.

이런 이야기를 털어놓기가 부끄럽다. 책이 팔리면 돈을 버는, 만나본 적도 없는 작가에게 동질감을 느낀다는 것이 너무 고지식하게 들리기 때문이다. 마치 스트립쇼 댄서들이 자기를 진짜 좋아하는 줄로 착각하는 남자 같다.

돈 드릴로Don DeLillo는 소설가는 의미에서 시작해 그것을 나타낼 사건들을 만들고, 회고록 작가는 사건들에서 시작해 의미를 끌어낸다고 말한 적이 있다. 그런 면에서 자전적 글쓰기는 체험에서 자연스럽게 솟아난다고 볼 수 있다. 수업에서 대학생들에게 왜 이런 글들이 좋은지 물었을 때, 한결같이 그들은 힘겨운 시기를 잘 견뎌내고 그 이야기를 책으로 써서 작가가 됐다는 사실에서 희망을 얻었다는 순수한 감상을 내놓았다.

"살아남은 것만 해도 기적이다!" 많은 보고서에 쓰여 있던 문장이다. 나나 학생들이나 말한다는 것에 마술적인 힘이 있다고 느꼈던 것이다. 베트남전에 파병된 군인들은 마이클 허에게 "써주세요"라고 간청했다.

물론 논픽션이라고 해도 그 내용이 거의 사실이라고 믿는 것은 순진한 착각으로 여겨지곤 한다. 작가와 독자 사이에는 인위적인 요소가 끼어들 수밖에 없다. 제대로 쓴 모든 글은 예술, 즉 인간이 창조한 것이다. 있었던 일을 그냥 줄줄 적어놓은 게 아니라는 뜻이다. 당신이 여러 사건들 중 하나를 골라서 쓰기로 하는 순간, 어떤 식으로든 과거에 특정한 의미를 부여한 것이다. 이것은 도덕적 선택으로 볼 수 있다.

자전적 글쓰기에서는 녹취록 없이 대화를 재구성하는 소설적 장치를 사용한다. 이 과정에서 독특한 목소리를 빚으려면 시인만큼이나 정교한 작업을 해야 한다. 훌륭한 인생록은 연구할 가치가 있다. 자신의 인생을 글로 쓴다는 것은 독자를 위해 어떤 경험을 만들어내는 것이다. 독자가 잠시 스치는 감흥보다 더 많은 것을 얻을 수 있도록 나의 지난날을 생생하게 불러오는 것이다. 당신은 독자와 함께 긴 여행을 떠나야 한다. 그리고 뭐니 뭐니 해도 자신에게서 짜낼 수 있는 모든 진실을 보여줘야 한다. 따라서 인생록은 인간이 빚어낸 경험이기는 하지만, 빼어난 인생록은 자신만의 이유로 과거의 진실을 찾아다니는 인간의 영혼에서 우러나온다.

사실 내가 아는 모든 작가는 죽음의 행진을 하듯이 고뇌하며 과거를 탐색하는 운명에 처한 듯하다. 사석에서 만나보면 자전적 글쓰기를 하는 사람들은 아주 솔직하다. 과거에 대한 자신의 해석을 방어하기보다 과거를 궁금해하는 쪽이다.

가족들이 오랜만에 모여 식사하는 자리에서 한 사건에 대해 제각기 자기 버전이 맞다고 우기는 광경을 누구나 본 적이 있을 것이다. '넌 그 일이 일어났을 때 태어나지도 않았잖아.' 그런 자리에서 나는 내가 맞다고 우기다가도 밤에 잠을 못 이루며 내가 잘못 알고 있는 게 아닐까 걱정하곤 한다.

의심하고 걱정하고 손톱을 물어뜯고 툭하면 사과하는 성격이 아니라면, 그리고 사고가 유연하지 않다면 이 장르의 글을 쓰기에 적합하지 않을 수 있다. 내가 만나본 작가들에게서 공통적으로 두

드러진 특징이었다. 진실은 우리의 '적'이 아니다. 진실은 지하로 가는 어두운 계단에서 주위를 더듬을 때 붙잡는 난간이다. 즉, 해결책이다.

이것이 바로 나의 이론이다. 물론 "너 자신을 알라"라는 성가시고 불가능에 가까운 델포이의 신탁에서 훔친 것이다. 호기심을 가지고 진실을 파헤치다 보면 글이 저절로 써질 것이다. 첫 번째 단계는 과거의 생생한 이야기 속으로 돌아가 그때의 몸과 마음과 두근거리는 심장을 다시 체험하려는 욕구를 느끼는 것이다(뇌리를 떠나지 않는 강렬한 이야기가 아니라면 그것을 글로 옮기느라 시간을 낭비할 필요가 없다).

그렇다면 두 번째 단계는 단순히 그 이야기를 하는 것 아닐까? 이것은 생각보다 어렵다. 토머스 머튼Thomas Merton의 회고록 『칠층산The Seven-Storey Mountain』에 나오는 다음 인용문에서 나는 '신' 대신에 '진실'을 넣어보았다.

> 내 정체성의 비밀은 진실의 사랑과 자비 속에 숨어 있다. (…) 진실은 내가 진실에 치우친 단어인 것처럼 나를 말로 내뱉는다. 말은 그것을 내뱉는 목소리를 결코 이해할 수 없을 것이다.

자전적 글쓰기 수업에 들어갈 때 나를 둘러싼 공기에는 그런 관념이 안개처럼 떠돌고 있다. 그리고 나는 마주치는 사람마다 바다에서 주운 조개껍질을 귀에 대주려 하는 어린아이처럼 신이 나 있다. 나는 어수선하지만 열정적인 선생이다. 내가 할 수 있는 유일한 일은 학생들이 내가 우러러보고 좋아하는 작품들과 사랑에 빠지게 하는 것이다. 그러니까 내가 읽은 책들, 없으면 죽을 것 같은 책들을 소개하는 것이다. 그러고 나서는 거기에서 배웠거나 내가 글을 쓰면서 터득한 관련 지식을 늘어놓는다. 작가 지망생에게는 조언과 학습 과제도 덧붙인다. 이 책도 비슷한 방식으로 내가 가르친 책들과 나만의 지저분한 참호에서 써낸 세 권의 책 사이를 오가며 전개된다.

❖

내 연구실 문에는 해리 크루스Harry Crews의 사진이 붙어 있다. 학생들이 누구냐고 자주 물어본다. 흰 레이스 옷을 입은 단정한 에밀리 디킨슨Emily Dickinson이나 검은 벨벳 차림으로 짐짓 사악한 표정을 지은 멋쟁이 샤를 보들레르Charles Baudelaire의 포스터 따위가 붙어 있는 영문과 복도에서 크루스는 근육질의 조폭으로 보인다.

그는 소매를 찢은 청재킷을 입고 팔을 구부렸는데 이두박근이 돼지 뒷다리만 하다. 얼굴에 마마딱지가 있고 코는 여러 번 주저

앉았으며 머리는 희끗했다. 블루칼라를 포용하지 않고 화이트칼라만 득실대는 학계의 상아탑에서 크루스의 사진은 나의 초라한 뿌리를 상징한다(물론 학계에는 인종 중에서도 백인이 압도적으로 많다). 크루스의 커다란 주먹은 자기 턱을 향하고 있어 금방이라도 턱을 올려 쳐서 자신을 쓰러뜨리려는 듯하다. 실제로 그는 위스키를 너무 많이 마셔 건강을 해쳤다(한번은 그가 술을 잔뜩 퍼마신 뒤 깨어보니 팔꿈치 안쪽에 새긴 기억도 없는 문신에서 피가 뚝뚝 떨어지고 있었다. 사람이 아니라 기계인 양 팔이 구부러지는 부위에 경첩이 새겨져 있었다).

인생록을 쓰는 일은 어떤 면에서 자기 주먹으로 자기를 자빠뜨리는 것이다. 특히 제대로 잘 썼을 때 더욱 그렇다. 물론 감정적으로 관여할 수밖에 없는 작업은 즐겁기도 하다. 자기 이야기에 관심 없는 사람이 어디 있겠나? 인생록을 써낸 사람은 깊은 심리적 변화를 겪게 마련이다. 그러지 않고는 못 배긴다. 인생록만큼 사람을 뒤흔드는 창작 분야는 또 없을 것이다. 또한 작가는 이제는 곁에 없는 사람들과 다시 만날 수 있다. 글을 쓰는 동안 수십 년 동안 그리워했던 시간과 장소가 눈앞에 뚜렷하게 다시 나타난다.

하지만 빼어난 인생록을 쓴 작가들은 하나같이 쓰는 과정이 고약하고 끔찍했다고 전한다. 과거에 대한 망상과 실제로 일어난 일 사이의 거리를 좁히려고 할 때마다 고통에 몸부림쳐야 한다. 나는 다른 사람의 글을 고쳐주거나 방향을 제시해줄 때 영화 〈플래툰Platoon〉에 등장하는 못된 하사관이 된 기분이 든다. 영화에서 하사관은 배에서 내장이 빠져나와 비명을 지르는 병사 위로 몸을 구부려 이를 악물고 쉰 목소리로 계속 말한다. "통증을 받아들여." 병사가 입을 다물고 내장을 주섬주섬 배 속으로 밀어 넣기 시작할 때까지.

자기를 아무리 잘 아는 사람이라도 인생록을 쓰다 보면 속이 다 뒤틀리기 마련이다. 이미 틀을 잡아놓은 자아, 깔끔한 분석과 흠잡을 데 없는 변명을 내세운 자기 자신과 싸워야 하기 때문이다. 우리 가족이 자주 하는 뼈 있는 농담이 하나 있다. "상대가 반격해오자 문제는 심각해졌다." 소소한 믿음과 무의식적인 가식이 어김없이 우리의 발을 걸고넘어지는 것이다.

이 장르의 글쓰기가 주는 카타르시스 효과는 정신과 치료의 효과와 비슷하다. 다른 점은 돈을 내고 치료받을 때와 달리 돈을 받는다는 것이다. 치료사는 엄마, 환자는 아기 역할을 한다. 인생록을 쓸 때는 작가가 엄마, 독자가 아기다. 그리고 독자가 작가에게 돈을 낸다("돈이 아닌 다른 목적으로 책을 쓰는 사람은 얼간이밖에 없다." 새뮤얼 존슨Samuel Johnson의 말이다).

그러니 기억이 일부 불분명할까 봐, 누가 소송을 걸까 봐, 낮잠자는 시간에 어떤 아저씨가 무슨 짓을 했는지 밝혔을 때 가족과 친지들이 울컥할까 봐 두려워하지 않아도 된다. 글쓰기를 미루고 싶은 마음에 '자료 조사'를 하느라 바쁠 수도 있다. 하지만 자전적 글쓰기의 진짜 적수는 밤에 거울 앞에서 치실질을 할 때 당신을 쏘아보고 있다. 그것은 바로 당신의 자아와 무수히 많은 가면들이다.

내 경우, 크루스의 과소평가된 인생록 『유년기: 어느 장소의 전기A Childhood: The Biography of a Place』을 읽고 난 후, 나 자신의 위선과 가식을 뚫어 볼 수 있었다. 이 작품은 인생록 장르를 광적으로 좋아하는 사람들 말고는 아예 모르는 경우가 많다. 그래서 혹시나 내 생각만큼 훌륭한 작품이 아닌 것일까 걱정했던 적도 있다.

『유년기』를 처음 읽었을 때 나는 텍사스 시골뜨기 출신에 학력이 모자라면서, 문인들의 천국인 미국 케임브리지에서 시인 행세를 하고 있었다. 크루스는 미국 남부 시골의 가난한 백인으로 자란 과거를 숨기느라 시간을 낭비했고, 『유년기』에서 자신의 비천한 어린 시절을 자세히 서술했다. 이 작품이 얼마나 훌륭한지 나는 객관적으로 가늠할 능력을 잃었다. 다만 이 작품은 나를 가장 깊숙한 심리적 은신처에서 끌고 나왔다.

크루스 덕분에 나는 평생토록 내 안에 쌓이고 있던 이야기들을 할 용기가 생겼다. 내가 이 책에 크루스의 작품 이야기를 많이 넣은 것은 초보 작가가 같은 약점을 지닌 기성 작가에게 받은 영향을 보여주기 위해서다. 크루스 덕분에 나는 진실을 말하지 못하도록 강력 접착테이프로 내 입을 막고 있던 가짜 자아들의 존재를 날카롭게 알아차릴 수 있었다. 전부 내가 글에 써먹으려고 스스로 만들어낸 것들이었다.

이 책의 한 가지 목적은 인생록 작가 지망생이 자신만이 말할 수 있는 본인의 이야기를 발견하고, 그 이야기를 가장 진실하고 가장 아름답게 말할 수 있는 최적의 목소리를 찾도록 돕는 것이다. 진실하다는 것은 지어낸 사건들을 넣어 독자를 속이지 않는다는 뜻이다. 아름답다는 것은 독자가 읽기에 아름다워야 한다는 뜻이다.

아름다운 작품은 다시 읽고 싶어진다. 너무도 살갑고 믿음직하고 진짜 같아서 몇 번이고 손이 가는 것이다. 작품에 나오는 장소와 분위기가 그립다. 등장인물들은 애타게 그리웠던 오랜 친구들이다.

인생록을 읽으면 지적인 즐거움도 얻지만 보통 화자와 감정적으로 교감하면서 빠져들게 된다. 훌륭한 작가는 읽는 이의 마음속에서 풍경과 사람들을 살아나게 한다. 위대한 작가는 독자에게 자신의 가장 내밀한 약점마저 보여준다. 꾸밈없이 발가벗은 인간을 보면 누구나 조금은 감동하기 마련이다.

이 책은 작가 지망생들이 기분 좋게 가면을 벗는 데에 보탬이 될 수 있다. 하지만 대체로 일반 독자를 염두에 두고 쓴 책이다.

이 책이 독자가 자신의 분열된 자아와 계속 변화하는 과거를 돌아보는 계기가 됐으면 좋겠다.

누구에게나 과거가 있다. 과거를 생각하고 과거의 의미를 파악하려 들면 맹렬한 불꽃 같은 감정이 솟아난다. 인간은 과거의 일들이 자기 내면을 어떤 식으로 휘두르는지 이해하지 않고서는, 현재 뭔가를 선택할 때 과거에서 자유로울 수 없다. 따라서 이 책은 끝이 보이지 않는 호수처럼 내면이 넓고 깊은 사람, 기억의 아련함에 매력을 느끼는 사람을 위한 것이다. 어쩌면 이 책이 그 호수 속으로 여행을 떠나기 위해 필요한 오리발과 물안경, 산소를 건네줄지도 모른다.

나는 인생록의 대가로 뽑힌 적이 없다. 그러니 다른 누구도 아닌 나 자신만의 입장에서 이 책을 썼다. 작가는 모두 유일무이하다. 다른 작가들은 나와 다르게 살아온 만큼, 쓰는 방식(실제 사건과 기억과 조사한 내용을 글로 엮는 방식, 가족과 여타 등장인물들을 대하는 방식, 관습, 문체 등)도 다 다르다. 다른 작가에게 배운 점이 있는 경우에는 소개했다. 하지만 이 책이 자전적 글쓰기와 관련된 일반적인 접근법을 총망라한 것은 아니다.

어쩔 수 없이 내 작품을 썼던 경험들을 다시 활용해야 했다. 내 책보다 나은 작품에서 인용할 때 저작권료를 내지 않아도 됐다면 이 책에 블라디미르 나보코프Vladimir Nabokov의 글을 아낌없이 인용했을 것이다. 어쨌든 좋은 작품도 여럿 인용했고, 그것들을 철저히 공부하면 나에게 그랬듯이 여러분에게도 도움이 될 것이다.

마지막으로 내가 말하는 내용 대부분은 소설이나 시, 연애편지, 은행계좌 신청서, 가석방 탄원서, 그러니까 글을 적는 모든 경우에 적용할 수 있을 것이다. 하지만 내가 쓰기로 한 것은 인생록에 관한 책이므로, 여기에 집중하기로 한다.

차례

2부. 자기만의 이야기를 만드는 법

1부. 인생은 어떤 가치를 품고 있나

01

나의 기억을 의심하라

> 우리는 세상을 단 한 번, 어린 시절에 본다.
>
> 나머지는 기억이다.
>
> 루이즈 글릭 Louise Glück

살아가면서 어마어마한 회상의 힘에 느닷없이 붙들릴 때가 있다. 살짝 풍기는 향신료 향에 어린 시절 아버지의 요리가 떠오르면, 과거로 이어진 문 하나가 활짝 열리고 묘하게 생생한 장면들이 밀려든다. 떠올리기 싫은 괴로운 기억이 불쑥 들어와 초라해질 때도 있다. 그렇지만 간절히 되살리고 싶은 기억도 있기 마련이다. 그럴 때 그 찰나의 기억을 꽉 움켜쥐고 기억의 매듭이란 매듭을 죄다 들쑤시다 보면 어느덧 실타래가 풀린다. 그 실타래를 따라 마음의 미로 속으로 들어가면 다른 기억에도 가닿을 수 있다. 이런 식으로 조목조목 따져가며 지난날을 더듬어본 적이 있을 것이다.

'사진 속에서 반바지를 입은 걸 보니 크리스마스쯤이었을 리가 없어.' 어떤 의문을 풀기 위해 떠올리기 시작한 이런 기억 중에는 우리를 과거로 잡아끄는 강렬한 것도 있다. 기억은 핀볼머신 속의 공처럼 이미지와 생각, 토막 난 장면과 어디선가 들은 이야기 사이에서 이리 튀고 저리 튄다. 그러다가 핀볼머신이 부르르 떨리고 찰카닥 소리를 내며 공이 빠져나온다.

기억이 별안간 샘솟는 순간은 서커스 공연에서 광대들이 작은 모형 자동차의 짐칸에서 한꺼번에 뛰쳐나오는 광경과 비슷하다. 비좁은 공간이 그렇게나 많은 것을 품고 있었다니! 오랜만에 동창회에 가도 그렇다. 수십 년 전 학교 복도에서 마주치던 어린 학생이 아닌, 내가 잘 모르는 성인 남녀들을 보면 혼란스러울 때가 있다. 그런데 누가 "내가 영어 시간에 네 뒷자리에 앉았잖아"라고 말하면 잠자던 기억이 깨어나고 친구의 앳된 얼굴이 떠오른다. '그래, 사물함은 저쪽에 있었지. 영어 수업 다음은 웅변 수업이었고. 웅변 수업이 끝나면 잔디를 갓 깎은 축구장을 가로질러 집으로 걸어갔지.' 그리고 짝사랑하던 남학생이 운동장에서 훈련하는 모습을 훔쳐본 기억도 난다.

이렇듯 불현듯 떠오른 단 하나의 이미지는 과거라는 단단한 씨앗이 싹을 틔우게 만든다. 기억은 사방팔방에서 샘솟고, 과거라는 정원에서 향기가 무르익고 제법 모양새가 잡힐 때까지 덩굴이 자라고 꽃이 만발한다. 수많은 기억이 밀려와 텅 비었던 공간을 채우는 모습은 경이롭다. 그러나 그 기억은 믿을 만한 것일까.

글쓰기 수업 개강 첫날, 나는 본인의 기억이 완벽하다고 굳게 믿는 학생들에게 찬물을 끼얹곤 한다. 이런 식이다. 먼저 교실 뒤에 비디오카메라를 설치해놓고, 불쑥 나타난 다른 교수나 학생과 다투는 척을 한다. 그리고 학생들에게 방금 벌어진 일을 그 자리에서 글로 옮기게 하는 것이다.

내 앞에 앉은 뛰어난 대학원생들에게 이 정도는 식은 죽 먹기일 것이다. 시 전공 여섯 명, 소설 전공 여섯 명을 뽑는데 팔백 명 가까이 지원했다. 다들 똑똑하면서도 끼가 넘치는 별종들이었다. 한번은 시 전공자로 동성애자인 전직 해병을 뽑느라 하버드 대학 졸업생을 떨어뜨렸다. 소설 전공에서는 서커스단에서 광대로 일했던 지원자가 예일 대학 최우등 졸업생을 제치고 입학했다.

그렇게 뽑힌 탁월한 학생들이다. 강의실에는 대체로 검은 옷을 입은 스무 명이 미지근한 음료가 담긴 일회용 컵을 하나씩 들고 둥글게 배열한 책상에 둘러앉아 있다. 비디오카메라에 대해서는 책을 쓸 때 수업 영상을 참고하려고 한다고 설명한다.

미리 짠 각본에 따라 나는 수업 중에 "중요한 행정 문제가 있어서 내 휴대전화를 켜둬야 한다"라고 학생들에게 양해를 구한다. 그러면 공범이 계획한 시간 간격대로 내게 전화를 걸어(동료 교수 크리스가 그 역할을 자주 해준다) "강의실을 맞바꾸자"고 부탁한다.

나는 학생들 앞에서 쾌활하고 부드럽지만 "쉬는 시간에 얘기하자"라며 서둘러 끊어버린다.

그리고 좀 있다 크리스가 잰걸음으로 들이닥친다. 크리스는 훤칠하고 머리를 박박 깎은 쉰 살쯤의 시인이다. 그가 입에 힘을 주며 이 강의실이 자기 것이라고 우긴다. 지금 당장 나가달라고.

우리는 원래 성격과 정반대로 행동한다. 크리스는 수더분하고 느긋한 성격이고, 나는 남부 출신의 소란스러운 사람으로 알려져 있다. 그런데 도리어 그가 목소리를 높인다. 나는 교실 밖으로 나가서 얘기하자고 한다. 그가 한 발 다가오면 나는 한 발 물러선다. 나는 상황을 진정시키려 애를 쓰지만, 그는 다른 이들처럼 자신의 요청에 협조하라고 말한다. 욕을 하면서 꺼지라고 말이다. 그러고는 종이 한 묶음을 홱 던지고 성큼성큼 걸어 나간다(녹화 영상을 보면 크리스와 나는 서로 눈짓을 주고받기도 한다). 상황이 이쯤 되면 얼어붙은 침묵이 흐른다. 학생들은 무슨 일인지 궁금해 안달이나 있다. 의존적 성향의 한 학생이 왕방울만 한 눈으로 "괜찮으세요?" 하고 말을 건넨다.

나중에 전부 연출이었다고 털어놓으면 학생들은 멋쩍게 웃어버린다. 부모님이 싸우던 어린 시절로 돌아간 줄 알았다며 정신적 충격에 대해 고소하겠다고 농담하는 학생도 있다.

그러면 학생들은 이 장면을 어떻게 글로 썼을까. 똑똑하고 젊고 날카로운 목격자들은 양말 색깔조차 놓치지 않고 싸움 장면을 정확하게 그려낼 것만 같지만 이들이 쓴 글을 함께 차례로 읽으면 온갖 실수들이 쏟아진다.

물론 기억력이 비상한 사람도 있다. 마치 사진으로 찍어낸 듯한 기억력을 가진 학생이 스물다섯 명 중 한 명 혹은 드물게 두 명도 나온다. 장면을 정확히 짚어내는 능력자들이다. 토씨 하나 틀리지 않고 대화를 줄줄 외우고 신체적 특성이나 시간 간격도 헷갈리지 않는다.

크리스가 얼마나 자주 전화했느냐고 물어보면 기억 천재들은 10~12분 간격으로 세 번이라 장담한다. 또한 그가 입은 옷은 청바지에 카키색 셔츠가 아니라 카키색 바지에 데님 셔츠였단다. 신발은 단화가 아니라 검은 나이키 운동화였고, 신발 끈은 구멍 두 개를 남기고 꿰어 이중으로 묶었다. 진짜 대단한 관찰력이다.

나는 칠판 앞에 서서 이런저런 사실과 대화와 엇갈린 해석을 바로잡으며 학생들의 실수를 두루 따져본다. 수업이 끝날 때쯤 모두가 옳다고 합의하는 공식 버전이 완성된다. 일부러 논의 중에 새로운 사실을 넣기도 한다. 나와 싸운 상대방이 사실은 착용하지 않았던 가죽 팔찌를 초조하게 만지작거렸다고 몰아가는 식이다.

한 달 후, 학생들에게 그때의 싸움 장면을 글로 써보라고 하면 대부분 공식 버전과 일치하는 내용을 적는다. 집단이 옳다고 결정한 그림은 어김없이 실제 기억을 지워버린다. 원래 기억을 고스란히 간직하는 기억 천재들만 빼고. 가족 관계와 정치적 선동의 바탕에 깔린 집단 사고의 힘이 바로 이와 같은 것이다.

그러나 집단 사고보다 더 기억을 왜곡하는 것이 있다. 눈앞의 광경을 잘못 판단하는 경향이다. 시인과 음악가 들은 놀랍게도 대화를 그대로 외워버리는 재주가 있지만, 그들조차도 말투를 오해하거나 누가 한 말인지를 잘못 짚는 실수를 한다. 언쟁 중에 "대화로 해결해봐요"라고 말한 것은 크리스가 아니라 나였다. 어떤 학생들은 내가 크리스의 팔을 홱 뿌리쳤다고 기억한다. 내가 짜증스럽게 한숨을 쉬며 "대화로 해결할 수 없어요"라고 말했다는 학생도 있다.

사실 나는 크리스 앞에 가만히 서 있거나 뒤로 물러나기만 했는데, 어째서 과반수가 내가 크리스에게 다가갔다고 기억하는 것일까. 어떤 학생들은 내가 가만히 있는 모습마저 군대식으로 표현했다. "한 발짝도 물러서지 않았다" "불도그처럼 꿋꿋이 서 있었다" 같은 문장도 있었다. 그들은 나를 바위나 강철에 비유했다. 언젠가는 색소폰 연주자이며 힙합 디제이였던 기억 천재가 우리의 연극에 깜박 속아 넘어가 나를 공격하는 크리스를 말리러 벌떡 일어나려 한 적도 있었다. 그랬으면서도 나중에는 "교수님이 어떻게 했기에 그분이 교수님을 공격했을까?"라는 궁리를 하고 있었다.

이런 왜곡들은 크리스와 나에 대해 평소에 인식된 바나 혹은 각자의 상황에 따른 것이다. 우리는 편견에 휘둘려 세상을 보기 마련이다. 아니 기억하기 마련이다. 한번은 내가 수업 중에 의사와 여러 번 통화해야 한다고 밝힌 적이 있다. 그러자 중병을 앓던 여학생 한 명만 걱정을 내비쳤고, 나머지는 수업 중에 교수가 전화를 받다니 예의가 없다며 불쾌해했다. 어떤 남학생은 크리스와 내가 사귀는 사이라고 단정하고 우리 몸짓에서 배신의 드라마를 끌어냈다. 스토킹을 당한 경험이 있는 여학생은 크리스를 스토커로 지목했다. 어떤 학생은 둘 다 약에 취한 게 아니냐고 했다.

아무리 똑똑한 사람이라도 눈앞에 보이는 광경마저 왜곡한다. 그렇다면 기억은 어떤가. 어떤 기억은 우리를 생생한 과거의 한복판으로 끌어다 놓는 힘이 있지만, 단기적으로나(주차장에서 차를 못 찾을 때, 누군가의 이름이 생각날 듯하면서 생각나지 않을 때) 장기적으로나(고등학생 때 쟤랑 사귀었나? 다른 애였나?) 아무짝에 쓸모없을 때도 있다. 그래서 나는 항상 집필 중인 책에 등장하는 사람들에게 원고를 미리 읽게 한다. 갈팡질팡하는 내 기억에만 기댈 수는 없기 때문이다. 나만 그런 게 아니다.

작가 캐럴린 시Carolyn See는 자신이 전남편의 바짓가랑이를 붙잡고 늘어지는 동안 전남편이 바람을 피웠다고 기억했다. 하지만 자녀들과 전남편은 그녀가 그를 내쫓은 것이 먼저라고 바로잡았다.

《뉴욕 타임스》에 근무했던 데이비드 카David Carr는 『총의 밤The Night of the Gun』을 쓰면서 자신이 약물 중독자였던 시절을 낱낱이 따져보고자 했다. 그는 비디오카메라를 들고 마치 범죄를 수사하듯이 옛 지인들을 인터뷰했다. 하이라이트는 걸핏하면 골목에서 총을 들이대던 미치광이의 정체를 밝혀낸 순간이었다. 밝혀진 대반전은 무엇이었을까? 총을 들이대던 미치광이는 바로 데이비드 카 자신이었다. 그는 이 이야기를 하면서 여전히 기억과 현실의 크나큰 괴리에 심란해하는 얼굴이었다.

물론 그때 그는 약에 절어 있었다. 그래도 그렇지, 인간의 기억은 정확할 때는 그토록 정확하면서 빗나갈 때는 왜 한없이 빗나가는 것일까? 신경학자이자 의사인 조너선 밍크Jonathan Mink에 따르면 지독하게 강렬한 경험을 할 때면 오로지 감정만 뚜렷하게 새겨지고 나머지 측면은 흐리멍덩한 그림자로 남을 때가 많다고 한다. 문제는 오히려 우리가 관심을 가져야 하는 것은 그 흐리멍덩한 잃어버린 기억이라는 사실이다. 일화기억 * episodic memory. 구체적인 자서전적 사건들에 대한 기억으로 언제, 어디서 그 사건이 발생하였는지에 관한 기억이다. 예를 들면 학창 시절 선생님께 꾸중을 들었던 일 같은 기억이다 * 과 자전적 기억 * autobiographical memory. 일화 기억 중에서 대상이 '나'로 한정된 기억 * 은 의미 기억 * semantic memory. 추상적이며 일반적인 지식 관련된 기억. 각 나라의 수도, 다양한 분야의 이론 등에 대한 기억을 말한다 * 으로 넘어갈 때 특히 중요한 요소들이 뭉텅 빠져버린다.

특히 어떤 경험을 언어로 표현하면 그 경험이 조금은 일그러지는 듯하다. 생생한 감각이 아니라 이미 나와는 무관해진 관념이나 의견이 담긴 이야기로 변해버리는 것이다. 그런 만큼 언어로 옮겨진 기억을 곧이곧대로 믿어서는 안 된다.

자기 체험을 책으로 써본 사람은 공감할 것이다. 내가 그렇다. 나는 이미 물어뜯을 대로 뜯은 손톱을 다시 깨문다. 잘못된 묘사나 부실한 기억 때문에 남의 인생을 망칠까 두려워 밤에 자다가도 깨어나곤 한다. 글을 쓸 때마다 전기가 흐르듯이 의심이 온몸을 훑고 지나간다. 사람들이 내 책에 적힌 내용들을 어떻게 다 기억할 수 있느냐고 따져 물으면 이렇게 고백하곤 한다. "당연히 못 합니다. 하지만 할 수 있다고 나 자신을 다잡는 거죠." 이는 내가 최선을 다하지만, 내 능력의 한계를 안다는 뜻이다.

게다가 우리 가족 중에는 이야기꾼이 많다. 가까운 이들이 몇몇 사건을 끊임없이 되풀이하는 것을 듣다 보면 오래오래 기억에 남는 것이 사실이다. 하지만 그들의 언어로 옮긴 기억은 딱딱하게 굳어버리기 쉽다. 암송된 기억은 생기를 잃는 법이다. 억지로 빚어낸 느낌이 들 수 있다. 고통스러운 경험을 이야기꾼들이 익살스럽게 늘어놓다 보면 애초의 슬픔이나 두려움은 사라지고 만다.

이렇게 전승된 기억은 편집자들이 마구 난도질한 원고와도 같다. 조금이라도 미심쩍은 부분은 지워지고 색다른 관점은 사라진다. 가족과 살아본 사람이라면 누구나 이런 식의 집단 사고가 얼마나 독단적일 수 있는지 알 것이다.

그런 난관을 이겨내며 나는 최선을 다해 '합의된 기억'을 의심해가며, 나의 첫 인생 이야기를 책으로 냈다. 어머니와 언니는 내 첫 책이 출간되고 얼마 지나지 않아 자주 전화해서 책에 나온 장면들에 대해 이야기했다. 내가 책에 쓴 단어와 문장들을 사용해서 말이다. 그 전만 해도 가족들 사이에서 막내인 내 의견은 늘 무시됐기에 이번만큼은 내가 이겼다고 우쭐댈 수도 있었다. 드디어 어머니와 언니도 나를 인정했다!

그런데 웬걸, 나는 상실감에 빠졌다. 어쩌다 보니 내가 '우리의' 기억을 책으로 남겼는데, 뭔가를 망친 것은 아닐까? 옛날 같으면 내가 조금만 입을 벙긋해도 '그런 일은 일어나지 않았다' 또는 '그 정도로 심하지 않았다'라는 잔소리가 쏟아졌을 것이다. 그런데 그런 잔소리들이 사라지고, 나의 기억이 '우리의' 기억이 되었다. 이상하게도 잔소리를 듣던 그 시절로 돌아가고 싶은 마음이 들었다. 어떤 면에서는 내가 틀렸을 때가 훨씬 나았다. 그래야 가족이라는 울타리 안에 깊숙이 틀어박힐 수 있었다. 그 울타리가 망상에 불과하다 해도.

02

스스로에게 거짓말하지 않을 자신

이 여정은 어디까지나 진실을 향해,
진정성과 섭리와 자유를 향해 나아가는 과정입니다.
그러니 중간에 거짓을 끼워 넣는 게 이로울 리 있겠습니까.

에드워드 세인트 오빈 Edward St. Aubyn

자전적 글쓰기의 진실성을 강조하며 사람들을 모질게 다그쳤던 지난날을 생각하면 쥐구멍에 숨고 싶어진다. 쓸데없이 경건한 마을 목사가 애쓰는 예술가들에게 손가락질하며 잔소리하는 모습과 같았을 것이다. 너그러이 봐주기 바란다. 예술을 단속하려는 의도는 없었다. 코미디언 스티븐 콜베어 Stephen Colbert가 이름을 붙인 '주관적 진실' * truthiness. 근거나 사실을 무시하고 각자가 진실이기를 원하는 것을 진실로 간주하는 성향을 가리키는 신조어 * 의 장점은 누구든지 기준을 마음대로 잡을 수 있다는 것이다. 소설가 팸 휴스턴 Pam Houston은 자신이 쓴 소설의 82퍼센트가 사실이고, 자신이 쓴 논픽션도 마찬가지라고 말했다. 그 정도면 됐다. 요즘 같은 분위기에서 작가는 자기만의 진실 비율을 정할 수 있다.

1966년 트루먼 커포티Truman Capote가 『인 콜드 블러드In Cold Blood』를 (아마 최초로) '논픽션 소설'이라고 불렀듯이, 그리고 1993년 필립 로스Philip Roth가 실화임을 인정하면서 『샤일록 작전Operation Shylock』을 소설로 출간했듯이, 작가는 언제나 '소설'이라는 가면 뒤에 숨을 수 있다. 아니면 존 베런트John Berendt가 『선악의 정원Midnight in the Garden of Good and Evil』에서 "스토리텔링 과정에서 특히 사건의 시간 순서를 꽤 많이 바꿨다"라고 털어놓은 것처럼 주의 사항을 덧붙여도 된다. 나는 베런트의 이 주의 사항이 이야기를 빠르게 전개하기 위해 시간을 단축했다는 뜻인 줄 알았다. 그런데 알고 보니 작품의 중심 소재인 살인 사건은 베런트가 현장을 방문하기 몇 년 전에 발생했으며, 그가 희생자와 직접 마주친 장면, 유명 인사였던 여장 남자가 초기 수사에 미친 영향 등 수많은 내용이 사실이 아니었다. 그는 그나마 솔직하게 시인하기는 했다. 교묘하게 책의 맨 뒤에 적어놓기는 했지만.

나는 작가의 예술적 자유를 최대한 존중한다. 무슨 일이 있어도 나는 자유 편이다. 어떤 작가도 자기 기준을 남에게 강요할 수 없고, 장르 전체를 대표할 수 없다. 하지만 자신의 실제 경험을 글로 쓰는 작가가 진실의 범위를 늘였다 줄였다 할 권리도 존중해야 하겠지만, 한편으로 독자도 그 사실을 알 권리가 있다고 본다. 변변찮은 내 방식대로라면, 일단 없는 이야기를 새로 지어내는 데에는 결사반대한다.

독자로서 내 의견은 훨씬 단호하다. 책을 읽을 때마다 거짓말쟁이들이 무엇을 바꿔놓았는지 알 수 없을 때는 신경이 쓰여 죽을 지경이다. 비비언 고닉Vivian Gornick은 한 인터뷰에서 논픽션을 집필할 때도 사실대로 쓰지 못할 때가 많다고 털어놓았다.

> 늘 이야기를 윤색하죠. 소위 있는 그대로의 진실을 말할 때도요. 어떤 일이 벌어지면, 실제로 벌어진 일은 이야기로서 완성도가 떨어진다는 것을 깨달아요. 그러니 이야기를 내가 완성해야 하거든요. 그래서 거짓말을 해요. 거짓이나 다름없는, 결국 남들이 보기엔 거짓말하는 거죠. 하지만 아시겠죠. 이야기하려는 욕구를 참을 수가 없어요. 난 누구에게도 사실 그대로 이야기할 의무가 없어요. 사실 그대로라는 게 대체 뭐죠? 대체 누가 그런 데에 신경을 쓰나요?

바로 나다. 그 세계로 들어가기로 작정하고 책을 산 독자로서의 나는 그런 데에 신경을 쓴다. 고닉이 사실대로 털어놓은 것은 잘한 일이지만, 사후 고백, 특히 이렇게 모호하게 자기 합리화하는 고백으로는 안심할 수 없다. 마치 점심을 먹은 뒤에 종업원이 "손님이

드신 샌드위치에 고양이 똥을 찻숟가락만큼 넣었는데 전혀 모르시더군요"라고 말하는 것과 마찬가지다. 내 입장에서 고양이 똥을 눈곱만큼 넣은 샌드위치는 고양이 똥 샌드위치다. 고양이 똥이 어디에 있는지 알아내 그 부분을 떼어내고 먹을 수 없다면 말이다.

그래서 나는 자전적 글쓰기의 진실성을 지켜줄 경계선을 흙바닥에 그리고자 작은 막대기를 들고 서 있다. 진실은 뿌옇고 어렴풋한 저승처럼 까마득한 영역이 돼버렸을지 모른다. 그러나 거짓은 간단하게 정의할 수 있다. 독자를 속이려는 의도로 없었던 일을 지어내는 것은 거짓말이다. 소셜미디어에 올리는 사진조차 포토샵으로 수정하는 오늘날이지만 거짓을 가늠하는 일은 그리 어렵지 않다. 우리는 흐릿한 기억과 뚜렷한 기억을 구분할 줄 알고, 흐릿한 기억은 무시하거나 미심쩍다는 딱지를 붙여놓는다. 어차피 뚜렷한 기억이 더 중요하다. 그것이야말로 우리가 살면서 내내 아로새기고 속을 태우고 조목조목 따지고 궁금해했던 것이기 때문이다. 더구나 작가가 추구하는 바가 기억의 진실, 즉 자신이 어떤 사람이고 무엇을 기억하는지일 때는 더욱 그렇다.

내용을 가짜로 지어내면 독자와의 약속이 깨진다. 뿐만 아니라 원고를 다섯 번이나 열 번, 스무 번씩 다시 쓰고 나서야 겨우 드러나는 심오한 진실에 다다르지 못한다. 물론 우리는 얼마든지 과거를 잘못 해석할 수 있다. 제프리 울프Geoffrey Wolff는 "진실은 숨어 있다가 뒤통수를 친다"라고 했다(이런 식의 소름 끼치는 반전에 관해서는 나중에 자세히 다루겠다). 하지만 자신이 실제로 겪은 경험을 똑바로 바라보지 않는다면, 꼭꼭 숨어 있는 삶의 의미들은 끝내 빛을 보지 못할 것이다. 편리한 해석을 뒤집어버리는 심오한 진실을 결코 밝혀낼 수 없을 것이다. 당신이 굳이 자기 이야기로 글을 쓰는 이유가 그 빛을 발견하기 위해서가 아니면 무엇이란 말인가. 독자의 마음에 드는 논리를 뒷받침하려고, 혹은 독자 앞에서 우쭐대려고 내용을 꾸며내는 작가는 자신이 어떤 사람인지를 영영 깨닫지 못한다. 삶을 면밀히 돌아보면서 느끼는 해방감을 누리지 못하고 만다.

해방감이라니? 여러분은 되물을지 모른다. 마음에 드는 버전을 만들어놓고 그것만 꾸준히 내세워도 되지 않을까? 물론 가짜 삶을 빚어 어리석은 대중에게 팔아먹을 생각이라면, 자신을 되돌아보지 않아도 괜찮을 것이다.

그렇지만 자전적 이야기를 쓰든 쓰지 않든, 과거를 외면한 사람은 정신적 대가를 치러야 하는 법이다. 과거는 모르는 사이에 우리를 끈질기게 끌어당긴다. 마음이 딱딱하게 굳은 반사회적 인격장애자가 아니라면, 과거를 거짓말로 채울수록 가면과 참모습 사이에 틈이 벌어진다. 게다가 노련한 거짓말쟁이는 마주치는 사람마다 자기처럼 겉과 속이 다르고 남을 약삭빠르게 조종하려 든다고 생각한다. 그러니 세상살이 자체가 한시도 마음을 놓을 수 없는 조마조마한 살얼음판일 수밖에 없다.

과거를 샅샅이 헤아려보는 작업은 충분히 어렵다. 내가 선생으로서, 편집자로서, 또한 알코올 의존증에서 벗어난 사람들을 가르치면서 그랬듯이, 고통스러운 지난날을 속속들이 들여다보는 사람과 함께 있으면 적잖은 괴로움을 목격하게 된다. 종기를 째고 고름이 흘러내릴 때 악취를 견뎌야 한다. 내가 책에서 읽거나 옆에서 지켜본 결과, 지나간 삶을 꼼꼼히 되돌아본 사람들은 언제나 결국 자신을 받아들이고 안도했다. 특히 지난 일에 사로잡혀 심히 괴로워하던 사람들은 오직 돌이켜봄으로써 마침내 과거를 과거로 받아들일 수 있었다.

그렇다면 나의 진실을 말하는 것이 타인인 독자의 경험에는 왜 이로울까? 어렸을 때 허리띠나 고무호스로 두들겨 맞으며 날마다 학대와 조롱을 당하고 굶주린 작가가 있다고 치자. 그 경험을 글로 옮겨 지루하고 재미없는 고통의 기록을 쓸 수도 있을 것이다. 그런데 그게 과연 '진실한' 것일까? 그 경험을 마음 한구석에 치워둔 오늘날이 진실일까, 아니면 지난날의 실제 경험이 진실일까? 굶어 죽지 않은 것을 보면 어린 그를 학대했던 자들은 아마 먹을거리를 줬을 것이다. 그래서 어쩌면 고마워하기도 했을 것이다. 모르긴 해도 거짓된 약속에 희망을 걸거나, 그들 마음에 들기 위해 헛된 계획을 꾸몄을 수도 있다. 그들에게 맞서 싸우고 반항했을지도 모른다. 아예 현실을 부정했을지도 모른다. 모질게도 그들의 힘을 우러러보고 스스로 강해지는 환상을 품었을지 모른다.

지난날의 아픔이 돋보이려면, 채찍질과 채찍질 사이의 다른 삶을 반드시 함께 그려야 한다. 그런 희망의 순간들이 들어가지 않는다면 때리고 또 때리는 장면만 이어질 뿐이다. 그러면 자극적인 읽을거리로 잠시 주목받고 말 것이다. 자극적이어도 단조로운 이야기는 다시 읽히는 법이 없다. 심지어 나 혼자 읽는 글이라 해도 말이다.

철두철미한 작가들은 나중에 얻은 정보를 바탕으로 예전 작품까지 다시 따져본다. 존 크라카우어Jon Krakauer는 『희박한 공기 속으로Into Thin Air』를 쓸 당시 에베레스트산에서 산소가 모자라고 뇌를 다친 상태에서 돌아다녔기에, 한 치 앞을 보기 힘든 눈보라 속에서 마주친 사람들이 누구인지 헷갈렸다. 그는 나중에 발행한 판본에서 그런 실수들을 바로잡았다. 크라카우어는 수십 년 전에 쓴 책 내용을 고치자며 출판사들을 난처하게 한다고 소문이 자자하다.

최근에는 지난 십 년간 유기화학을 공부해 『야생 속으로Into the Wild』의 주인공이 먹고 죽은 유독한 씨앗이 무엇인지 알아냈다. 크라카우어만큼 끈질기게 사실을 다시 확인하고 수정하는 논픽션 작가는 드물다. 이처럼 그는 진실을 수호하는 데에 심혈을 기울인다.

나와 친한 작가 프랭크 매코트Frank McCourt의 어머니는 자신이 사촌과 잔 적이 없다고 주장했다. 별로 놀랍지 않다. 매코트의 어머니가 그 내용을 걸고넘어진다고 해도 『안젤라의 재Angela's Ashes』의 작품성에는 영향이 없다. 사촌과 잔 일보다 가난으로 딸이 배곯으며 침대에서 죽어가게 둔 것이 훨씬 비난받을 일이었지만, 그녀는 이 일을 부인하지 않았다. 어머니를 사랑한 매코트가 사실도 아닌 일을 지어낼 이유가 있을까? 대부분의 경우 자전적 이야기를 쓰는 작가가 가족에게 비난받았다는 얘기를 들어본 적이 없다. 특히 그 내용이 어떻든 진실을 쓰는 경우에 말이다.

나 혼자만 치열하게 글쓰기의 진실을 지키려 하는 것은 아니다. 내가 가까이에서 감탄하며 지켜봤던 작가들은 하나같이 출간 전에 자기 원고를 주변 사람들에게 보여주었다. 그리고 가족의 항의 때문에 작품의 주요 내용이 문제된 적은 없었다. 나 또한 마찬가지다. 예전에 내가 쓴 책에서 비중이 작은 등장인물이 지엽적인 일화 하나를 빼달라고 부탁한 적은 있다. 그런 사소한 문제 말고는 내가 아는 어떤 작가도 가족이 화를 내서 원고를 손본 적이 없다. 그런데 이 사실을 이야기하면 기자들과 청중들은 크게 놀라곤 한다. 책 내용이 틀렸다고 소송을 걸어대며 작가들을 끊임없이 괴롭히는 사람이 거의 없다는 사실을 못 믿는 눈치다.

왜 항의하지 않는 것일까? 그에 대한 답을 프랭크 콘로이Frank

Conroy의 회고록 『스톱타임Stop-Time』에 대한 그의 어머니의 반응에서 찾을 수 있다. "어머니는 그것이 내 관점에서 본 이야기라고 생각했습니다." 뛰어난 작가들은 이야기를 전달하는 일의 주관적 속성을 강조한다. 의구심과 짐작들을 이야기의 일부로 녹여내는 것이다.

더구나 저녁 식사 때마다 가족들 사이에서 말다툼의 소재가 됐던 기억과 출간하기 전까지 수십 번씩 살펴보며 퇴고한 이야기는 확연히 다르다. 식구들 각자가 자기 관점만을 진짜로 내세우며 기나긴 언쟁을 벌인 경험이 누구에게나 있을 것이다. 그러한 주장들은 개인적인 인상에 치우쳐 있고 논리가 빈약하다. 다들 자기 말이 한 치의 어긋남도 없이 옳다고 고집을 부린다. 우리 모두 헤어날 수 없는 언쟁의 진창에서 뒹굴어보았다.

기억의 틈은 어떤 경우에 벌어지는가. 첫째, 누군가의 내밀한 의도나 동기에 대한 해석이 있을 때. 둘째, 날짜, 지속 기간, 빈도에 대한 기억이 다를 때. 셋째, 일이 벌어진 장소에 대해 서로 의견이 다를 때이다. 누구나 무심코 혹은 일부러 사실과 다르게 기억하곤 한다. 연인과 다투면서 사실을 부풀리거나 증거를 확대 해석하거나 고집을 부리며 틀린 것을 알면서도 옳다고 우기는 일은 흔하다.

그러나 과거의 경험을 글로 쓰는 일은 그런 차원을 넘는다. 생각해보자. 대체 어떤 사람이 누가 봐도 헛소리인 이야기를 지어내 책으로 출간하겠는가? 거짓말을 책으로 출간하는 일은 완전히 다른 차원의 문제다. 작가가 잘 생각나지 않는 장면을 빼거나 "이 부분은 확실하지 않다"라고 적는다고 해서 독자의 신뢰를 잃는 것은 아니지만, 실력 있는 작문 교사가 '어쩌면과 아마도'의 영역에서 글을 쓰도록 가르치는 데에는 이유가 있다. 위대한 작가는 어렴풋한 기억을 역시 어렴풋하게 그려낸다. 바로 그 때문에 독자는 작가를 신뢰할 수 있고, 신뢰가 곧 감동이다.

권위에 대한 믿음이 흔들리면서, 객관적 진실에 대한 확신도 마찬가지로 사그라들었다. 한때 과학과 경전, 교리는 영원히 무너지지 않는 진실의 샘이었다. 역사는 늘 이긴 쪽의 시각에서 쓰였다. 하지만 이제 우리는 국방부 보고서나 대통령의 발언도 의심할 줄 알게 되었다. 역사책과 전기의 앞머리에는 언젠가부터 작가의 선입견들을 설명하는 '입장을 표명하는 글'이 실리기 시작했다.

예전에 진실의 성스러운 출처였던 역사나 통계 수치는 영향력을 잃어가고 있지만, 주관적 이야기는 새로이 영역을 확보했다. 이것이 자전적 에세이의 인기가 높아진 하나의 이유이기도 하다. 직접 경험한 것을 쓰는 글에 사실관계 오류가 없기 때문이 아니라, 훌륭한 글은 그런 오류의 본질까지도 솔직하게 털어놓기 때문이다.

빼어난 자전적 글쓰기는 기억을 조각조각 이어 지극히 개인적인 내면 공간을 창조한다. 때문에 도리어 독자는 내용이 본래 불확실하다는 사실을 줄곧 의식하며 작품을 읽을 수 있다. 맥신 홍 킹스턴Maxine Hong Kingston과 마이클 허 같은 회고록 작가는 권위 있는 삼인칭 전지적 작가 시점으로 쓰지 않았다. 그들은 진실의 가면 뒤에 숨지 않았다. 작가의 편견이 '기억을 여과하는 체'를 빚어내는 과정을 독자에게 그대로 드러냈다. 자신의 정신세계와 그 한계까지 고스란히 글로 옮겨, 독자가 읽고 있는 내용이 보존된 디지털 자료처럼 완벽하게 객관적인 사건이 아님을 끊임없이 알렸다. 이것은 화자'만'의 진실일 뿐이라는 것을 드러냈다. 이 시대에 우리가 감동할 수 있는 '타인의 진실'은 이런 종류의 것이다.

그 진실을 같이 경험한 작가의 가족들은 어떻게 반응할까? 토바이어스 울프Tobias Wolff는 주로 시간 순서에 관한 소소한 사항들을 지적받았지만 기본적으로 자기 기억을 밀고 나갔고 그 밖에 지적받은 것은 없었다고 말했다. 그의 어머니가 무척 예뻐한 개를 줄곧 못생긴 개로 묘사했는데도 말이다.

제프리 울프는 역사라는 개념에 명예를 걸어야 한다고 생각했다. 그는 이렇게 썼다. "독자들은 매우 세련됐다. 그들은 작가가 독자와 모종의 약속을 했음을 이해한다." 때문에 그는 평범한 역사가가 확실한 증거로 여기는 편지, 소득 신고서, 일기 같은 문서를 의심했다.

서류도 다루기가 여간 까다롭지 않다. 더구나 나는 아버지에 대해 조사하고 있었다. 아버지는 치밀한 거짓말쟁이였다. 그가 작성한 소득 신고서는 제출할 수 없을 정도로 엉망이었다. 지금 내 눈앞에는 아버지의 이력서가 있다. 추천인은 미국 중앙정보국CIA 국장이고, 학위를 예일 대학과 소르본 대학에서 받았단다.

그렇다면 '악의 없는 거짓말'은 어떻게 대해야 하는가. 그런 거짓말의 예를 들어보자. 운전면허증에 몸무게를 솔직하게 적은 사람이 몇 명이나 될까? * 미국에서는 운전면허증에 키, 몸무게, 눈동자 색, 머리카락 색을 적는다 * 그런데도 역사가는 그런 기록이나 편지, 일기 내용을 사실로 여기고 자료로 활용하고 있지 않나!

자전적 스토리를 쓰는 작가들이 진실을 왜곡하지 못했던 시대도 있었다. 메리 매카시Mary McCarthy가 『가톨릭 신자였던 소녀 시절의 추억Memories of a Catholic Girlhood』을 출간한 20세기 중엽은 회고록 작가들이 기억 속 대화를 재구성하는 것조차 허용되지 않았다. 매카시의 논픽션 집필 기준은 그때까지는 아직 반박할 수 없는 진실의 영역이었던 역사책, 전기, 저널리즘의 기준과 같았다. 그 당시 독자들이 지금 독자들보다 더 잘 속아 넘어갔는지, 아니면 미심쩍더라도 입을 다물고 있었는지, 기준이 더 엄격했던 것인지는 잘 모르겠다. 아마 전부 다였을 것이다.

매카시는 자신의 회고록이 역사적 사실이라고 말했다. 그는 "내용 대부분을 실제로 확인할 수 있다"라고 썼지만, 악의 없는 실수들을 비롯해 당시로서는 전위적이었던 약간의 왜곡에 대해 책에서 따로 사과해야만 했다. 예를 들어 "우리는 그것이 (그 치명적인) 독감인 줄 '몰랐을' 것이다" 같은 식이다. 오늘날이라면 개의치 않겠지만 당시에 웬만하면 따라야 했던 정확성의 기준을 지키기 위해 '모르다'라는 동사를 작은따옴표로 표시한 것이다.

진실을 왜곡한 작가는 어떻게 해야 할까. 매카시가 사과한 내용 일부가 도움이 될지 모른다.

1. 대화 재구성에 대해

> "이 회고록을 쓰면서 내가 소설을 쓰고 있었으면 좋겠다고 수차례 생각했다. 창작의 유혹이 너무 강했기 때문이다. 특히 사건의 요지는 기억나지만 구체적 사실들은 생각나지 않을 때 그랬다. 대화 등 일부 경우에는 유혹에 넘어갔다. (…) 대화문은 대부분 허구다. (…) 확실히 기억난 것은 몇 개의 문장뿐이었다. 큰따옴표는 전반적으로 그런 취지의 대화를 주고받았음을 뜻하지만, 책에 적힌 그대로 말했다고 보장할 수 없다."

2. 실명에 대해

"학교 선생님이나 학생들의 실명을 사용하지 않았다. (…) 그러나 등장한 모든 사람은 실존 인물이고 여러 명을 혼합한 인물은 없다. 가까운 친척, 이웃, 친구, 가사도우미 등은 실명을 사용했다."

3. 작가 자신의 기억에 대해

"이 회고록에는 미심쩍은 부분이 몇 군데 있다. (…) 우리가 정확히 언제 독감에 걸렸는지에 관해 이견이 있을 수 있다. 신문 기사에 따르면 우리는 여행 중에 독감에 걸렸다. 이는 해리 아저씨와 줄라 아줌마가 방문해 우리에게 옮겼다는 이야기와 모순된다. 현재 내 기억으로는 우리가 떠나기 전에 누군가가 아팠지만, 우리는 그것이 (그 치명적인) 독감인 줄 아마 '몰랐을' 것이다."

4. 주입된 거짓 기억에 대해

"(아버지가 권총을 겨누는 광경을) 우리는 본 적이 없다. (…) 나는 그 얘기를 외할머니에게 들었다. 들으면서 마치 내가 그것을 기억해 낸 듯한 느낌을 받았다. 다시 말해 내 마음속에서 즉시 그 장면이 그려졌던 것이다."

작가들의 진실에 대한 신념은 점점 퇴보(혹은 진화)했다. 매카시의 후기작 『지적인 회고록Intellectual Memoirs』이 나올 즈음에는 진실 개념의 문화적 탈바꿈이 거의 끝나 있었다. 이 책에서 매카시는 "사실성에 대한 페티시즘"을 경멸한다고 쓰기도 했다. 하지만 『가톨릭 신자였던 소녀 시절의 추억』을 쓸 때만 해도 아직 그 페티시즘에 푹 빠져 있었다.

작가로서 독자와 어떤 계약을 하든 그 내용을 솔직하게 밝히는 것이 옳다. 해리 크루스가 『유년기: 어느 장소의 전기』에서 그런 것처럼 말이다. 크루스의 '진실' 개념은 울프 형제나 나의 개념보다 훨씬 더 유연하며, 그는 그 유연함을 스스럼없이 인정한다. 그는 첫 문장부터 소문과 풍문과 모든 종류의 야사野史를 기꺼이 활용한다.

> 나의 최초의 기억은 내가 태어나기 십 년 전, 한 번도 가본 적이 없는 장소에서 벌어진, 한 번도 만난 적이 없는 나의 아버지에 관한 것이다.

이런 유형의 글을 얕보는 사람들에게 해주고 싶은 말이 있다. 사대복음서의 내용도 죄다 사람들이 타인에게 듣고 전한 이야기일 것이다. 게다가 크루스는 남의 이야기 없이는 오래전에 여윈, 유령이나 다름없는 아버지에게 닿을 길이 없었다. 우리는 한편으로는 아버지를 그리워하는 작가에게 공감하며, 다른 한편으로는 읽는 재미가 쏠쏠하므로 그가 사용한 장치를 군말 없이 받아들인다. 다음의 발언을 보자.

> 여기에 내가 기억이라고 적은 일들이 실제로 일어났을까? 두 남자는 내가 기록한 대로 말하고, 내가 쓴 대로 생각했을까? 나는 모른다. 그리고 더는 개의치 않는다. 내가 아버지에 대해 아는 바는 전적으로 남들이 들려준 이야기에서 비롯되었다.

크루스는 그가 들은 이야기에 오류가 섞여 있더라도 그 '요지'는 진실이라고 주장한다. 그의 의도와 무관하게 이 주장이 논픽션 작가가 도망칠 수 있는 드넓은 통로가 돼주는 것은 사실이다. 그리고 크루스는 처음부터 자신만의 과장법에 독자를 길들인다. 풍문을 활용할 뿐 아니라 상상력이 풍부한 어린아이의 관점을 이용하기도 한다. 작품 초반에 애완견 샘과 진지한 대화를 나눌 때처럼 말이다.

> "네가 사람이라면 지금처럼 하루살이를 삼키거나 파리를 먹지 않을걸."
> "하루살이나 파리를 먹는 건 전혀 문제되지 않거든."
> "그러니까 사람들이 널 개처럼 대하는 거야. 네가 그렇게 파리랑 하루살이를 먹지만 않는다면 아마 사람들처럼 집 안으로 들어갈 수 있을 거야."

이런 대화를 통해 크루스는 객관적 진실에 대한 기준이 뱀의 궤적처럼 때때로 구부러진다는 사실을 알려준다. 이 작품에는 어린 크루스가 다치는 장면이 나오는데, 실제로 일어난 일이라고는 도저히 믿기지 않는다. 내용은 이렇다. 털을 벗겨내려고 죽은 돼지를 통째로 끓는 물에 넣어 데치는 동안 크루스는 옆에서 뛰놀고 있었다. 그러나 크루스는 끓는 물속으로 떨어져 "데쳐져 물에 둥둥 뜬 돼지 옆에" 있었다고 썼다.

> 왼손을 뻗어 오른손을 건드리자 오른손 전체가 젖은 장갑처럼 벗겨졌다. 손목과 손등의 피부, 그리고 손톱까지 모조리 떨어져 나와 바닥으로 흘러내렸다. 내 앞에 살점이 흐물거리는 웅덩이가 만들어졌고 웅덩이 속에 내 손톱이 보였다.

이 글을 읽던 당시에 나는 작가의 진술에 너무도 열중했기에 화상병동에서 의사로 일하는 친구에게 전화를 걸어 이 정도의 부상을 입은 어린이가 끔찍한 흉터를 입거나 팔다리를 잃지 않고 살아남을 수 있는지 물어보았다. 당연히 그럴 수 없었다.

그런데 이런 식의 비현실적인 과장은 크루스가 자란 조지아주 특유의 환경과 더할 나위 없이 어울린다. 그런 과장의 뿌리는 몹시 거칠고 기이한 미국 남부의 고딕 문학 작품들과 모닥불 곁에 둘러앉아 귀 기울였던 허황된 재담들에서 찾을 수 있다.

이를테면 마크 트웨인Mark Twain의 「뛰뛰는 개구리The Celebrated Jumping Frog of Calaveras County」 * 19세기 미국의 대표적 소설가 마크 트웨인이 1865년 발표한 첫 단편소설 * 에 등장하는, 내기에 이기기 위해서라면 "벌레를 따라 멕시코까지도 가버리는" 도박사 짐 스마일리가 그렇다. 크루스가 "행할 가치가 있는 모든 일은 지나치게 해버릴 가치가 있다"라고 일갈하는 것처럼.

❖

크루스의 사례가 말해주는 바는 무엇인가. 누군가가 진실을 다루는 방식은 그 사람이 어떤 사람인지에 따라 달라지는 법이다. 그렇다면 나는 어떠했는가. 내가 다른 작가들보다 더 낫다고 생각해서가 아니라, 내가 가장 잘 아는 사람은 바로 나 자신이므로, 내 방식을 상세히 설명하는 게 도리일 것이다.

나 또한 크루스처럼 미국 남부 출신답게 어릴 때 들었던 허황된 이야기와 소문을 인용했지만, 이야기를 창작하는 데에는 티끌만큼도 재능이 없었다. 단편소설이라는 형식을 참 좋아하는데도, 쓰다 보면 두 번째 페이지쯤에 모든 인물이 죽었거나 기억 속의 실존 인물로 되돌아갔다. 공항에 꼼짝없이 박혀 있어야 할 때면 형편없는 소설보다는 형편없는 논픽션을 사서 읽었다.

그런데 어려서부터 우리 가족은 나에게 밥 먹듯이 거짓말을 했다. 대표적인 거짓말로는 "나 안 취했어"(거의 항상 거짓말이었다) "걱정 마. 별일 아냐"(가끔 사실일 때도 있어서 혼란스러웠다)가 있는데, 확신에 찬 표정으로 말하곤 했다. 고등학생이었던 언니가 학교에 가지 않으려고 위조한 문서들과 남학생과의 데이트를 취소하며 댄 핑계만으로도 장편소설을 여럿 쓰고도 남을 것이다. 지금도 명절 때면 언니네 집에서 식사하면서 듣는 말 중에 가훈으로 길이 남길 만한 것이 하나 있다. "솜씨 좋게 말했고 일관되게 고수한 훌륭한 거짓말은 진실보다 낫다."

성장하는 동안 이 모든 상황이 나를 그야말로 미치게 했다. 나는 내가 보고 들은 것들을 믿지 않으며 자랐다. 그래서 어른이 됐을 때 진실이 나를 해방시켜주리라는 프로이트Freud의 이론을 발판으로 어릴 때 대체 무슨 일이 일어났는지 알아보기로 했다. 어머니는 내가 처음으로 과거를 캐물었을 때 자살하겠다고 위협했지만, 내가 이십 대 중반이 됐을 무렵 두 손을 들었다. 다행히 진실을 밝혀내는 작업은 부서질 위기에 놓였던 우리 가족을 근본적으로 치유해줬고, 어머니는 술에 취하지 않은 상태로 사랑을 듬뿍 받으며 세상을 떠났다.

처음으로 내 이야기를 장편소설로 쓰려고 시도했을 때도 그랬지만, 내 경우에는 허구 세계를 짓다 보면 반드시 말해야만 하는 이야기를 놓치곤 했다. 가명을 사용하는 것조차 머리가 지끈거려 못 할 짓이었다. 누군가가 내 머릿속에서 연신 토를 달았다. '하지만 그건 존이 아니라 밥이잖아.' 그래서 초고에는 실명을 썼다가 최종 원고에서 한꺼번에 찾아 가명으로 바꿔야 했다.

출간 전에 가족과 친구들에게 원고를 미리 보여주는 이유는 내가 보고 들은 것을 스스로 의심하면서 자랐기에, 나 자신을 믿을 수 없을 때가 많았기 때문이다. 게다가 가족들이 말을 하도 자주 바꿨기 때문에, 책에 적힌 내용을 승인받아 평생 이어진 추측을 마침내 그만둘 수 있기를 바라는 마음도 있었다.

예전에 내가 더 젊고 돈도 없고 시키는 대로 할 것 같은 인상을 줬던 시절, 한 편집자는 내 첫 회고록에서 어머니에게 작별을 고하는 장면을 창작해보라고 슬쩍 부추긴 적이 있었다. "그 순간이 어떻게 펼쳐졌는지 독자가 알아야 하잖아요…." 그러나 기억이 전혀 나지 않았고, 결국 이런저런 추측을 늘어놓는 데에 그쳤다. 이런 식이다.

> 어머니는 우리가 떠난다고 꽥꽥댔을 것이 틀림없다. 소리를 지르거나 울거나 취한 채로 골이 나서 주저앉았을 것이다. 하지만 그런 장면을 전혀 떠올릴 수 없다. (…) 그 장면으로 들어가는 문은 열리지 않았다.

> (…) 어머니는 내 기억에서 삭제돼 있다. 분명 곧 우리를 보러 오겠다고 약속했지만, 어머니의 말소리가 귀에 들리지 않는다.

여기에 반전이 있다. 이제 와 짐작해보니, 우리가 떠나자 어머니는 해방감을 느꼈을지 모른다. 이처럼 세월이 흐르면 생각이 바뀌기 마련이다. 어머니가 살아계시고 내가 더 어렸을 때에는 어머니가 딸들을 곁에 두고자 애썼다고 여기는 편이 어머니에게나 나에게나 더 나았다. 하지만 어머니가 우리와 함께 살려고 애쓰는 모습을 실제로 본 적은 단 한 번도 없다. 어머니는 항상 고독이 주는 야생의 자유를 훨씬 더 좋아했다. 내가 그 책을 다시 쓴다면 우리가 떠날 때 어머니가 별로 상심하지 않았다고 '추측'할 것이다.

이 같은 차이는 우리 인생에서 어떤 지점을 드러내는가. 내가 『거짓말쟁이들의 클럽』을 썼을 당시에는 그 내용이 내게 진실이었지만, 사실은 가족에 대한 애정 어린 착각 속에서 책을 쓴 모양이다. 그 시절에 나는 여전히 어린아이처럼 절박하게 가족을 미화하고 싶었던 것이다.

지금 그 이야기를 다시 쓴다면? 나는 가족에게 덜 관대할 것이고, 어린 나에게 감정이입 하는 데에 치중할 것이다. 나이가 들면서 어린 나를 오롯이 돌보게 된 것인지, 아니면 메마른 삶 속에서 자기중심적으로 변한 것인지는 알 수 없다. 나는 더 건강하고 덜 의존적인 인간이 된 것일까, 아니면 천하의 못된 딸이 된 것일까? 어느 쪽으로 주장해도 말이 된다.

그러면 어떻게 해야 하나. 책은 공개적으로 남는 기록인 만큼 날짜나 사실관계의 오류가 발견되면 당연히 바로잡겠지만, 과거에 대한 해석을 통째로 바꾸려면 처음부터 끝까지 다시 쓰는 수밖에 없다. 게다가 지난날을 그렇게 해석한 주체는 다른 누군가가 아니라 책을 쓸 당시의 나 자신이다. 당시에도 아무것도 지어내지 않았지만 지금 같으면 몇몇 장면을 추가할 것이다. 그렇게 되면 덜 너그러운 서사로 바뀔 것이다.

이처럼 기억과 경험에 대한 해석 속에는 언제 어느 때고 '거짓말'들이 풍성하게 들끓고 있다. 나는 지나치다 싶을 정도로 등장인물 모두에게 관용을 베푸는 사람이다. 이를테면 어릴 적 내가 원인인 줄 알았던 수많은 부부싸움 중에 어머니가 내 생일상의 라자냐를 '아빠'에게 던진 사건을 적으면서, 아빠가 떠난 뒤에 어머니가 부엌을 치우고 초콜릿 케이크에 초를 꽂고 불을 붙여줬다고 덧붙였다. 이 장면이 빠졌다면 어머니는 실제보다 더 나쁜 사람으로 보였을 것이다.

앤 패디먼Anne Fadiman은 19세기 어느 선원의 이야기를 들려준다. 그는 크리스마스에 오렌지 한 포대를 들고 집으로 돌아와, 굶주린 자식들이 방문을 긁어대는데도 문을 잠그고 오렌지를 혼자서 다

먹어치운다. 어쩜 그럴 수가 있을까? 반전은 그가 괴혈병에 걸렸다는 사실이다.

나의 관용은 이런 '괴혈병' 같은 것이다. 나는 항상 내 등장인물들이 괴혈병에 걸렸다는 증거, 뭔가 사정이 있을지도 모른다는 여지를 남겨둔다. 『리트Lit』에서는 전남편의 악의적인 빈정거림을 적으면서, 그가 평소에 내게 그런 식으로 말하지 않았다는 사실도 꼭 덧붙였다. 평소 말버릇과 전혀 달라서 도리어 그 말이 내 머리에 박혀 있었을 것이라고. 과거의 관점에 더 치우친 작가라면 전남편이 평소에 그렇지 않았다는 사실을 밝히지 않고 빈정거림에 상처받은 감정에만 집중했을 수도 있다. 그러나 나는 주로 나 자신과 내 실수들에 초점을 맞추려 애쓴다.

결국 자전적 글쓰기란 진실을 추구하기 위해서 진실을 살짝 벗어나게 되는 일이다. 어떻게 하는 것일까. 내가 글을 쓸 때 진실에서 살짝 벗어나는 방법들을 나열해보겠다. 모두 오늘날 흔히 쓰는 방법들이다. 진실한 거짓말이 우리 삶을 보호하는 방법이기도 하다.

1. 대화를 재창조했다. "대화는 다음과 비슷하게 이어졌다"라고 자주 적기도 했지만, 어차피 대부분의 독자가 재창조로 이해한다. 또한 최근 작품들에서는 인용 따옴표를 사용하지 않음으로써 독자가 내 경험 속으로 더 깊이 '들어올' 수 있기를 바랐다. 고백이

주관적 성격을 띠면 객관적 역사의 잣대를 피해갈 수 있다.

2. 아무 잘못 없이 책에 등장한 사람들을 보호하기 위해 가명을 사용했다. 나는 거의 모든 친구들에게 가명을 직접 고르게 했다.

3. 마을 이름을 바꿨다. 비중이 매우 작은 보안관이나 교장 선생님 같은 등장인물까지 추적해 연락하지는 않았다. 이미 세상을 떠났을 수도 있는데, 만약 살아 있더라도 그들을 잘못 기억했다는 책임을 지고 싶지 않다.

4. 사생활을 보호하기 위해 인물의 외양을 모호하게 서술하거나 바꿨다. 시장처럼 비중이 작은 인물들의 경우에 꽤 자주 그렇게 했다. 그러나 『거짓말쟁이들의 클럽』에 등장한 동네 강간범의 경우, 고향 사람들이 범인을 비행 청소년들 중 한 명으로 오해하지 않기를 바랐다. 강간범에게 우리 동네 사람들이 아무도 끼지 않았던 치아 교정기를 끼웠고 몇 가지 다른 사실도 바꿨다. 『리트』를 출간하기 전에는 전남편이 원고를 샅샅이 검토해주기를 바랐지만, 그는 남들이 알아차릴 수 없는 모호한 인물로 남기를 원했다.

5. 적절한 순간에 시간 순서를 바꿔 예전에 몰랐던 정보를 독자에게 알려주었다. 원래의 서술 시점에서 잠시 벗어나는 방법이다(만약 옆집 남자가 악명 높은 연쇄살인마 테드 번디라는 걸 당시에는 몰랐으나 나중에 알게 됐다면, 독자가 관심을 가질 만한 정보이므로 괄호 안에 써넣는 것이 좋다). 물론 그럴 때는 다른 시간적 배경에서 주는 정보임이 뚜렷이 드러나도록 한다.

6. 시간을 단축했다. 예를 들어 "17년 뒤에 아빠는 뇌졸중으로 쓰러졌고 (…)" 같은 문장을 쓰거나, 칠 학년 한 해를 대표하는 하나의 일화만 언급하고 넘어가는 것이다. 일부 사건으로 일정 기간을 통째로 대표했고, 지루한 내용은 생략했다.

7. 서사를 만들어냈다. 물론 뭔가를 쓰는 순간에는 항상 빠지는 내용이 생기므로 서사를 만들어내는 행위 자체가 조작이라고 볼 수 있다. 사실 작가에게 중요했던 일에 다른 사람은 별생각 없었을 수도 있다.

8. 감정이 격해진 장면 중간에 진행을 멈추고 내가 그 순간에 의식적으로 관찰하지 못했던 뭔가를 묘사했다. 아마도 내가 하는 가장 심한 거짓말일 것이다. 내가 살아온 세계를 끊임없이 재창조

하려다 보니 독자가 그것을 체험할 수 있도록 부연하게 된다. 가톨릭 신자로서 죄책감을 느낀다.

9. 친구의 요청으로 일시적으로 사실 관계를 바꿨다. 내 친구 메러디스는 정신병원을 제집처럼 드나들었는데, 자기가 학교에서 면도날로 손목을 긋는 장면을 노모가 읽고 괴로워하지 않기를 바랐다. 우리는 그 장면을 다른 친구의 일처럼 묘사하기로 했다. 그래서 초판에서 자살을 시도하는 친구는 스테이시이고, 다음 판부터는 메러디스라고 나온다.

10. 옛날에 공상했던 내용을 넣었다. 나의 내면은 외면보다 훨씬 풍부하다. 그리고 과거의 일부 공상은 명백한 진실인 듯하다. 물론 나는 그것이 사실이 아니라 상상에 불과하다고 밝힌다. 『거짓말쟁이들의 클럽』에서는 어차피 거짓말이라고 밝힌, 허황된 재담 두 개를 완전히 지어냈다.

11. 내가 직접 본 게 아니라 들은 이야기를 장면으로 넣었다. 물론 직접 보지 못했음을 밝혔다. 다음은 『리트』의 한 대목이다. “어머니가 해럴드와 함께 마지막으로 술에 진탕 취한 이야기는 너무도 생생해서(그 기괴한 광경은 무척 회화적이다) 예외적으로 마치 내가

그 자리에 있었던 것처럼 서술하려 한다. 충분히 자주 들은 훌륭한 이야기는 때로 우리를 가본 적 없는 공간으로 데려가는 법이다."

12. 해석이 필요할 때에는 되도록 너그럽고 공정하게 해석하고, 그럴 수 없을 때에는 개인적으로 싫어하는 인물이나 상황임을 고백한다. 전반적으로 나의 고된 삶에 초점을 맞추고, 다른 사람의 의도를 넘겨짚거나 없었던 사건이나 인물을 지어내지 않는 것을 원칙으로 삼는다.

03

불행을 억지로 욱여넣지 말라

> 괴롭다고 소리 내 말하지 않는다면,
> 그들은 당신을 죽이고서 당신이 그걸 즐겼다고 말할 것이다.
>
> 조라 닐 허스턴 Zora Neale Hurston

자기 인생을 어떻게 사람들이 좋아하는 글로 쓰느냐고 나에게 묻는 것은 "연애를 너무 하고 싶은데 어떻게 하면 되나요?"라고 묻는 것과 마찬가지다. 한 사람의 환상은 다른 사람의 낭만을 망치는 법이다. 질문에 대한 답은 당사자의 호르몬 수치와 마음 상태가 어떠한지, 그가 어떤 사람인지에 따라 달라질 수밖에 없다. 이 질문은 "한껏 멋을 내고 싶은데 뭘 하면 좋을까요?"라고 남에게 묻는 것과도 같다. 데이트 상대가 맨날 검정색 옷만 입고 다니는 사람이라면 연두색 스웨터를 입지 않을 테고, 명문 학교 학생이라면 검은 립스틱을 싫어할 것이다.

인생을 글로 옮기는 일은 어렵다. 기억의 바닷속을 깊이 헤치고 들어간 사람은 하나같이 물을 먹고 허우적거린다. 예를 들어 프랭크 콘로이는 『스톱타임』을 쓰는 중에 몇 주씩 술에 취해 지냈다. 캐럴린 시는 『꿈꾸기Dreaming』 초고를 완성하고 두 시간 뒤 바이러스성 수막염에 걸려 한 물체가 두 개로 보이는 증상이 생겼다. 그 일을 두고 시는 말했다. "'넌 보지 말아야 할 것을 봤어'라고 뇌가 나에게 경고했던 거예요." 소설가 마틴 에이미스Martin Amis는 아버지에 관한 회고록 『경험Experience』을 쓰던 중에 숨 쉬기도 어려울 정도로 쇠약해졌다. 소설을 쓸 때는 아무리 고되더라도 하루 일과가 끝날 즈음에 약간의 활력이 남아 있었던 반면, 회고록을 쓸 때는 진이 다 빠졌다고 했다. 제리 스탈Jerry Stahl은 『영원한 자정Permanent Midnight』에 자신의 약물 중독에 대해 쓰다가 중독증이 재발했다.

나도 비슷하다. 글을 쓰다가 오후쯤 되면 장거리 화물차 운전사처럼 나른해져 바닥에 드러눕곤 했다. 안간힘을 다해 잠에서 빠져나와야 했다. 한번은 나를 상담해주던 정신과 의사에게 내가 기억을 억누르고 있어서 그렇게 잠이 오는 것이냐고 물었다. 그러자 "아뇨, 그저 무척 피곤하신 겁니다"라는 답이 돌아왔다. 언젠가는 편집자와 함께 들여다보던 원고의 마지막 페이지를 넘긴 순간, 얼굴에 열이 확 오른 적도 있었다. 체온을 재보니 섭씨 39.4도, 난생 처음 폐렴에 걸린 날이었다.

인생 이야기를 쓰고 싶은가. 써야 하는 것보다 쓰지 말아야 하는 이유들이 더 훌륭하다. 이 이유들을 통과하고 나면 당신이 얼마나 자기 인생을 말할 준비가 됐는지 가늠하는 과제도 기다리고 있다.

1. 자기 경험을 글로 쓰겠다는 건 잘못 생각해도 한참 잘못된 생각이라고 조잘대는 참견꾼들의 목소리 때문에 괴롭다면, 마음의 평화를 찾을 때까지 기다려라. 누구나 타인의 의견에 신경 쓸 수 있다. 하지만 지나치게 휘둘리지는 말자.

2. 기억력이 나쁘다면 포기해라. 옛날 일을 어떻게 기억하느냐고 묻는 사람들에게 나는 이렇게 대답한다. 기억하지 못하는 게 도리어 행운입니다. 어서 괜찮은 직장에 취직하세요.

3. 서술하고자 하는 사건들이 7~8년 안쪽으로 경험한 일이라면 생각보다 힘겨울 수 있다. 세월이 흐를수록 점차 예전의 허영심에서 벗어나 과거를 더 깊이 들여다볼 여지가 생긴다.

4. 아직 젊다면 조금 기다리는 게 낫다. 대부분 서른다섯 살까지는 마음이 점토처럼 말랑말랑하니까. 데이브 에거스Dave Eggers는 큰 성공을 거둔 『비틀거리는 천재의 가슴 아픈 이야기A Heartbreaking Work of Staggering Genius』를 그보다 어린 나이에 썼지만, 이는 예외적인 경우다.

5. 마음의 상처를 치료하고 싶어서 글을 쓸 생각을 했다면, 그러지 말고 이야기를 들어줄 전문 상담사를 찾아라. 문학적 성과보다 정신 건강이 훨씬 더 중요하다.

6. 복수를 원한다면 변호사를 고용해라. 아니면 복수를 위한 글쓰기를 즐겨라. 한 친구는 자기 책을 혹평했던 사람의 저서에 대한 서평을 써달라는 부탁을 받았다. 우편으로 책이 왔다. 그는 어떻게 화답했을까? "책을 들고 뒤 베란다로 가서 총으로 쐈지." 그리고 총 맞은 책을 출판사로 돌려보냈다. 복수심에 글을 쓰느니 차라리 다트게임 세트를 사라. 글쓰기는 복수를 위한 수단이 아니라 독자를 위한 것이다.

7. 싫어하는 사람의 이야기는 쓰지 말라. 비록 소설가 휴버트 셀비 주니어Hubert Selby Jr는 크나큰 사랑을 품고서 싫어하는 사람에 대해 써도 된다고 주장했지만 말이다. 현재 진행 중인 이별에 대해서도 쓰지 말라.

8. 글 내용이 특정 계급이나 인종처럼 꽤 큰 집단에 영향을 준다면 그들과 사이가 틀어질 각오가 됐는지 확인해라. 맥신 홍 킹스턴은 미국의 중국 이민자에게, 매코트는 아일랜드인에게 비난받았다.

9. 절대로 남에게 사과할 줄 모르고 자기 생각을 바꿀 줄 모르는 고집쟁이는 지혜로운 영혼이 잡아끄는 순간에 깊은 진실을 알아볼 수 없다. 좋은 글을 쓸 수 없다는 뜻이다.

10. 9번과 통하는 이야기인데, 쓴 글을 고치고 다시 쓸 수 없다면 포기해라. 지난날에 대한 손쉬운 해석은 수없이 거듭 따져보고 바로잡아야 하기 때문이다.

이 열 가지 이유를 다 받아들이고 난 다음에도 과제는 남아 있다. 앞으로 느끼게 될 모든 감정을 다스릴 수 있다는 확신이 필요하다. 다음 과제를 해낸다면 내가 애지중지하는 볼펜으로 당신의 양 어깨에 친히 축복을 내려주겠다.

그 과제는 무엇일까. 예를 들어 당신에게 상당히 끔찍한 일이 일어난 적이 있다고 가정하자. 자기 경험을 글로 쓰려는 사람이라면 십중팔구 그런 경험을 했을 것이다. 당신은 마음의 준비를 한 다음에 최악의 장면을 '장차 언젠가' 쓰겠다고 생각할 것이다. 이야기를 쓰다 보면 그 장면은 어떻게 쓰게 되겠지, 하고 안심한다. 하지만 솔직해지자. 부자들이 회계 감사를, 악마가 예수를 두려워하듯 당신은 그 장면이 죽도록 두렵다. 그것은 한시도 뇌리에서 떠나지 않는다. 그 장면을 지금 당장 써라.

내 말을 오해하지 말라. 이 과제의 목표는 그 장면을 얼른 써서 치워버리는 것이 아니다. 정반대다. 지금 첫 번째 글을 잘 보이는 곳에 보관해야 한다. 최악의 기억과 더불어 방에 홀로 앉아 몇 시간씩 견뎌보기를 권한다. 그러기 전에 먼저 평소보다 진실을 더 기꺼이 받아들일 수 있는 상태에 이르기 위해 집중하는 연습부터 할 것이다. 창의력을 봇물처럼 흘러나오게 하는 기술을 다룬 참고 도서는 넘쳐난다. 1부터 10까지 세면서 호흡하기, 호흡 지켜보기, 만트라 암송, 시각화, 종교 경전 공부하기 등 다양한 기술이 있다.

활기 넘치는 대학생들에게 명상을 시킬 때는 참선하는 농구왕 필 잭슨Phil Jackson의 『성스러운 농구Sacred Hoops』가 도움이 됐다. 여간해선 눈을 감고 가만히 있지 않는 학생들도 잭슨의 이야기를 듣고는 순순히 명상에 잠겼다.

잭슨은 처음에는 전투적으로 농구를 했고, 남보다 앞서기 위해 사납게 날뛰었다. 하지만 NBA 리그에 들어간 뒤 타고난 신체 능력이 한계에 이르자, 정신적 강점을 살리기로 했다. 그는 참선을 거듭하면서 경기 중에 분노("저 빌어먹을 놈, 다음번엔 죽었어")와 자책("저 슛은 육 학년짜리도 넣었겠다!")을 비롯해 얼마나 많은 소음이 머릿속에서 울리는지 깨닫기 시작했다. 이런 것이다.

장황한 중얼거림은 끝이 없었다. 그런데 생각들이 뒤죽박죽 떠오르는 와중에 상황을 있는 그대로 의식하는 단순한 행위 덕분에 역설적으로 내 마음이 진정되기 시작했다. (…) 요기 베라Yogi Berra는 야구에 대해 이렇게 말했다. "어떻게 생각을 하면서 동시에 공을 칠 수 있는가?" 농구도 훨씬 빠르게 진행된다는 점만 빼고 똑같다.

글쓰기도 스포츠와 마찬가지다. 깊숙이 숨은 재능을 발휘하려면 머리를 굴려, 연약한 자아를 감싸지 않고 마음을 열 수 있는 차분하고 평온한 상태에 도달해야 한다. 나는 평소에 앞서가고 싶은 욕심에 스스로를 타인 혹은 과거의 나와 비교하면서 달음질치고 조바심 내고 계획을 세우며, 내가 앞에서 몇 번째인지 마음속으로 끊임없이 확인하곤 한다. 하지만 한 꺼풀 벗겨내면 그 모든 것을 조용히 알아차리는 다른 자아가 있다. 친구가 전화해서 자기가 미쳐가고 있다고 했을 때, 나는 "그걸 누가 알아차린 거야?" 하고 물었다. 자전적 글쓰기를 쓰려면 먼저 고요하고 분별 있는 자아를 찾고 거기서 출발해야 한다.

엉덩이를 의자에 붙이고(어느 현자가 말했듯이 이것은 작가가 되기 위한 유일한 조건이다) 15~20분 동안 의식을 머리에서 빼내어, 자의식이 약하고 주변 환경에 덜 휘둘리는 부위인 가슴이나 명치 쪽의 넓은 공간으로 끌어내리는 연습을 해라. 여기서 목표는 경직된 정신의 긴장을 푸는 것이다. 따라서 처음에는 생각들이 길길이 날뛰어도 판단하려 들지 말고 내버려둬야 한다. 이윽고 재잘거리는 머리보다 무심하게 지켜보는 자아와 동질감을 느끼게 될 것이다.

진짜 자아가 마음속으로 들어올 수 있게끔 고요한 상태에 이르러야 한다. 다시 말해 조심스럽게 과거의 문으로 걸어 들어갈 준비가 된 진실한 영혼을 몸속으로 끌어들여 영감을 얻는 것이다.

그리고 여전히 눈을 감은 채 글로 옮기기 두려운 기억에 손을 뻗어보자. 먼저 그 장면을 육체적으로(오감을 사용하여) 그려본다. 후각은 가장 오래된 감각으로(척추가 없는 단세포 생물조차 냄새를 맡을 줄 안다) 다른 어떤 감각보다 예민하게 감정적 기억을 불러일으킨다. 그때 풍겼던 냄새(예를 들어 막 깎은 잔디 내음, 가구의 향)를 떠올릴 수 있다면 이미 절반은 성공한 것이다.

무엇이 보이나? 무엇이 들리나? 무엇을 만지고 무엇을 맛보고 있나? 무엇을 입었나? 천이 까끌까끌한가, 부드러운가? 해변에서는 소금기를 머금은 물살이 튀고, 스웨터를 입어야 한다. 참호 속에서는 땀이 등줄기를 타고 미끄러진다. 입안에서 어떤 맛이 느껴지는가?

글을 쓰기 전에 나는 정직한 내면으로 들어갈 좁은 통로를 찾곤 한다. 뚜렷한 감각 기억이 필요하고, 애지중지해온 또는 경멸해온 대상이 필요하다. 그리고 무엇보다도 과거의 몸이 필요하다. 포도주스가 담긴 유리병을 감싼 차가운 손이라든지, 등에 달린 스위치를 누르면 심벌즈를 치고 머리를 때리면 소리를 내던 장난감 원숭이처럼 물질적이면서 정신적인 연결 고리를 찾아야 한다. 가장 확실한 기억에서 출발하는 것이다. 그러고 나서는 기억이 저절로 펼쳐지게 두면 된다. 물론 펼쳐진 기억은 매끄럽게 연결된 동영상이 아니라 순간적인 장면과 파편, 이런저런 인상이나 이미지일 것이다.

이제 눈을 떠라. 제대로 집중했다면 기억이 더할 나위 없이 생생했을 것이고 어쩌면 조금 끔찍했을 수도 있다. 학생들은 눈을 떴을 때 눈물이 그렁그렁하기도 한다.

잠시 가만히 앉아서 전부 다 지나갈 때까지 기다려라. 어딘가 다녀온 기분이 들 것이다. 운이 정말 좋다면 과거의 나로 되돌아가는 길을 찾을 수도 있다. 과거의 얼굴로 과거의 조막만 한 손을 바라볼 수 있게 말이다. 축하한다. 아주 훌륭하다. 대다수는 몇 개의 파편과 짧디짧은 순간들을 건질 뿐이다.

이제 중요한 과제를 내겠다. 살면서 가장 끔찍했던 기억의 공간에 무너지지 않고 머무를 수 있겠는가? 얼굴이 콧물로 범벅이 되고 어깨를 떨며 오열하고 있다면 친구에게 전화를 걸고, 마사지를 예약하고, 산책을 가라. 아직은 그 공간에 머물 준비가 되지 않았다.

눈을 감았을 때 별달리 보거나 느낀 점이 없었다면 역시 준비가 되지 않은 것이다. 또는 수단 내전 같은 대규모 참사에 관한 책을 쓰는 것도 아니면서 독선적 분노라는 단 한 가지 감정만 느꼈다면, 인생록은 당신의 장르가 아니다.

한편 생생한 과거에 감정적으로 접속한 느낌을 받은 사람, 어딘가 다녀온 사람, 감정이 북받쳐 눈물을 흘리고 있지만 비탄에 빠지지 않은 사람은 쓰기 시작해도 된다.

이제 나중에 참고할 몇 페이지의 글을 써 내려가자. 아직 글의 목소리나 다른 요소에 대해 확신이 없으므로, 연도 같은 배경 정보를 완벽하게 갖춰 넣지 않아도 된다. 그런 것들에 신경을 쓰면 집중력이 분산되고 골치만 아플 것이다. 자잘한 정보들은 독자가 이미 알고 있다고 가정하고 써도 된다. 독자들이 책을 읽다 그 장면에 이르면 실제로 그럴 것이다.

그런데 과연 누구를 위해 글을 쓰려는 것인지 궁금해질 수 있다. "나를 위해 씁니다"라고 단호하게 말하는 사람도 많다. 나는 그들만큼 자신만만한 글쟁이가 아니다. 보통은 존경하는 동료 작가나 옛 스승, 내 아들, 돌아가신 신부님을 독자로 가정한다. 그러면 정보를 어떤 순서로 배열해야 좋은지 가늠하는 데에 도움이 된다. 같은 내용을 심리 치료사나 점심을 같이 먹는 친구에게 이야기한다고 상상하면, 어느 정보를 언제 이야기해야 하는지 금세 파악할 수 있을 것이다.

염두에 둔 독자가 있다면 떠오르는 감각 정보들을 그러모아 그 장면을 편지 형식으로 써보자. 그러면서 동시에 자신의 내면을 묘사해보자. 현재 시점에서 그 장면을 되돌아보고 있든, 과거에 그것을 경험하고 있든, 어느 쪽이든 좋다. 만약 과거와 현재 사이를 왔다 갔다 하면서 서술한다면, 현재에서 과거 기억으로 미끄러져 들어가는 느낌에 대해서도 써라.

다음 질문들을 지침으로 삼을 만하다. 그때 무엇을 얻으려 했고, 어떻게 얻으려 했는가? 어느 방법이 효과가 있었는가? 어느 방법이 소용없었는가? 그 기억이 본인의 성격상 특히 끔찍했던 것이라면, 절대로 실제보다 더 끔찍하게 서술하지 않도록 조심해야 한다. 많은 사람이 끔찍한 일을 겪을 때 의식이 몸에서 빠져나간 것처럼 현실을 부정하며 자신을 보호한다. 그런 일이 있었다면 독자에게 알려주는 것이 좋다.

자기 인생을 글로 펼쳐놓을 사람은 책의 모든 페이지에 지독한 불행을 욱여넣는 것이 아니라, 보통 사람이 그 삶 속으로 들어오게 해야 한다. 그러지 않으면 독자는 작가를 별난 사람으로 여기거나 측은해할 것이다. 어느 쪽이든 글쓴이로서의 위신을 잃고 만다. 읽는 사람의 감정을 별로 고려하지 않고 지나치게 자신의 감정에만 치중한 책이 돼버리는 것이다.

이제 쓴 글을 치워라. 적어도 일주일은 그것을 생각하지 않도록 한다. 디저트용 젤리처럼 굳어 자리를 잡을 때까지 기다려야 한다. 그리고 나중에 글을 다시 읽을 때 스스로에게 물어보자. 내가 쓰지 않은 것은 무엇인가? 옆에 있던 다른 사람은 그 사건을 어떻게 바라보았을까?

가장 중요한 것은 바로 이 질문이다. 내가 어떻게 보일지 두려운가? 나쁜 사람처럼 보이거나 좋은 사람처럼 보이는 문제를 넘어서서, 빼버리거나 바로잡거나 고백하거나 활용할 수 있는 가식이나 자의식이 들어 있는가?

글을 쓰다 자신감이 바닥을 쳤을 때 나는 『리트』를 과연 완성할 수 있을지 절망에 빠졌다. 미리 받은 계약금을 돌려주려고 집을 팔 생각까지 했다. 그때 친분이 있는 예수회 수사가 내게 아주 간단히 물었다. 아무것도 두렵지 않다면 무엇을 쓰겠는가? 처음에는 뭘 쓸지 정말이지 감이 잡히지 않았다. 하지만 그 질문에 대한 답을 찾으면 다시 쓸 수 있겠다는 생각이 들었다.

여러분도 답을 모를 수 있다. 나도 모를 때가 많다. 매순간 발버둥 치며 나아갈 뿐이다. 하지만 답을 찾으려는 열망이 있다면 이미 준비를 마친 셈이다. 신의 가호가 있기를.

04

자신만의 목소리를 찾아라

> 붉게 스러지는 최후의 저녁노을을 배경으로
> 우두커니 서 있는 쓸모없는 최후의 바위에서
> 종말의 마지막 종소리가 울렸다가 사라질 때,
> 그때에도 딱 한 가지 소리만큼은 남아 있을 것으로 나는 믿는다.
> 그것은 보잘것없는 인간의 그치지 않는 목소리,
> 여전히 말하고 있는 목소리일 것이다.
>
> 윌리엄 포크너 William Faulkner

다른 글쓰기도 그렇지만 특히 자전적 글쓰기가 독자를 사로잡는 힘은 온전히 목소리에 달렸다. 목소리는 화면의 픽셀 하나까지 선명하게 전송하는 긴 광역 케이블처럼 저자의 내면적, 외면적 경험을 전달해주는 매개체다. 그런 만큼 작품 안에서 작가 특유의 재능이나 세계관을 가장 잘 살릴 수 있도록 정교하게 짜여 있다.

남의 이야기도 지어낸 일도 아니고, 내 이야기를 쓰려고 책상에 앉았는데, 왜 이렇게 어설픈 것일까. 목소리를 찾지 못해서다. 쉽지 않다. 수백 장을 써보고 나서야 자기 경험에 유일하게 어울리는 목소리가 겨우 모습을 드러낼 수도 있다. 하지만 목소리를 찾고 나면 육체적, 내면적 경험들이 뚜렷이 되살아나고 불꽃이 튀듯 글쓰기 작업에 생기가 돈다. 그 말은 독자 입장에서 보면 반드시 첫 문장에서부터 작가의 목소리가 굳건히 자리 잡고 있어야 한다는 것이다.

지나간 경험을 써 내려가는 글쓰기는 형식이 매우 간단하다. 때문에 (특히 형편없는 작품의 경우에는) 사건들이 계획 없이 얄팍하게 다뤄진다는 인상을 줄 수 있다. 그러나 힘 있는 목소리가 존재한다면, 독자의 상상 속에 한 사람을 실감나게 그려내기 때문에 아무리 지루하고 삼천포로 빠지더라도 독자의 주의를 놓치는 일이 없다. 줄거리가 흥미진진하면 물론 좋겠지만, 화자의 목소리가 훌륭하면 몹시 따분한 사건도 특별해지는 법이다.

자기 이야기를 글로 쓸 때 어울리는 목소리를 찾으려면 자신의 심리적 갈등에 관한 내적 진실을 이정표로 삼아야 한다. 작가가 목소리를 의식적으로 만들어가는 것은 맞지만, 그 과정에서 자기 성격을 자연스럽게 드러내는 요소들을 선택하기 마련이다. 따라서 작품의 목소리는 무엇보다 작가를 닮아야 한다. 목소리는 개인의 가장 흥미로운 천성을 반영하며, 가장 핵심적인 자아에서 우러나오는 것이다.

내가 만나본 빼어난 자전적 글쓰기의 대가들은 직접 만날 때나 글에서나 같은 사람이다. 글이라는 가면을 벗겨내더라도 작가의 이목구비가 가면에 정확히 들어맞고, 공적인 모습과 사적인 모습에 전혀 차이가 없다. 이런 작가들의 목소리를 들으면 아주 가까운 사이라는 느낌이 들고, 마치 작가의 몸속에 들어가 세상을 바라본 기분이다. 허클베리 핀이나 스카웃(하퍼 리Harper Lee의 소설 『앵무새 죽이기Killing a Mockingbird』의 화자) 같은 허구의 인물을 친구처럼 친근하게 여기지 않는 사람이 있을까?

목소리는 한쪽으로만 치우치지 않고 광범위한 감정적 어조를 띨 수 있어야 한다. 너무 잘난 체하면 감정이 메마른 느낌이고, 감성에 푹 빠지면 애처로워지기 때문이다. 냉정하고 조심스러운 목소리도 있고 흥분하여 친근한 목소리도 있다. 이렇듯 목소리는 작가와 작품 사이의 거리, 그리고 작가와 독자 사이의 거리를 설정하고 때때로 변화를 준다. 작가가 목소리의 성질을 선택하는 것이 아니라 그가 어떤 사람이고 과거를 어떻게 경험했는지에 따라 자연스럽게 그런 성질이 나타난다.

목소리는 이야기하는 방식만은 아니다. 자신이 과거 속에 살아 있음을 느끼면서 자연히 싹트는 마음가짐이며 보고 듣고 느끼는 방식이다. 그렇기 때문에 자기 자신을 객관적으로 인식하는 일이 그토록 중요하다. 삶을 돌아본 적이 없고 갈등이 생겼을 때 남의 입장을 헤아릴 능력이 없는 사람은 자기방어 본능이 튀어나와 진실로 말하고자 하는 바를 가로막으므로 좀처럼 목소리를 빚어내지 못한다. 그리고 인간은 본래 현재 자아를 과거 모습에 덧씌우는 경향이 있으므로, 현재 자신의 정체성과 어긋나는 사항들을 잘 떠올리지 못한다. 편리한 해석에 들어맞게 사실을 비틀어버리기도 한다.

인생록을 쓰는 작가는 과거를 왜곡한 부분들을 일일이 털어놓아야 하고, 반성과 불확실성을 목소리에 반영해야 한다. 처음부터 미화나 위선 없이 자기 안으로 깊이 파고들어 깨달은 바를 보여주기로 독자는 물론 스스로에게 약속해야 한다. 달리 작업하는 작가도 있겠지만, 내가 대화해본 모든 뛰어난 작가들은 아무리 지긋지긋하더라도 현실을 직시해야 한다고 하나같이 말했다. 그것이야말로 자전적 글쓰기의 본질이다. 진실이 심어놓은 지뢰를 밟아 폭발시켜야 작품이 탄생한다.

작가가 스스로 인정하지 않은 기만이나 뒤틀린 심보를 독자가 느끼는 순간, 작가의 권위는 추락한다. 그러면 독자는 책을 내려놓고 달달한 아이스크림이나 텔레비전 리모컨을 집어 든다.

현실에서 사람들의 관심을 끌듯이 글로도 사람들을 매혹해야 한다. 많은 위대한 작가가 매력을 폄하했다. 그런 작가들이 너무 많았기에 작가만 만족시키는 따분하고 난해한 책들이 등장하는 것이다. '매력charm'은 노래라는 뜻의 라틴어 '카르멘carmen'에서 유래했다. 내가 말하는 '매력'이란 사람을 붙들어놓을 정도로 탁월하게 노래하는 것이다. 한 개인이 현실에서 지닌 장점들이 글에서도 드러나기 마련이다. 반면 현실의 단점들을 상기하면 절로 겸손해질 것이다. 누군가를 사로잡으려면 아름다움과 추함이 함께 있어야 한다.

슬픈 일이지만 글에서 지질함이나 허영, 계략 등 작가의 어두운 면모가 눈에 띄지 않으면 거짓이 섞여 있지 않을까 의문이 생긴다. 이를테면 다정다감해서 인기 있는 사람이 도리어 쉽게 화를 내거나 격렬한 감정에 휩싸일 수 있다. 매력과 자신감 속에 계략을 꾸미고 남을 속이는 경향이 숨어 있을 때도 있다. 내향적이고 속이 깊으면서 은근히 남을 깔보는 성격도 있다. 자신을 소재로 쓰려는 사람들은 이 모든 것을 시인해야 한다. 자신을 실제보다 상냥하고 똑똑하고 민첩하고 재미있는 사람으로 포장하는 버릇에서 벗어나야 한다. 좋은 말만 써서는 안 된다.

미국에서 흑인민권운동 전에 출간된 리처드 라이트Richard Wright의 『흑인 소년Black Boy』은 매력을 배제하고 뿌리 깊은 신랄함으로 무장한 작품이다. 눈 하나 깜박이지 않는 가차 없는 시선, 가라앉지 않은 분노를 품고 이야기하며 영합하기를 거부하는 태도. 이것이 라이트의 가장 중요한 재능이다.

20세기 미국이 회고록에 열광하기 시작한 계기가 바로 1945년 출간된 라이트의 『흑인 소년』이었다. 뒤이어 여러 회고록 작품이 줄지어 대히트를 쳤다. 토머스 머튼의 『칠층산』, 블라디미르 나보코프의 『말하라, 기억이여 Speak, Memory』, 메리 매카시의 『가톨릭 신자였던 소녀 시절의 추억』이 출간됐다. 나보코프는 1936년부터 프랑스에서 회고록의 일부분을 발표했고, 매카시는 1946년부터 주간지 《뉴요커 The New Yorker》에 회고록의 일부를 실었지만, 크게 유명해지기 전에 단행본 형태의 회고록으로 독자를 사로잡은 작가는 라이트가 처음이었다고 본다. 라이트는 우리가 오늘날 알고 있는 형태의 인생록을 만들어냈다(그다음으로 위의 작품들을 읽고 배웠을 마야 안젤루와 프랭크 콘로이가 뒤를 이었다).

더 오래전에 부커 워싱턴 Booker T. Washington의 『노예의 굴레를 벗고 Up From Slavery』도 베스트셀러였으나, 워싱턴은 그 책을 내기 전에 이미 유명했다. 반면에 라이트는 무명이었다가 《뉴욕 타임스》 베스트셀러 목록에 오른 첫 흑인 작가였다. 그가 마지막은 아니었다. 1965년 출간된 맬컴 엑스 Malcolm X의 자서전과 1969년에 나온 안젤루의 회고록도 승승장구했다. 인종격리정책이 유효한 텍사스에서 백인 소녀로 살던 나에게 그 책들은 주변 사람들이 쉬쉬했던 인종차별에 관해 알려주었다. 지금 와서 생각하면 그들의 고백이야말로 흑인민권운동이 불타오르는 계기가 되지 않았나 싶다. 그 책들이 아니었다면 흑인들의 경험은 사회적, 정치적 언어로만 다뤄졌을 것이다. 라이트가 백인들 비위를 맞추는 글쓰기를 거부한 것은 그 시대에 혁명적인 행위였다. 그런 만큼 라이트의 글에서는 진정성이 느껴진다. 게다가 그의 목소리는 시적인 감성도 전할 줄 안다.

> 모든 사건이 암호 같은 언어로 말을 걸었다. 그리고 삶의 순간들이 서서히 암호를 풀어 의미를 보여주었다. 산처럼 우람한 흑백 얼룩말 한 쌍이 피어오르는 흙먼지 구름 사이로 달가닥달가닥 달리는 모습을 처음으로 봤을 때 느낀 경이로움이 있었다.
> 곧고 길게 늘어선 붉은 채소와 녹색 채소가 햇살 속에서 빛나는 지평선 쪽으로 뻗어 있는 광경을 보았을 때 느낀 환희도 있었다.

이런 서정적인 순간들은 흑인차별이 심한 미국 남부와 인종격리 정책을 편 시카고의 악랄한 현실과 강렬하게 대비된다. 『흑인 소년』의 첫머리는 방향 잃은 분노로 시작된다. 화자가 집에 불을 지르기로 결심하는 장면이다.

> 내 생각은 차츰 자라 활짝 피어나고 있었다. 이제는 (빗자루의) 밀짚 한 줌에 불을 붙여 커튼 아래에 대면 길고 푹신한 흰 커튼이 어떻게 될까

궁금했다. 시도해볼까? 그래, 하자.

불을 지른 뒤에 그는 어머니에게 죽도록 얻어맞고 침대에 늘어져 환각에 빠졌다. 그리고 틈만 나면 자신을 괴롭히는 아버지를 화나게 할 방법을 찾아냈다. 울어대는 새끼 고양이 때문에 잠을 깨 몹시 화가 난 아버지는 아들에게 고양이를 조용히 시키라고 했다. "그놈을 죽여버려!" 그는 정말로 고양이를 죽였다.

라이트는 섬뜩할 정도로 냉정하게 새끼 고양이를 죽인 일을 묘사했다. 고양이를 죽인 행위의 "정당성"에 관해 논쟁하여 아버지를 손들게 하고 나서 이렇게 썼다.

> 처음으로 아버지를 이겼다. 내가 아버지 말씀을 곧이곧대로 받아들인 것이라고 믿게 만들었다. 그는 자신의 권위를 위험에 빠뜨리지 않고는 나를 벌할 수 없었다. (…) 나는 아버지를 잔인한 사람으로 여긴다는 사실을 그에게 알렸다. 벌을 받지 않으면서 그 일을 해낸 것이다.

라이트의 철두철미한 논리는 도덕적 경건함을 손쉽게 피했다. 그는 가족 안에서조차 진실과 권력을 거머쥐고자 무자비하게 싸웠던 자신의 과거를 까발렸다. 그의 목소리는 대강 얼버무리며 넘어가기를 거부하며 단호한 진실의 감각으로 이야기했다. 라이트는 그것을 해낼 수 있었던 몇 안 되는 회고록 작가였다.

학생들에게 글쓰기를 가르치다 보면, 광범위한 정서를 아우를 정도로 깊이 있고 명료하며 솔직하게 쓴 진실한 글에 매혹된다. 자기 경험을 쓴 글이면 뭐든지 좋다는 것은 아니다. 적어도 어떤 학생들은 사람을 사로잡는 독특한 목소리를 능숙하게 만들어내는 듯하다.

그리고 목소리가 기억에 남을수록 내용이 '더 진실하게' 여겨지는 법이다. 왜냐하면 화자가 모든 사람이 합의한 버전이 아닌 오직 '자신만의' 진실을 쌓아올리는 모습은 누구에게나 뻔히 보이기 때문이다. 반대로 내용이 진실할수록 목소리가 더 훌륭해지는 것인지도 모른다. 위대한 인생록은 타인과 뚜렷이 구분되는 한 사람이 하는 말처럼 들리면서도 광범위한 감정을 다룬다.

도저히 믿을 수 없는 사건도 믿게 하는 대담한 목소리를 구사하는 것도 진실한 글을 쓰는 재능에 속한다. 힐러리 맨틀Hilary Mantel이 쓴 『유령 놓아주기Giving Up the Ghost』의 첫머리에는 작가가 영혼의 세계와 마주친 경험들이 등장한다. 그녀는 계단에서 유령을 둘러싼 아른거리는 빛을 뚫고 걸어갔다.

"나는 그것이 계단을 내려오던 내 새아버지의 유령이었음을 안다. 또는 대다수가 받아들일 수 있게 말하자면, 나는 그것이 내 새아버지의 유령이었음을 '안다'."

맨틀은 첫 번째 문장에서 자신의 신비 체험을 단순한 사실로 서술했는데, 회의적인 요즘 독자들은 그녀가 제정신이 아니라고 생각할 게 분명했다. 따라서 바로 다음 문장에서 '안다'에 작은따옴표를 붙여 이성이 지배하는 세계로 옮겨간다. 신비한 체험에서 출발했지만 의심하고 믿지 않으려는 이들이 있는 곳으로 잠시 달려간 것이다.

바로 그 순간부터 사람들은 분별 있는 목소리가 비이성적인 현상과 평범한 의구심을 전부 아우를 것이라고 믿게 된다. 그러면서 작가는 자신에게 너무도 익숙한 초자연적 체험들로 독자를 초대했다. 몇 문단 뒤에 작가는 자신을 괴롭히는 편두통 전조 증상에 대한 이런저런 추측을 통해 유령을 보는 것이 신경계 문제일 가능성을 시사했다. 무엇보다도 초자연적 현상에 대한 작가의 끈질긴 호기심과 그것을 설명하는 어떤 종류의 해석이든지 따져보려는 열정에 독자는 감명을 받는다.

따라서 어렸을 때 정원에서 궁극의 악마와 마주치는 장면(작가가 악마라 부르지는 않았지만 악마라 여길 수밖에 없는 장면이었다)에 이르면 독자의 의구심을 고려해 사건의 현실성을 부인하지 않아도 괜찮았다. 작가의 목소리가 이미 앞에서 분위기를 조성했기 때문이다. 맨틀은 실제로 벌어진 일과 어린 화자의 반응을 그대로 적기만 하면 되었다.

손끝 하나라도 움직이면 잔물결이 이는 듯 공기가 떨렸다. 파리처럼 느리게 웅웅거리는 소용돌이를 느낄 수 있지만, 파리는 없다. 아무것도 보이지 않는다. 아무 냄새도 나지 않는다. 아무 소리도 들리지 않는다. 하지만 그것은 움직이고 있다. 그것의 오만한 움직임에 속이 울렁거린다. 내 감각의 경계, 그 가장자리에서 어떤 존재의 윤곽을 감지한다. 그것은 키가 두 살배기만 하고, 두께는 30센티미터쯤이다. 그것을 둘러싼 공기가 보이지 않게 흔들린다. 춥고 구역질이 나려 한다. 움직일 수 없다. 몸이 덜덜 떨린다. (…) 수치스러워졌다.

이 장면이 과연 '현실'일까를 의심하더라도 그것이 글을 쓰는 본인에게는 확고한 진실임을 의심할 수 없다.

작가의 목소리는 독자에게 모든 도덕적 잘못을 털어놓아야 한다. 토바이어스 울프가 『이 소년의 삶This Boy's Life』에서 그랬듯이 말이다.

나는 거짓말쟁이였다. 나를 모르는 사람이 없는 좁은 동네에서 살면서도 마치 다른 사람이 된 듯 내 모습을 새로 꾸며내지 않고는 견딜 수 없었다. 내 관심이 다른 데로 쏠리거나, 사람들의 호응이 줄어들 때면 늘 그랬다. 나는 도둑이기도 했다.

이 고백이 왜 훌륭한가. 자신이 왜 그랬는지 스스로 알고 있다는 점 때문이다. 토바이어스 울프는 자아를 형성하고자 했는데, 주변 사람들의 의견이 방해가 되면 그들을 속이고 자아를 재창조하기 위해 허위로 꾸며냈던 것이다. 그에게는 자기 인식이라는 재능이 있었다. 누구나 다른 사람이 되고 싶었던 적이 있고, 사람들이 자신을 다른 사람으로 바라봐주기를 원하며 속인 적이 있지 않은가?

이런 고백 앞에 사람들은 거짓말을 한 누군가에 대한 신뢰를 저버리기보다는 오히려 한층 굳게 믿게 마련이다. 독자가 회고록 작가에게서 용납할 수 없는 것은 단 한 가지, 독자를 속이는 것뿐이다. 독자를 속이는 작가는 알팍한 사람이고 자신에 대해 전혀 모른다.

평소 같으면 전혀 가까이하고 싶지 않은 사람이라도 자신에 대한 이해를 바탕으로 진솔한 경험을 이야기할 때면 귀가 솔깃해지곤 한다. 누구나 비행기에서 아주 상냥하지만 재미없는 수다쟁이가 옆자리에 앉는 바람에 잠든 척한 경험이 있을 것이다. 그런데 그런 수다쟁이가 여행자 신분에서 오는 익명성 덕분에 마음을 건드리는 경험을 이야기하면 그 사람의 고백에 홀려버린다. 강렬한 고통과 기쁨을 노래하며 살아 숨 쉬는 내면을 드러낸 진솔한 이야기는 언제나 매혹적이다.

왜냐하면 열정적인 경험을 이야기하는 일은 사실 위험하기 때문이다. 감정이 실리면 드라마가 탄생한다. 신기하게도 인간의 작은 몸속에서 그토록 치열하고 위태로운 갈등이 벌어진다. 그렇다고 해서 목소리가 꼭 요란하거나 오페라처럼 웅장해야 하는 것은 아니다. 이를테면 콘로이나 나보코프는 말을 지극히 아꼈지만, 그들의 어조가 차분하다고 해서 감정의 깊이가 얕다고 생각하는 사람은 없다.

생각해보면 가짜 자아를 뒤집어쓴 옆자리 사람 때문에 지루했던 적도 많지만, 그만큼 모르는 사람의 얼굴에서 생생한 열정이 뿜어져 나오는 것을 흐뭇하게 바라본 적도 많다. 아무리 폐쇄적이고 까칠하며 늘 감정을 억제하는 사람이라 해도, 자신에게 가장 중요한 이야기를 할 때는 자기감정을 진솔하게 전하는 법이다. 아무리 말솜씨가 없는 사람이라도 반짝이는 몇몇 교감의 순간에는 훌륭한 교향곡처럼 듣는 이의 마음을 들쑤신다. 사람과 사람이 나누는 그런 교감을 포착하고 싶은 욕구에서 바로 교향곡이 탄생한 것이다. 자전적 글쓰기도 마찬가지다.

극적인 상황은 우리가 서로 교감해야만 하기 때문에 발생한다. 그리고 우리는 모두 극적인 상황을 겪어야 하는 운명이다. 단지 인간으로 살아갈 뿐인데도 아무리 운이 좋은 사람도 극적인 상황과 사건 속에 던져진다. 사랑하는 이들이 갑자기 죽거나 병상에서 몇 년씩 괴로운 시간을 보내기도 한다. 인간은 못생기고 가난하게 태어난다. 혹은 부유하고 잘생겼지만 보살핌을 받지 못한다. 사랑이 넘치는 이상적인 가정에서도, 그럴 의도가 없더라도 서로의 희망을 부수고 만다. 중요한 순간에 나타나지 않거나, 다정한 손길을 간절히 바라고 있을 때 나타나 슬픔과 부끄러움을 안겨준다.

인생 이야기를 꺼내놓으면서 내가 얻은 부수적인 효과가 있다. 생판 모르는 사람들이 다가와 초면에 예의상 나누는 잡담을 건너뛰고 그들 인생에서 가장 파란만장했던 이야기를 나에게 털어놓는다는 사실이다. 이상하게도 나는 그들의 이야기를 듣고 감동받지 않은 적이 없었다. 나는 남에게 쉽게 감정을 이입하지도 않고, 그다지 너그럽지 않은데도 말이다.

머리가 나쁜 사람이든, 표현을 잘 못하는 사람이든, 살아 숨 쉬는 인간을 직접 만나면 엄청나게 많은 것이 전달된다. 셰익스피어Shakespeare가 "불쌍하고 헐벗은 두 발 달린 짐승"* 셰익스피어의 희곡 『리어왕King Lear』에 나오는 구절 *이라 했듯, 우리는 심장이 뛰는 육체가 눈앞에 있기만 해도 저절로 관심이 쏠린다. 인간은 공감의 순간에 타인의 모습에서 자기 자신을 보는 법이다. 서로의 이야기를 들을 때면 기분을 좋아지게 하는 옥시토신 분비가 증가한다. 옥시토신은 아기에게 모유를 먹이는 엄마들에게 나오는 호르몬으로, 엄마와 아기의 유대를 형성하는 데에 도움이 된다. 서로 이야기하고 이야기를 들으면서 인간은 마치 원시 부족의 일원처럼 교감하는 것이다.

❖

생생한 경험을 말이 아닌 글로 옮기는 일은 한층 어렵다. 이야기를 글로 솜씨 좋게 엮어내지 못하면 글 때문에 삶이 초라해져버린다. 이를테면 꼭 필요한 세부 사항들이 빠지거나 누구나 쓸 수 있는 진부한 문장만 넘쳐날 때가 그렇다. 그렇게 되지 않으려 작가의 마음속에 숨겨진 이야기를 드러내고, 읽는 이가 작가의 삶을 새로이 체험하게 해주는 특별한 언어적 장치가 필요하다. 그것은 바로 작품의 목소리다.

불행히도 아무도 작가에게 목소리를 빚어내는 작업의 고충을 알려주지 않는다. 글쓰기 교재에서 '목소리'를 다룬 부분을 찾아보면 기술적 요소인 어조tone, 딕션diction, 구문syntax에 대해서만 설명할 때가 많다. 딕션은 용어 선택, 그러니까 작가가 즐겨 쓰는 어휘를 뜻한다. 구문은 문장이 긴지 짧은지, 어떤 요소로 구성되는지, 종속절이 있는지 없는지 등을 가리킨다. 두서없이 겉도는 문장도 있고 기관총처럼 쏘아대는 문장도 있다. 어조는 문장의 감정적 특성으로, 작품의 주제에 대한 화자의 감정을 드러낸다.

로버트 프로스트Robert Frost는 벽 너머에서 웅얼대는 목소리가 들려올 때마다 어조에 따라 누가 화가 났고 누가 당황했고 누가 울음을 터뜨리기 직전인지 가려낼 수 있었다고 말했다. 나에게 목소리는 작가의 '정신psyche'과 같다. 따라서 작가가 생각하는 방식, 바라보는 관점, 궁리하고 흔적을 남기고 괴로워하는 방식이 글감 선별과 순서 결정, 완급 조절에 영향을 미친다. 이처럼 자전적 글쓰기를 하려는 이들이 만들어내는 모든 문학적 결정은 작가의 개성에 달려 있다. 마침내 빈틈없이 꼭 들어맞는 목소리를 찾았을 때 모든 문제가 단숨에 해결되는 것은 그 때문이다.

프랭크 콘로이는 『스톱타임』에서 평범한 경험을 극적인 사건으로 부풀리려 애쓰지 않는다. 그보다는 짧은 순간을 골라 너무나 시적으로 표현한다. 다음 대목에서는 영리하고 일시적으로 불량 청소년인 고등학생 화자가 곧 학교에 가려는 참이다.

> 나는 냉장고의 찬 공기가 맨발 위로 쏟아지는 와중에 눈을 감고 고개를 뒤로 젖혀 우유갑을 입에 가져갔고 벌컥벌컥 삼켰다. (새아버지의) 커피에 넣을 한 모금만 남기고 우유갑을 다시 넣고 육중한 문을 닫았다. 아침 식사 끝.

이 장면은 냉장고 문을 열고 서 있는 십 대 소년이 보편적으로 느끼는 깊은 허기를 포착했다. 그러면서도 벌컥벌컥 들이키는 모습, 맨발 위로 쏟아지는 냉기, 새아버지를 위해 남긴 한 모금의 우유까지 구체적인 감각들이 살아 있다. 우유는 왜 남겼을까. 배려하느라? 부루퉁하게 또는 기계적으로 그랬을까? 어느 쪽인지 알아내려면 다음을 읽어봐야 한다. 콘로이는 지극히 일상적인 일조차 '야비한' 사건으로 둔갑시키는 버릇이 있기 때문이다. 냉소적인 십 대 소년이 아침에 서두르는 모습을 이보다 잘 묘사한 글은 없다. 그리고 문단의 리듬도 훌륭하다. 긴 문장 다음에 짧은 문장이 나오고 마지막에 "아침 식사 끝"이라는 세 개의 형식적인 단어로 마무리된다. 불량 청소년이 겨우겨우 끼니를 때우는 모습, 육중한 냉장고 문의 위엄, 작가의 독창적인 목소리는 콘로이의 침착하고 무시당해도 개의치 않는 성격과 일맥상통한다. 다음 인용문에서 절정에 달한 콘로이의 강렬한 목소리는 평범한 요요 놀이마저 성적인 뉘앙스로 감싸버린다.

> 그것이 어렴풋하게 자위행위와 비슷하다는 사실을 모르는 척하고 넘어갈 수는 없다.
> 미국에 사는 사춘기 소년들의 적어도 절반은 그랬을 것이다. (…) 요요가 던져졌다가 되돌아오는 모습은 왠지 모르게 자위행위와 비슷하다고 볼 수 있다. 하지만 던지고, 가장 낮은 지점에 이르고, 되돌아오는

세 단계로 나눠 각각 발기, 오르가슴, 수축에 대응시키는 것은 너무 지나친 듯하다.

콘로이는 요요를 던지며 무아지경에 빠졌다. 그러면 아무도 돌봐주지 않는 황폐한 가정의 현실에서 벗어날 수 있었다. '숨 쉴 틈'을 찾는다는 것은 곧 질서와 침묵, 시간이 멈추는 장소를 찾는 것을 뜻했다. 차분한 시간이 오면 고통에 빠진 소년 콘로이는 사라질 수 있었다. 나중에는 섹스, 음악, 술, 난폭 운전처럼 자아를 잃고 침묵 속으로 도망가는 다른 방법들도 찾아냈다.

콘로이의 『스톱타임』을 수업 교재로 사용할 때마다, 나는 학생들이 그의 목소리를 믿는다는 것을 확실히 느낄 수 있었다. 학생들은 그의 목소리가 거짓말을 하지도 않고, 읽는 이를 잘못된 방향으로 끌고 가거나 사건을 지어내고 꾸미지 않으며, 무거운 죄를 감추려고 가벼운 죄만 고백하거나 동정심을 구걸하지 않을 것이라고 믿는다. 문학 용어로 바꿔 말하자면, 콘로이의 목소리는 진실하다.

다시 한 번 강조하겠다. 목소리는 작가의 고유한 재능에서 우러나오고, 작가의 재능은 타고난 성격에서 싹트는 법이다. 자전적 글쓰기 작가의 개성은 글에서 마법 같은 힘을 발휘하는 동시에, 작가가 얼마나 이기적이고 옹졸하고 이간질을 하는지도 드러내기 마련이다. 인간은 벌어진 일을 객관적으로 보지 못한다. 누구나 세상을 자신의 잣대로 인식하기 때문이다. 그리고 인간의 기억은 현재 자신이 어떤 사람인가, 과거에 어떤 사람이었는가에 따라 크게 달라진다.

따라서 훌륭한 목소리에는 작가의 내면이 담겨 있다. 작가의 목소리가 주변을 살피며 사건을 구성하거나 파악하는 과정을 보면서, 독자는 작가 자아의 형태와 맹점, 기호, 욕구를 한시도 놓치지 않고 지켜볼 수 있다. 내가 읽고 또 읽은 책들은 겉으로 드러난 행위에 의존하는 시각적 매체인 영화처럼 기록하지 않는다. 여러 출처의 비중을 가늠하고 저울질해서 균형 잡힌 관점을 내세우는 역사처럼 기록하려 하지도 않는다. 이것이 자전적 글쓰기의 위대함이다.

사실 내가 훌륭하다고 여기는 회고록 작가들은 기회만 생기면 자신이 보고 듣고 느낀 것을 어떤 식으로 왜곡하고 있는지 일일이 설명하지 않고는 못 배긴다. 다시 말해 글을 쓰는 과정에서 보고 듣고 느낀 것에 의문을 품는 것이다. 더 진중하고 믿음직한 작가는 의문을 품는 데에 그치지 않고 옳고 그름을 따진다.

기억이 사실을 왜곡하듯이 자아는 아주 단순한 감각도 자기 식으로 바꾼다. 목소리는 그런 왜곡을 반영해야 한다. 우유를 마시는 백인 소년은 나약하거나 감성에 젖지 않았고, 정당한 분노를 쏟아낸 흑인 소년도 마찬가지였다. 두 작가가 내는 목소리는 각자의 인물을 당당한 존재로 세운다.

주관적이며 자기중심적인 인식이 거짓에 물들기 쉽다는 것을 누구나 다 아는 상황에서 나는 어째서 감히 자전적 글쓰기의 진실성을 거론하는가? 스님이라면 자아가 세계를 받아들이는 방식을 불교 용어 마야 * 摩耶. 끊임없이 변하는 무상한 허깨비 같은 현상을 깨닫지 못하고 그것을 실체로 착각하는 무지無知의 상태 * 또는 '미혹'이라 부를 것이다. 심리학자라면 우리가 지난날의 상처를 현재의 무관한 사건에 어떻게 투사하는지 짚어낼 것이다. 그러니 진실이 어떻게 존재할 수 있을까?

기억 자체도 어렴풋하지만, 자아를 의식하는 작가는 혀로 아픈 이빨을 건드리듯 툭하면 자신이 품은 의심까지도 들쑤신다. 깊이 있고 진실한 목소리를 찾아내려면 글을 쓰면서 자신이 과거를 어떤 식으로 잘못 인식하는지 파악해야 한다. 그러려면 하나의 상황을 다양한 시각에서 바라봐야 한다. 목소리가 추구하는 것은 객관적 권위가 아닌 주관적인 호기심이므로.

예를 들어 나는 내가 쓰는 모든 책에서 우울한 분위기에 끌리는 성격이라고 고백해야 직성이 풀린다. 선을 넘을락 말락 하는 음울한 유머 덕분에 내가 죽지 않고 살았으므로 그런 유머가 내 책에 나와야만 한다. 언니가 어릴 적에 자기는 성폭행을 당하지 않았는데 왜 나만 그랬느냐고 물어봤을 때 "언니는 별로 안 예뻤나 보지" 하고 빈정거렸다. 내 인생에서 가장 암울한 사건의 의미를 비틀어 타인을 깎아내린 것이다. 나와 관련된 어떤 이야기라도 명랑한 치어리더처럼 노래하는 것은 거짓말이나 마찬가지다. 암울함이 반드시 들어가야 한다.

이처럼 믿음직한 목소리는 작가가 여러 '진실들'을 쥐어짜면서 현실을 서술하거나 창조한 방식을 그대로 드러낸다. 우리는 풍경을 읽는다기보다 우리 눈에 비친 풍경을 반사해낸다.

내가 우러러보는 자전적 글쓰기 작가들의 목소리에는 책임을 회피하거나 과거의 잘못을 정당화하며 자신을 미화하는 기술이 없는 듯하다. 각자의 풍성한 내면 세계에서 훈련받은 작가들만이 진정한 예술가로 거듭날 수 있다. 자기 자신을 알고자 하는 작가는 말하자면 파티에 입고 갈 옷을 고를 때 솟는 허영심을 밀쳐낼 줄 안다. 도리어 대담하게 발가벗고 무도회에 나타난다.

미화하지 않고 자기만의 목소리를 찾아내는 재능. 이 재능이자 본성은 기억을 걸러내는 자아에서 나온다. 이 재능은 겉으로 드러난 글재주뿐 아니라 연륜, 가치관, 태도, 사고방식, 감각, 타고난 성격까지 아우른다.

그런 본성은 초고를 쓸 때부터 나타난다. 초고를 쓰며 이야기들을 되도록 알기 쉽게 적어가다 보면 작가로서 그리고 인간으로서 나만의 뭔가가 글에 나타나기 시작한다. 처음에 아무리 부끄럽더라도 진실을 굳게 믿으며 글 속에서 자신을 속속들이 파헤치다 보면 작가의 핵심 역량을 최대한 부각하는 방향으로 작품이 짜여질 것이다. 자신이 가장 열정적으로 추구해온 것이 바로 자기의 핵심 역량이다.

지금까지도 베스트셀러 목록에서 내려올 줄 모르는 『와일드 Wild』의 작가 셰릴 스트레이드Cheryl Strayed의 문장에는 시에 대한 열정이 그대로 드러난다. 그의 핵심 역량은 시에 대한 열정과 혼자 걸어서 미국을 종단하는 중에 날마다 일기를 쓴 부지런함이다. 이 두 가지가 책의 얼개를 마련해주었다. 스트레이드는 진실을 탐구의 과정으로 본다. "나는 학생들에게 진실하고, 더 진실하고, 가장 진실한 이야기를 찾아야 한다고 말한다." 스트레이드의 초고는 표면을 스쳤을 뿐이었지만, 원고를 고치는 과정에서 중요한 심리적 사실들을 찾아낼 수 있었다. 진실에 다가가는 방법은 작가가 지닌 열정의 종류에 따라 달라진다. 러시아 문학과 초현실적 은유에 대한 열정일 수도 있고, 일기 쓰기와 시와 하이킹에 대한 열정일 수도 있다.

우리는 이제까지 목소리를 찾는 일에 대해 이야기했다. 목소리를 찾는다는 것은 사실상 자신의 기억을 타인의 머릿속에 심는 방법을 배우는 일이다. 화자는 어떤 면에서 독자의 대리인 역할도 한다.

결국 목소리를 찾는 유일한 방법은 글을 써나가면서 찾는 것이다. 작가는 자기 이야기를 글로 적으며 단어들을 이리저리 옮겨보면서 자신만의 재능을 발견하기 시작한다. 그 재능이 처음부터 끝까지 눈에 띄도록 책을 구성해야 한다. 독자의 마음을 얻으려고 용어 선택과 구문에 치중할 필요는 없다. 그저 진실하게 쓰면 된다. 프랭크 매코트는 『안젤라의 재』에서 서민이 쓰는 단음절의 직설적 어휘를 사용해 마술적 효과를 냈다.

아버지와 어머니는 뉴욕에 그대로 눌러 앉았어야 했다. 그들이 만나 결혼하고 내가 태어난 바로 그 도시에. 하지만 부모님은 아일랜드로 돌아갔다. 내가 네 살, 남동생 말라키가 세 살, 쌍둥이 동생 올리버와 유진이 겨우 돌쯤이었고 여동생 마거릿이 죽고 없을 때의 일이었다.

어린 시절을 돌이켜보면 내가 대체 어떻게 살아남았는지 신기하다. 물론 어린 시절은 비참했다. 행복한 어린 시절은 이렇게 늘어놓을 가치가 없다. 보통의 비참한 어린 시절보다 더 고약한 것이 아일랜드에서의 비참한 어린 시절이고, 그보다 더 고약한 것은 가톨릭교 아일랜드에서의 비참한 어린 시절이다.

어릴 적 고생을 떠벌리고 우는소리를 하는 사람은 어디에나 있지만, 아일랜드에서의 어린 시절에 비할 바는 아니다. 가난, 무능한데 말 많고 술에 찌든 아버지, 좌절하여 난롯불 옆에서 탄식하는 신앙심 깊은

> 어머니, 거드름 피우는 신부들, 윽박지르는 교사들, 영국인들이 팔백 년이라는 긴 세월 동안 우리에게 저지른 끔찍한 짓거리들.
> 무엇보다도 우리는 늘 젖어 있었다.

매코트는 라틴어에서 유래한 단어 몇 개를 제외하고는 오 학년짜리도 알아듣는 단어들을 쓴다. 독자는 그가 어떤 내용을 어떤 순서로 쓰는지에 공감하고 그의 직설적인 발언에 공감한다. 나보코프처럼 박식한 작가는 언어적 기교로 우리를 휘어잡지만, 매코트의 이 쉬운 글을 읽으면서도 우리는 화자에게 깊이 공감하게 된다.

첫 번째 단락에서는 "아버지와 어머니는 뉴욕에 그대로 눌러앉았어야 했다"라며 첫 문장부터 가정생활에 문제가 있었음을 암시하고, 너무도 간단하게 동생들을 순서대로 소개하면서 아기의 죽음이라는 끔찍한 상황으로 끝맺는다. 곧이어 독자가 비참한 아일랜드 유년기가 나올 것을 두려워하고 있음을 알기에, 그 두려움과 초장부터 대면한다. 그리고 자신의 작업에 대한 독자의 냉소가 숨어 있는 곳으로 바로 돌진한다. 그러고 나서 마치 조롱하듯이 아일랜드 유년기의 클리셰를 하나하나 늘어놓는다. "좌절하여 난롯불 옆에서 탄식하는 신앙심 깊은 어머니, 거드름 피우는 신부들, 윽박지르는 교사들…." 그리고 마지막으로 섬나라에서 춥게 자란 경험에 관한 단순하고 육체적인 사실을 자조적으로 내뱉는다. "무엇보다도 우리는 늘 젖어 있었다." 작가는 비극과 유머로 우리를 감탄하게 하면서 심리적 긴장감을 형성했으며, 이 책에서 진솔한 이야기를 만나볼 수 있다고 약속했다. 그리고 그 약속은 성공했다. 만약 매코트가 나보코프식의 목소리를 사용했다면 당연히 실패했을 것이다.

05

아름다움은 세계관 위에 존재한다

나보코프에게서 배우기

미를 창조해야 한다면 당신은 어떻게 하겠는가?

유감스럽게도 나는 비명을 지르고 입에서 기괴한 벌레들이

쏟아질 것이다.

죽음을 떠올릴 것만 같다.

딘 영 Dean Young

블라디미르 나보코프를 읽지 않고 자전적 글쓰기의 작가가 되기란 불가능할지도 모른다. 그가 쓴 작품의 분위기는 너무도 황홀해서 읽고 있으면 뇌 구조가 송두리째 바뀌어버리는 것만 같다. 책을 읽다가 모서리를 접어놓은 페이지에서 눈을 떼고 문득 고개를 들면 사물들의 색이 한층 진해지고 테두리가 더욱 날카로워 보인다. 평소에는 너저분하기만 한 창밖 거리에 떨어진 영화표나 립스틱 묻은 담배꽁초 같은 쓰레기도 내가 고개를 들기 직전에 끝나버

린 특별한 사건이 남긴 흔적인가 싶다. 세상이 마법의 콜라주 혹은 비밀 상자로 변한다. 마술 장난감 같은 그의 책을 읽을 때마다 어김없이 내 감각이 새롭게 변한다.

필립 라킨Philip Larkin이 말한 "시 쓰는 슬롯머신"처럼 '주의 집중'이라는 동전을 넣고 손잡이를 잡아당기면 나보코프에게서 어떤 느낌과 인상이 빠져나온다. 내 학생들은 물론 나 또한 나보코프의 신비롭게 춤추는 언어를 흉내 내려고 용을 썼다. 그래 봤자 천하의 얼간이로 보일 뿐이었다. 뚱뚱하고 털이 수북한 여장 남자가 발레리나용 핑크빛 스타킹을 신고 애교를 부리는 것과 같았다.

나는 나보코프의 회고록 『말하라, 기억이여』를 열 번도 넘게 수업 교재로 썼다. 그런데 아직도 이 작품을 읽을 때마다 알 수 없는 신비감에 휩싸이곤 한다. 사실 나보코프는 회고록 말고도 도서관 여기저기에 다 꽂힐 정도로 광범위한 분야의 저술을 남겼고, 그것들은 하나같이 훌륭하다. 『롤리타Lolita』의 세속적 유명세가 아무리 크다 해도 그의 작품들이 가지고 있는 훌륭함을 가릴 수 없다. 그중 자전적 글쓰기에 대해 말하면서 『말하라, 기억이여』를 빼놓을 수는 없는 일이다.

평범한 작가가 보기에 『말하라, 기억이여』에는 보통의 독자가 주인공에게 공감하는 데에 필요한 요소들이 꽤 많이 빠져 있다. 그런데도 우리는 설레는 마음으로 책장을 넘기고, 다 읽고 나면 자신이 나보코프처럼 고국에서 추방당한 사람인 마냥 아쉬워서 어쩔 줄 몰라 하는 것이다.

그래서 이 작품에서 정확히 무엇이 빠진 것인지 파악하기가 너무 힘들다. 나는 최근에서야 작정하고 일일이 따져보았다. 놀랍게도 빠진 것은 대부분의 훌륭한 인생록이 독자를 사로잡는 수단인, 작가와의 깊은 유대감이었다! 그의 인생록을 펼쳐 든 독자는 전형적인 플롯, 즉 오랜 시간에 걸친 드라마틱한 개인사를 기대하는데 『말하라, 기억이여』에는 그런 줄거리가 없다. 대화도 없고, 몇몇 일화는 나오지만 구체적인 장면은 몇 개밖에 없다.

그래서 책을 읽는 나와 작가가 통하는 구석이 전혀 없다고 느끼면서도 작가의 사고방식을 속속들이 알게 된다. 나보코프의 문장은 매력적이고 중독성이 있다. 그러나 누구나 겪었을 법한 보편적 경험은 찾아볼 수 없다. 그는 지극히 고상하고 세련된 인물이어서 보통 사람들이 살아가는 따분한 일상에서 자유로웠다. 소설가 제니 오필Jenny Offill은 그를 "괴물 예술가"라고 부르며 이렇게 썼다. "나보코프는 자기 우산조차 스스로 접지 않았다. 우표에 침을 발라 붙이는 일은 그의 아내가 대신 해주었다."

『말하라, 기억이여』의 주인공은 동물원에 놓아도 이상하지 않을 정도로 희귀한 인물이다. 우리보다 똑똑하고, 일부러 그러는 건 아니지만 왠지 모르게 우리보다 훨씬 고상하다. 그의 고상함을 마뜩잖아하는 일은 가젤이 우아하다고 질투하는 것이나 마찬가지다. 글 속에서 발견되는 화자는 색상을 귀로 듣고 음악을 눈으로 볼 수 있는 교양 있고 공감각적인 사람이면서도 까다롭거나 예민한 성격은 아닌 듯하고, 몇 개 국어에 통달해 자기 작품을 직접 여러 언어로 번역했는데도 잘난 체하는 것 같지 않다. 과거 귀족들의 전성시대에 흔했던 귀족 출신 예술가라고 보면 된다.

이 책은 나보코프가 타고난 재능을 발휘해 이룬 기적이다. 그는 자신만의 세계관을 강조하는 방향으로 책을 썼다. 그 세계관은 읽는 이를 아예 삼켜버린다. 독자는 독특하고 세련된 작가의 머릿속을 맴돌며 주인공의 의견과 가치관을 무조건 따르게 된다. 나보코프 작품에서 빠진 회고록의 제반 요소들을 전혀 아쉬워하지 않으면서.

그런데 마술적 분위기를 제쳐두고 나보코프의 인간관계만 따로 살펴보면, 그가 썩 괜찮은 사람은 아니라는 사실을 알 수 있다. 우리가 그를 작가로서 좋아하지 않았다면 인간적으로 그를 꺼리며 뒷걸음질할지도 모른다. 이 책에 독자를 사로잡는 묘한 분위기가 없었다면, 나보코프의 몸에 밴 귀족적 관습과 감정 기복은 그저 멋이나 부리는 모습이거나 최악의 경우 인간을 악의적으로 혐오하는 듯이 보였을 것이다.

『말하라, 기억이여』는 요정이 나올 법한 배경에서 펼쳐지는 아름다움, 시간, 상실에 관한 찬란한 명상이다. 그리고 돌아가신 부모님을 그리워하고 아내와 아들과의 생활을 행복해하는 내용이다. 나보코프는 마법에 걸린 공간을 거니는 것처럼 1900년대 초반 러시아 제국의 부유층이 누렸던 호화로운 사치를 부끄러움 없이 찬양한다. 독자에게 자신의 인생관과 초월의 순간들을 보여준다. 우리는 그와 함께 20세기 초반으로 날아가 그의 특권을 부러워하지 않으면서 그를 졸졸 따라다닌다. 부럽기는커녕 그 광경을 엿볼 수 있어서 영광인 것이다.

그의 삶에는 평범한 것이라고는 없다. 그는 절대로 지루해하거나 짜증 내지 않는다. 그의 부모는 평범하게 행동하거나 사소한 일에 집착하는 법이 없고 인형처럼 완벽하다. 둘 다 "태양처럼 빛났다". 어머니는 흰색과 장밋빛이 도는 옷들을 입고 그에게 영혼을 바쳐 사랑하고 나머지는 운명에 맡기라는 식의 감상적인 조언을 해준다. 기마 근위대 제복을 입어 "가슴과 등을 감싼 매끄러운 황금빛 갑옷이 빛나는" 아버지는 신화에 등장하는 눈부신 왕이다. 아무리 특권층에 대한 반감이 강한 독자라도 책을 읽다 보면 나보코프의 귀족적 세계관에 푹 빠져 이런 터무니없는 묘사를 자연스럽게 받아들이게 된다.

나보코프의 수많은 재주 중에서도 나를 가장 먼저 사로잡은 것은 육체성을 활용하는 재주다. 여기서 육체성은 성적인 의미가 아니라 신체와 관련됐다는 뜻이다. 나보코프는 어떤 사물을 감각 기관으로 가공해 시적 감성을 뿜어내는 보물로 바꾸는 능력이 있다. 그는 감당할 수 있는 최대한의 아름다움을 기억에서 불러내고 그것을 소화하는 데에 어린 시절을 통째로 바친 모양이다. 그렇게 해서 잃어버린 제국이 기억 속에서 재로 변하기 전에 예술로 승화시킨 것이다. 그런 사물들에 비유적 의미를 덧붙여 책의 주제와 자연스럽게 연결시켰다. 잃어버린 세계에 대한 사랑을 표현하기 위해서는 취향이 세련된 화자가 돼야 한다. 과거와 현재를 자유자재로 오가면서 자칫 사라져버릴 수 있는 것들에 질서를 부여하는 숨은 틀을 찾아내야 한다. 결국 이 작품은 그런 사물들을 잊힐 위험에서 구해내려는 노력이다. 이 책의 플롯(플롯이 존재한다면)은 작가가 자신의 고향이라고 주장하는 "감각의 에덴동산"을 보존하는 데에 필요한 섬세한 감수성을 갈고닦는 방향으로 짜여 있다.

일반적으로 하나의 사물에 집중하는 장광설은 요점에서 벗어난 사족이나 장식적인 수사로 보이기 쉽다. 하지만 나보코프는 모든 사물에 이데올로기적 의미, 도덕적 의미, 정신적 의미 등 작품 주제와 관련된 다양한 의미가 깃들어 있다고 보았다.

따라서 이 작품에서 나보코프가 장황하게 묘사한 물체들은 골동품 가게에서 산 겉만 번지르르한 장식품이 아니다. 그는 그것들에 감정적, 상징적, 철학적 무게를 불어넣는다. 그리고 작품 초반부터 별이 수놓인 하늘을 헤아리는 점쟁이처럼 사물에 깃든 의미를 읽어내도록 독자를 길들이기 시작한다.

나보코프가 요람에 누워 "여기저기 그늘진 눈사태 같은 린넨" 깔개를 들쑤시며 노는 장면이 있는데, 마치 내가 그 요람에서 직접 뒹굴어본 것처럼 생생하게 다가온다. 그는 요람에 누워 어머니의 반지와 작은 왕관 따위의 보석들을 갖고 놀았다.

> 기억나지 않는 어느 부활절에 쓰고 남은 아름답고 기막히게 단단한 암적색 수정 달걀이 있었다. 나는 침대 깔개 모서리가 흠뻑 젖을 때까지 잘근잘근 씹은 뒤 깔개로 수정 달걀을 팽팽하게 감쌌다. 기적적으로 완벽한 빛깔을 은은하게 내뿜으며 천으로 포근하게 둘러싸여 따스하고 불그스레하게 반짝이는 달걀 표면을 보고 감탄하며 그것을 다시 핥곤 했다.

다른 작가가 "기적적으로 완벽한" 같은 표현을 써가며 어떤 물체의 반짝이는 빛깔을 상세히 늘어놓았다면 지나치게 화려하게 꾸민 느낌이 들었을 것이다. 하지만 나보코프는 수정 달걀을 입에 넣는 묘사로 화려함에 대한 육체적 열망을 표현하면서, 한편으로는 수정 달걀에 심리적 힘을 불어넣는다. 그는 수정 달걀을 핥는 행동이 "내가 양식으로 삼게 될 아름다움에 가장 가까이 다가간 것은 아니었다"라고 썼다.

수정 달걀은 나보코프가 숭배하는, 시적 감성을 지닌 사람만 살찌우는 음식 아닌 음식이었다. 가짜 달걀은 모성적이고 원시적이며, 반짝이는 붉은빛에 탄생의 가능성을 품고 있다. 그리고 장차 예술가가 될 그가 그것을 입으로 빨고 있다. 이 장면에서 타고난 예술가인 아기 나보코프는 그의 불가사의하고 빛나는 신인 영원한 아름다움 앞에서 의식이 깨어나고 있다. 암적색 수정 달걀은 차갑고 부서지지 않는 물체이지만 그에게는 모유와 같다.

이 장면은 작품 앞부분에 배치돼 있으므로 독자는 사물의 시적 공명이 이 작품이 추구하는 바임을 일찌감치 알아차릴 수 있다. 아름다움을 양식으로 삼는 게 단지 책의 주제이기만 한 것이 아니라 주인공이 살아남는 방식인 셈이다.

따라서 나보코프는 한 챕터 내내 나비 사냥에 대해서만 늘어놓고, 그의 아버지가 망명지에서 총에 맞은 일은 한순간에 지나간다. 작가의 세계관에서 보면 두 사건과 그것을 다룬 분량은 알맞게 균형 잡혀 있다. 물론 그물망을 들고 들판을 쏘다니는 것을 가르친 사람은 그의 아버지이므로, 어떤 면에서 날개 접힌 종잇장 같은 곤충들은 날아다니다가 금방 시든 꽃이며 아버지가 물려준 가보인 것이다. 그것들은 단검과 결투용 권총을 지니고 다녔던 신 같은 아버지의 성스러운 상징이다.

그의 집안을 철저히 몰락시킨 러시아 혁명은 어떤가. 나보코프의 고상한 묘사에 배경 음악으로 깔릴 뿐이다. 사랑하는 이들을 시간의 폭력에서 구해내려면 날카로운 눈과 한층 날카로운 취향과 아주 날카로운 철학적 마음가짐이 필요하다. 훌륭한 자전적 글쓰기에서 작가가 자아를 찾는 과정의 일부 측면은 책을 구성하는 원리로 작용한다. 온전한 자아로 거듭나려는 화자의 노력은 책 전체에 뚜렷이 새겨진다. 나보코프는 아름다움과 철학을 광적으로 숭배함으로써 실제에서는 '부활'시킬 수 없는 부모를 책에서는 '되살릴' 수 있었다. 이 작품에서 작가가 미적 감수성을 계발하는 것은 단지 허영이 아니라 삶과 죽음의 문제이다.

나보코프는 철학적 개념을 물리적, 육체적 은유로 옮기는 재주가 출중한데, 이는 작가의 목소리로 잘 드러난다. 탐나는 재능은 관념을 잊으려야 잊을 수 없는 이미지로 바꿔놓는다는 것이다. 나처럼 재미없게 "온 우주도 하나의 기억보다 작다"라고 말하기보다, 독자가 놀라워할 만한 이미지로 자신이 느낀 경이로움을 드러내면서 개념에 감정을 불어넣어 기억에 남는 문장을 만든다. 이런 방식이다.

> (캥거루의 육아낭에도 들어가는) 우주는 얼마나 작은가, 인간의 의식과 단 하나의 기억과 그것을 언어로 표현한 것에 견주어보면 얼마나 보잘것없고 미약한가!

나보코프에 대한 칭송이 이 정도쯤 되면 눈치 챘을 것이다. 나보코프가 그렇듯 위대한 작가들은 자신의 세계관을 전달하는 '기술'을 찾아낸 사람들이다. 그 기술을 사용해 독자들의 눈에 띄도록 자신의 목소리를 구성한다. 그것이 작가의 재능이다.

❖

글쓰기 수업을 받는 학생들은 나보코프 흉내 내기를 좋아한다. 그러면서 많은 것을 배운다. 대다수는 자신과 뼛속까지 다른 사람을 흉내 내면 안 된다는 사실을 배운다. 나보코프를 모방한 글은 그냥 깡통이 아니라 허세 부리는 깡통이다. 작가에게 가장 잘 어울리는 목소리는 자신의 고유한 개성을 받아들이고 나서야 자라날 수 있다. 나는 이것을 재능이라고 부른다. 재능은 목소리로 표현될 때 그 효과가 극대화된다.

그렇다면 목소리의 가장 간단한 구성 요소인 딕션을 살펴봐야 한다. 나보코프는 보통 사람들에게 어울리는 것보다 훨씬 화려한 어휘를 구사한다. 그러나 우리는 나보코프가 아니다. 대다수의 사람들은 평소에 늘 입에 달고 사는, 주로 단음절의 짧고 간단한 어휘를 사용하는 편이 낫다. 시인 브룩스 핵스턴Brooks Haxton처럼 고대 희랍어, 라틴어, 프랑스어, 히브리어, 독일어를 번역하는 사람이 아니면서 어려운 단어를 쓰는 것만큼 엉뚱한 짓도 없을 것이다. 이를테면 라틴어에서 유래한 '성교하다copulate'보다 게르만어에서 유래한 '관계하다fuck'를 쓰는 편이 낫다는 것이다. 정해진 규칙은 없지만 게르만어에서 유래한 단어들은 '저급하다'고 여겨지곤 한다. 거리에서 함부로 쓰는 말, 어린아이들이 쓰는 말, 가난하고 못 배운 사람들이 쓰는 말이다. 반면 라틴어에서 유래한 단어는 학문과 외교에 어울리는 '고상한' 말이라는 인상을 준다. 프랑스에는 프랑스어 사전에 넣기에는 너무 질이 낮거나(게르만어 유래) 너무 타락한(라틴어 유래) 단어들을 걸러내는 국립학술기관도 있었다.

나보코프의 문장은 줄줄이 이어지고 몇 페이지씩 계속되기도 한다. 그의 고급 어휘는 어려서부터 다국어를 익히고 귀족 집안에서 자란 희귀한 배경에서 자연스레 싹텄다.

작품 초반에 기술된 나보코프의 심리적 욕망은 과거를 말살하는 시간의 손아귀에서 벗어나는 것이다. 어떻게 보면 그는 마음만 먹으면 사실도 바꿔버릴 수 있다고 굳게 믿고 있는 듯하다. 따라서 시간 순서에 얽매이지 않는다는 특징은 아름다움에 대한 쉼 없는 찬양과 함께 작품을 이끌어가는 플롯에 가까운 역할을 한다. 다음은 책의 첫머리다.

요람은 심연 위에서 흔들리고, 상식적으로 인간이라는 존재는 두 개의 영원한 어둠 사이로 새 나온 찰나의 빛이다. (…) 나는 이런 상황에 반항한다. 내 반항심을 외부로 표출하고 자연에 항의하는 시위를 하고 싶다.

나보코프는 이 책에서 거듭 시간에 대해 쓴다. "시간이라는 장벽은 나와 내 멍든 주먹을 시간에 구애받지 않는 자유로운 세계로부터 떼어놓는다"라는 문장이 나오고 조금 뒤에는 "언뜻 무한해 보이는 시간이 사실은 감옥인 줄 처음에는 몰랐다"라고 이어진다.

인간의 시간을 끝내는 것은 바로 죽음이다. 나보코프는 전혀 다른 대상에서 같은 패턴을 찾아내 나비의 두 날개처럼 나란히 배열하는 '짝 짓기'를 즐긴다. 첫머리에 나온 요람은 첫 챕터의 마지막에 이르러 관(아마도 아버지의 관)으로 변한다.

관이 등장하는 문장은 아주 길게 이어진다. 문장은 어린 나보코프가 식탁에 앉아 있던 기억에서 시작한다. 그는 소작농들이 뭔가 선물을 받고 감사를 표하기 위해 고함을 지르며 그의 아버지를 허공에 던졌을 때, 고귀한 아버지가 "공중 부양"하는 모습을 바라본다. 창문을 통해 본 아버지는 마법에 걸린 듯 날아올라 허공에 매달려 멈춰 있는 것처럼 보인다. 이어지는 은유는 독자를 머나먼 곳으로 데려간다.

그렇게 그는 여름날 정오의 청명한 하늘에 마치 영원히 그러고 있을 것처럼 누워 가장 높은 마지막 비행을 하고 있었다. 주름이 가득 잡힌 옷을 휘날리며 교회의 아치형 천장에 가볍게 날아오른 천상의 존재들처럼. 아래쪽에서는 사람들의 손에 들린 양초에 하나씩 불이 붙어 자잘한 불꽃들이 향에서 피어오른 안개 속에서 넘실대고, 사제가 영원한 안식을 노래하고, 물결치는 불빛 사이로 장례용 백합이 열린 관 속에 누운 사람의 얼굴을 가렸다.

에즈라 파운드Ezra Pound는 시의 운율이 "시간에서 형식을 빚어내는 것"이라고 말했다. 요람에서 시작해 관으로 끝나는 이 챕터에서 나보코프가 사용한 형식은 독자의 머릿속에서 만족스럽게 이해된다. 음악에서 반복과 변주가 그러하듯이 글의 형식이 만족감을 주는 것이다.

물론 나보코프가 "뱃머리와 뱃고물"이라 부른, 각각 아기와 시신을 담는 두 도구를 누구나 의식적으로 연결 지으리라 생각하지는 않는다. 하지만 나는 무의식과 기억을 넘나드는 시적 감흥의 힘을 굳게 믿으므로, 특별히 생각이 깊지 않은 독자도 마지막에 등장한 관에 뭔가 질서가 숨어 있다는 느낌을 받을 것이라고 생각한다.

나는 시 또는 시적인 산문이 독자의 의식 속에 숨어들어 주술처럼 작용한다고 믿는다. 그러므로 나보코프가 시간적 배경이 다른 두 장면을 나란히 엮어 이런 식으로 그려낼 때 독자는 파블로프의 개처럼 무의식중에 반응하는 것이다. 그리고 작가가 짝을 지은 순간들에서 연결 고리를 발견하는 재미가 책을 계속 읽는 원동력이 된다. 이 작품에서 시간에서 벗어난다는 것은 과거에 대한 향수와 과거로 되돌아가려는 절박한 몸부림을 뜻한다. 그렇기 때문에 나보코프가 서술하던 시대에서 벗어나 샛길로 빠질 때에도 우리는 기꺼이 그를 따라 다른 시대로 훨훨 날아간다. 그것은 결코 옆으로 새는 것이 아니라 앞으로 나아가는 것이다.

> 고백하건대 나는 시간을 믿지 않는다. 나는 마술 양탄자를 사용한 다음에 하나의 무늬가 다른 무늬와 겹쳐지게 접는 것을 즐긴다. 방문객들이 걸려 넘어져도 괜찮다. 그리고 영원함이 가장 즐거운 순간은 희귀한 나비들과 나비의 먹이가 되는 식물들 사이에 서 있을 때다. 이것은 황홀경이다. 황홀경 뒤에는 뭔가 다른 것이 있는데 설명하기 어렵다. 그것은 내가 사랑하는 모든 것을 불러들이는 일시적 진공 같은 것이다. 마치 해와 돌과 하나가 된 듯한 감각이다.

"해와 돌과 하나가 된" 느낌은 신이 됐다는 말처럼 들린다. 책을 읽는 동안 독자에게 나보코프는 잃어버린 것들을 되살리는 신으로 존재한다.

나보코프의 짝 짓기 기술을 하나 더 소개하겠다. 나보코프는 어렸을 때 극동 러시아군의 수장이 된 쿠로파트킨 장군과 만난 일을 서술한다. 장군은 어린 나보코프를 위해 소파에 성냥 열 개비를 한 줄로 늘어놓아 잔잔한 바다를 만들었다. 그러고는 성냥을 뾰족한 파도 모양으로 움직여 폭풍이 이는 바다를 만들기도 했다. 15년 뒤, 나보코프의 아버지는 볼셰비키 혁명군을 피해 남부 러시아로 피난 가는 길에 양가죽 외투를 입고 불을 빌려달라고 하는, 소작농처럼 보이는 사람을 만난다. 쿠로파트킨 장군이 성냥을 구걸하고 있었던 것이다. 이 두 장면은 합쳐져 심오한 진실을 드러낸다. 권력층은 언젠가 몰락하고, 성냥은 타버려 사라지고 만다.

여기에서 장군은 독자의 주의를 끄는 인물이 아니라 이용당하고 버려지는 패이다. 그는 말한다. "시골 사람으로 변장한 쿠로파트킨 장군이 소련에 의해 감옥에 갇히지 않았기를 바라지만, 그게 중요한 것이 아니다." 다시 말해 인물의 생사 여부보다 자신의 시적 연상이 나보코프에게는 더 중요했던 것이다.

> 내게는 성냥이라는 테마가 어떻게 진화했는지가 재미있다. 쿠로파트킨이 보여줬던 마법의 성냥들은 막 굴려지다가 버려졌고, 장군의 군대도 사라졌고, (…) 모든 것이 내 장난감 기차처럼 추락해버렸다. 내가

보기에는 삶 속에서 마치 설계된 듯한 주제들을 주의 깊게 더듬어가는 일이야말로 자서전의 진정한 목적이 돼야 한다.

다른 작가, 특히 안젤루나 매코트처럼 따뜻한 마음씨가 작품에서 중요한 역할을 하는 작가가 나보코프처럼 등장인물에 대해 인간적 관심을 전혀 보이지 않았다면, 작가가 그 인물을 지독하게 싫어한다는 인상을 줄 것이다. 그러나 나보코프에게는 문제가 되지 않는다. 나보코프가 아끼는 사람들은 그의 칭송을 받을 때만 빼고 아주 모호하게 그려진다. 그가 가장 날카롭고 상세하게 묘사한 인물들은 독자의 예상과 달리 그가 경멸하는 사람들이다.

독자들은 작가들이 다른 인물을 다룰 때 '공정하게' 말하기를 원한다. 물론 토바이어스 울프가 『이 소년의 삶』에서 전제군주 같은 첫 번째 새아버지를 두고 "그는 내가 모르는 것을 나열하면 책 한 권을 채울 것이라고 말하곤 했다. 이 책이 바로 그것이다"라고 약 올리는 것 정도는 봐줄 수 있다. 하지만 토바이어스 울프가 나보코프만큼 등장인물을 기괴하게 비틀어 묘사했다면 독자에게 훌륭한 화자로 인정받지 못했을 것이다. 나보코프는 신경이 쇠약한 가정교사를 다음과 같이 묘사해놓았다.

선생님의 손은 빽빽한 피부에 갈색 반점이 났고 개구리 같이 번쩍거려 기분이 나빴다. (…) 그녀의 손이 생각난다. 그녀는 연필을 깎을 때 껍질을 벗겨내듯 깎아내곤 했다. 이때 연필 끝은 초록 모직 천에 둘러싸인 거대한 불모의 가슴을 향해 있었다. 그리고 새끼손가락을 한쪽 귀에 넣어 아주 빠르게 흔들어대곤 했다. (…) 그녀는 늘 조금씩 헐떡이고 있었다. 입을 살짝 벌리고 천식 환자 같은 날숨을 재빠르게 연달아 내뱉곤 했다.

나보코프는 고약한 외양 묘사만으로 성이 차지 않는다는 듯이 그녀를 영혼이 없는 짐승이라 부르기까지 한다. 하지만 우리는 책을 덮지 않는다. 나보코프는 자신이 그렇게 할 자격이 있다는 맥락을 이미 창조했기 때문이다. 그가 가정교사에게 연민을 느끼는 척했거나 보통 사람들과 잘 어울려 지내는 척했다면 가식적으로 보였을 것이다. 나보코프 특유의 정신, 성격, 감정 특성에 비춰 보면 시적인 테마를 추구하는 것이야말로 그가 설정할 법한 목표이기 때문이다. 나보코프만큼 풍부한 감정적 장소에 애착을 갖는 철학적 본성이나, 패턴을 조직하고 주제를 탐색하는 여성적인 감수성을 지닌 작가는 보기 드물다.

또한 나보코프는 차가운 사람이 아니다. 그의 작품은 매우 열정적이다. 그가 가족을 애도할 때면 독자의 눈에 눈물이 차오르기도 한다. "편안했던 어린 시절에 내가 가장 사랑했던 분들이 재로 변하거나 심장에 총을 맞았다." 책 여기저기에서 사랑하는 사람들에 대해 감정을 분출하는데, 그의 사랑은 다른 작가들과 달리 묘하게 추상적인 모습으로 나타나곤 한다.

> 누군가를 향한 나의 사랑을 생각할 때마다 나는 즉시 사랑이 위치한 곳이자, 개인적인 사연들이 모여 있는 내 부드러운 심장을 중심으로 동심원을 그리기 시작하여 우주의 머나먼 곳까지 뻗어나가는 버릇이 있다. 왠지 내가 자각하는 사랑의 크기를 성운의 움직임처럼 계산하기도, 상상하기도 어려운 현상에 견주어 재봐야 마땅할 것 같다.

우리는 대부분 어떤 사람에 대한 사랑을 생각할 때 그 사람 자체를 생각한다. 그러니 평범한 작가가 회고록을 쓰다가 갑자기 이런 비유를 썼다면 진실을 외면하면서 문학적 기교를 부린다는 생각이 들 것이다. 하지만 나보코프의 정신은 자연스레 비유를 향해 나아가므로, 독자는 이를 작가의 생존과 직결된 사유로 받아들인다.

블라디미르 나보코프는 두 남동생보다 시에 대한 사랑을 설명하는 데에 훨씬 긴 분량을 할애한다. 그런데도 우리는 그가 남동생 한 명의 이야기를 생략했고, 다른 남동생인 세르게이에 대해서도 별로 언급하지 않았다는 사실을 알아차리지 못한다. 그는 청소년기에 세르게이의 일기를 읽고 세르게이가 동성애자라는 생각이 들자 얄궂게도 그 일기를 가정교사에게 보여줬다고 했다. 블라디미르와 세르게이는 열 달 터울밖에 나지 않았다. 어려서부터 부모님은 블라디미르를 "감싸고 돌았고", 블라디미르는 "골목대장"이었다. 독자는 이를 작가가 창조한 세계에 어울리는 상황으로 받아들인다. "세르게이는 나의 풍부한 기억들 속에서 뒷배경에 그림자로 서 있을 뿐이다." 영국 케임브리지에서 다시 만난 세르게이는 테니스를 잘 못 쳤고, 파리에서는 가끔 "얼굴을 보러 집에 찾아왔다". 세르게이는 제2차 세계대전 중에 소식이 끊겼다. 이것은 작가에게 중요한 문제가 아닌 것일까? 나중에 세르게이가 수용소에서 죽은 것을 알게 되고, 세르게이의 부재에 대한 작가의 비밀스러운 설명은 "어떤 이유에서인지 동생에 대해 말하는 게 너무도 힘겹다"라는 모호한 문장으로 나타난다. 그러면 독자는 나보코프를 따라 세르게이의 시신을 훌쩍 뛰어넘는 것이다. 이제 화려하고 아름다운 다음 장면으로 넘어갈 때가 되었다.

그럼에도 나보코프 역시 다른 작가들이 자주 쓰는 장치를 이용해 수도꼭지를 튼 것처럼 정확한 지점에서 눈물이 쏟아지게 할 줄 안다. 감상을 죽도록 싫어하는 학생들은 나보코프를 열심히 읽어봐야 한다. 그는 감상이 단지 독자에게 증명해 보이지 않은 감정, 생생한 증거가 없는 감정임을 보여주었다. 나보코프에게 기억은 그 자체로 하나의 나라다. 아마도 그가 극도로 냉정할 수 있다는 사실을 알기에, 우리는 그의 애정 어린 회상과 그리움에 깊이 감동한다.

『말하라, 기억이여』에는 화려한 장면의 묘사만 있는 게 아니다. 평범한 순간을 비범하게 그려낸 장면들도 수없이 많다.

> 비라에 있었던 내 공부방이 다시금 보인다. 벽지에는 푸른 장미가 그려져 있고 창문이 열려 있다. 가죽 소파 위의 거울에 공부방이 가득 비치고, 소파에 앉은 삼촌은 낡은 책을 흐뭇하게 들여다보고 계신다. 편안함, 안락함, 따뜻한 여름날의 감각이 내 기억에 배어 있다. 기억의 강렬한 현실감 때문에 도리어 현재가 유령처럼 흐릿해진다. 거울은 밝게 빛나고, 꿀벌이 방으로 날아 들어와 천장에 부딪힌다. 모든 것이 제자리에 있고, 아무것도 변하지 않을 것이며, 누구도 죽지 않을 것이다.

이 문단은 특별한 구석이 없는 묘한 순간이 기억에 남아 수십 년 뒤에 재구성될 수 있음을 보여준다. 독자는 무사하고 평안한 느낌을 받지만, 그 느낌은 마지막 구절 "누구도 죽지 않을 것이다"부터 황량한 정서로 기울기 시작한다.

그러나 이런 평범한 장면들이 있다 해도, 나보코프의 자전적 글쓰기의 최고봉인 이 작품은 뭐니 해도 그의 강점인 짝 짓기, 비유, 시간을 초월하는 시적 감성, 육체적 사치를 강조하는 방향으로 짜여 있다. 자신의 재능을 빛내는 기법을 찾은 것이다.

작품 초반부터 우리는 그의 출중한 능력에 감정적 가치를 부여하도록 길들여진다. 작가의 서술 방식을 터득한 독자는 그가 토끼처럼 뛰놀고 시간을 넘나들며 장황하게 묘사하는 모습을 지루해하지 않고 지켜본다. 그는 변덕이나 허세 부리는 느낌을 줄 수 있는 비약에도 감정적 무게와 의미를 불어넣었다. 어떻게? 작가의 '사고 과정'이 작품에서 가장 중요한 요소가 됐기 때문이다. 그리하여 사적 경험을 다룬 글쓰기가 시를 쓸 때처럼 형식과 의미를 결합해 문학적 기적을 이룰 수 있음을 증명해낸다.

06

육체적 감각을 키워라

> 내게 가장 성스러운 것은 사람의 몸이다.
>
> 안톤 체호프Anton Chekhov

작문 선생님이 지겹도록 되풀이하는 원칙 중 하나가 '말하지 말고 보여주라'는 것이다. 이 원칙의 뿌리에는 무엇이 있는가. 바로 육체성이다. 육체적으로 보여주는 글은 설득력이 강하기 때문이다. 여기에서 육체성이란 다섯 가지 감각으로 파악되는 성질이라는 뜻이다. 좋은 글은 읽으면서 영상과 소리뿐 아니라 냄새와 맛과 촉감도 즐길 수 있어야 한다.

작가의 타고난 성향에 따라 오감 중에서 특히 한 가지 감각이 두드러지게 나타날 수 있다. 대식가는 검은 호밀빵에 훈제 소고기 햄을 얹어 한 입 깨물 때의 짭짤한 맛을, 연애 지상주의자는 부드러운 살결을, 화가의 눈을 지닌 이는 시각적 아름다움을 그려낼 것이다. 특히 자전적 경험을 쓰는 글에는 마늘이 잔뜩 들어간 수

프 냄새, 동물의 털을 만지작거리는 손의 감촉, 해수면 아래에서 형광 초록빛으로 빛나는 바다 생물의 모습 등 과거에 받아들였던 물리적 경험들이 가득 들어 있어야 한다. 육체성은 자전적 글쓰기의 필수 요소 중에서 가장 기본적이고 가장 익히기 쉽다.

정유 공장에서 일했던 아빠가 도시 사람들에게 가짜 술을 판 이야기를 해준 적이 있다. 어렸을 때 그 모험담을 들으면서 물리적 증거는 이야기꾼의 생명이라는 진리를 깨달았다. 아빠는 사기를 치고 달아나면서 삼촌이 운전하는 구형 자동차 발판에 매달려 있었는데, 다른 차를 타고 쫓아온 추격자가 아빠의 바지를 벗겨냈다는 이야기였다.

에이, 말도 안 돼요, 내가 말했다. 그런 것은 만화 영화에나 나오는 장면이었다.

"날 못 믿겠다는 거야?" 나는 믿지 않았다. "그때 이 셔츠를 입고 있었다니까."

그 말을 듣고 나는 입이 떡 벌어졌다.

아빠가 그 셔츠처럼 과거에서 제멋대로 건져 올린 물건을 두고 하는 온갖 헛소리를 곧이곧대로 믿었던 것을 생각하면 조금 서글프다. 그런 물건들은 허황된 이야기를 진짜배기로 바꿔놓는 성스러운 증거물이었다.

글을 쓸 때 육체성을 세련되게 사용하려면 독자에게 미치는 심리 효과를 고려해 세부 사항들을 전달할 감각 자료(사물, 냄새, 소리)를 까다롭게 골라야 한다. 오감을 잘 활용한 세부 사항은 진실하고 특별하게 느껴지므로 읽는 사람은 그것을 쉽게 받아들이곤 한다. 여기에 시적 의미까지 들어가면 더할 나위 없이 좋다.

단 하나의 특별한 세부 사항이 장면 전체를 불러올 때가 있다(이를테면 콘로이가 요요 놀이에 대해 서술하면서 즉시 몸의 운동성을 떠올리게 한 것처럼). 훌륭한 작가는 글에 넣을 성스러운 상징물을 찾아 온 세상을 뒤지고 다닌다. 물리적 상징물은 인생록은 물론이고 모든 장르의 글쓰기에서 매우 중요한 요소다.

극작가이자 천재적 단편소설 작가 안톤 체호프는 인물의 핵심을 단번에 드러낼 정도로 상징성이 뛰어나고 의미심장한 사물을 작품에 자연스레 집어넣는 능력이 있었다. 체호프의 유명한 단편 「개를 데리고 다니는 여인The Lady with a Dog」에서는 어느 난봉꾼이 여름 휴양지에서 신앙심 깊은 젊은 부인을 몇 주 동안 유혹했다. 부인이 침대에서 우는 동안 그는 수박을 잘랐다. 잘린 수박은 타락한 부인을 뜻하는 것이 아니라 부인이 우는 사이에도 태연하기만 한 난봉꾼의 식욕을 보여주는 장치다. 다른 예로 고백시 * 1950년대 후반부터 미국에서 활발하게 쓰인 사적이며 자기 고백적인 시. 대표 시인으로 로버트 로웰Robert Lowell, 실비아 플라스Sylvia Plath, 앤 섹스턴Anne Sexton이 있다 * 를 개척한 로버트 로웰은 어머니의 대저택에 감도는 긴장된 분위기를 표현하기 위해 다리 끝이 발톱 모양으로 장식된 가구가 "까치발을 든 듯"했다고 썼다. 부유한 백인 상류층의 차가운 분위기를 의인화한 것이다.

그런 빈틈없는 감각으로 나를 육체적 세계로 데려간 첫 작가는 『새장에 갇힌 새가 왜 노래하는지 나는 아네I Know Why the Caged Bird Sings』를 쓴 마야 안젤루였다. 도입부에서 어린 안젤루는 부활절에 교회 사람들 앞에서 낭독하던 구절을 잊어버리자 연보라색 호박단 드레스에 갇혀버린 기분이 들었다. 예전에는 그 드레스를 입으면 "모두가 좋아하고 이 세상에 어울리는 작고 귀여운 백인 소녀"로 변신할 수 있을 것이라고 생각했는데 말이다.

안젤루가 상상한 사랑스러운 백인 소녀는 자신과 생김새가 너무도 달랐기에, 그녀는 원래 가지고 있던 자신감마저 잃고 말았다(이런 심리는 나중에 더 자세히 다룰 내부의 적과 관계가 있다). 안젤루가 할 말을 기억해내려고 꼼지락거리고 숨을 몰아쉬며 머릿속을 휘젓고 있을 때, 헌 드레스의 실크 천이 부스럭거리며 "장례 마차 뒤에 감긴 주름 종이" 같은 소리를 냈다. 이 멋진 청각적 은유는 영구 마차에 물결치듯 주름진 천을 둘렀던 시대와 공간을 불러온다. 이 장면에서는 안젤루가 쓴 구절 하나하나에 운동성이 담겨 있다. 그 덕분에 우리는 자신의 몸을 부끄러워하는 소녀의 심경을 자기 마음처럼 헤아릴 수 있다.

안젤루는 햇빛을 묘사하면서 오직 그녀만이 말할 수 있는 시간과 장소로 우리를 데려간다.

> 하지만 부활절의 이른 아침 해가 뜨자 내 드레스가 백인 여자가 내다버린, 원래 보라색이었던 천에서 단순하고 볼품없게 오려내 만든 옷임이 드러났다. 그것은 할머니 옷처럼 길었지만, 블루실 바세린과 아칸소의 황토 가루를 바른 깡마른 내 다리를 가려주지 않았다. 세월에 바랜 보랏빛 때문에 내 피부가 지저분해 보였다.

안젤루가 사용한 "원래 보라색이었던" "세월에 바랜" "할머니 옷처럼 길었지만"처럼 길게 이어지는 수식어는 미국 남부 지방 특유의 말투를 잘 보여준다. 그리고 남부 흑인들이 스타킹을 신는 대신 앙상한 다리에 바세린과 황토 가루를 바르던 풍습은 시대적 배경을 드러내는 구체적 사실이다. 안젤루는 글에 세세한 사항들을 아주 자연스럽게 끼워 넣었다. 시인 존 키츠John Keats의 말처럼 나무에서 나뭇잎이 피어나듯이 자연스럽게.

안젤루의 묘사는 아련한 공상이 끝난 뒤에도 시들해지지 않는다. 그녀는 머리카락이 "엉클어진 덩어리"로 뭉쳤고 눈이 옆으로 찢어졌으며 몸집이 너무 큰 소녀로 변했다. 그녀는 "돼지의 꼬리와 코를 강제로 먹어야" 했다. 발은 넓적했고 "앞니 사이에 틈이 벌어져 2호 연필이 들어갈 정도"였다. 이 묘사를 읽으면 어린아이가 연필을 앞니 사이에 끼워보는 모습이 눈에 선하다.

사람들은 신기하게도 물리적으로 뚜렷하게 묘사된 내용을 '믿는다'. 한번은 내 책을 읽은 독자가 이렇게 말했다. "배보Babbo 세척제 깡통이 나온 부분을 읽고 책 내용이 전부 사실이란 걸 알았어요." 또 다른 예로 중학교 때 나랑 키스 게임을 했던 남학생은 그가 입었던 빨간 셔츠 앞면에 작은 해마가 수놓여 있었다고 30년 뒤에 내가 말하자 아연실색했다. "그걸 기억한다고? 무슨 마녀도 아니고."

그러나 이 모든 것이 사실이다. 한껏 예민해진 상태에서는 좁은 영역에 집중하기 마련이다. 그럴 때 발생한 감각 기억은 다른 기억보다 선명하게 남아 있을 수 있다. 교회 사람들 앞에서 겁에 질린 소녀처럼 잔뜩 스트레스가 쌓인 상황에서는 감각으로 얻은 인상을 평소보다 더 강렬하게 새긴다. 조금 전에 언급한 키스 게임을 예로 들면, 나는 오랫동안 짝사랑한 남자애의 구부린 팔 안쪽에 들어가 있는 느낌을 지금도 생생하게 떠올릴 수 있다. 거의 40년이 지났지만 그가 풍기던 껌 냄새도 맡을 수 있다. 너무 가까이 붙지 않으려고 손을 올려보면, 손가락 끝에 해마 무늬가 느껴졌다.

주의할 점도 있다. 물리적 세부 사항은 설득력이 매우 좋지만 그렇다고 해서 진실성을 입증해주지는 못한다. 잘못된 기억이 한

두 가지가 아닐 것이다. 내가 키스한 남자애는 다른 향의 껌을 씹고 있었을 수도 있다. 하지만 이런 경우에는 틀린 기억을 넣어도 된다고 생각한다. 누구나 기억이 불완전할 수 있다고 이해하고 너그러이 봐주기 때문이다.

육체적 감각이 발달하지 않은 작가가 기억에 남는 묘사를 하려면 고된 노력이 필요하다. 누구나 글을 처음 쓸 때에는 인물을 가볍게 스케치한다. 운전면허증에 적힌 머리카락 색깔, 눈 색깔, 몸무게 정도만 나열하는 것이다. 생각이 짧은 작가는 그 정도면 충분하다는 듯이 내버려두는 바람에 인물의 존재감을 글에 뚜렷하게 새기는 데에 실패하고 만다.

그러나 훌륭한 인생록을 다 읽고 덮으면 어떤 장소가 눈앞에 아른거리는 법이다. 그리고 마치 다른 세계로 가는 문을 여는 기분으로 책을 다시 펼치게 된다. 기억력이 좋은 사람이라면 누구나 열심히 연습해서 그런 작품을 써낼 수 있다.

힐러리 맨틀은 자기 기억에 새겨진 생생한 물리적 감각 덕분에 기억을 믿을 수 있다고 썼다. "아주 어렸을 때의 기억은 드문드문 흩어져 있지만 완전히 조작된 것은 아니라고 생각한다. 그런 기억들에는 압도적인 감각적 힘이 있기 때문이다. 사진을 보고 더듬거리며 일반화한 서술과 달리 온전한 형태로 떠오르는 기억들이다. '맛봤다'고 쓸 때는 실제로 맛이 나고, '들었다'고 쓸 때는 정말로 들린다. 내가 말하려는 것은 프루스트Proust적인 순간이 아니라 프루스트적인 영화다."

맨틀이 그랬듯이 나도 아주 뚜렷한 기억을 떠올리면 수십 년 전에 사라진 풍경을 과거의 눈으로 바라보는 듯한 으스스한 기분이 들 때가 있다. 예전의 나, 예전의 얼굴이 돌아온다. 내 안에서 그런 변화가 일어날 때면, 눈앞에 보이는 것을 그대로 적기만 해도 된다.

두 명의 훌륭한 작가가 쓴 장면들에 나타난 육체성을 비교해 보자. 로버트 그레이브스Robert Graves의 『모든 것에게 안녕Goodbye to All That』에 나온 다음 문단은 빼어난 산문이기는 하지만 제1차 세계대전 이후 작가의 심리 상태를 보여주기보다는 그대로 말해준다.

"나는 여전히 전쟁을 치르고 있었다. 밤에 낸시와 한 침대에 누워 있는데도 포탄이 터졌고, 낮에 마주치는 낯선 사람들의 얼굴에서 죽은 친구들이 보였다. (…) 전화를 걸 수 없었고, 기차를 탈 때마다 멀미가 심했으며, 하루에 새로운 사람을 두 명 이상 만나면 잠을 이룰 수 없었다." 그는 이렇게 썼다. "로스를 떠나고 나서는 감정을 기록하는 장치가 고장 났던 모양이다." 기억 보관소의 용량이 다 차버려서 눈앞에 보이는 것을 더는 저장할 수 없었던 것이다.

그레이브스는 육체성을 활용할 줄 아는 작가다. 그가 그린 참호

속 전투 장면을 읽다 보면 속이 다 울렁거린다. 하지만 위에 인용한 문단은 삽화 기억보다는 의미 기억에 가깝다. 온몸으로 체험할 수 있는 기억보다는 말로 전해 듣는 기억이라는 뜻이다. 장면다운 장면이 하나도 없고, 여러 장면이 몇 개의 구절로 압축됐을 뿐이다. 그는 자신이 아프다고 말해주지만 아픈 몸에 직접 들어가 있는 상태는 아니다. 감각이 살아 있는 유일한 기억은 침대에서 터지는 포탄인데, 비중 있는 기억이지만 자세히 다루지 않고 넘어가버렸다. 죽은 친구들은 복수형으로 나오기 때문에 독자에게 덜 생생하게 다가온다.

이를 마이클 허의 『디스패치Dispatches』에 나오는 "불현듯 떠오른 나쁜 기억"의 물리적 세부 사항과 비교해보자. 허는 나쁜 기억이 환각처럼 생생하게 떠오른 것을 마약 체험에 비유했다.

> 연달아 터지는 총소리와 사람들의 비명과 함께 로큰롤 음악이 섞여 울리곤 했다. 한번은 사이공에서 스테이크 요리를 앞에 두고 지난 겨울 후에 * 베트남 중부에 위치한 도시 * 에서 썩고 불타던 살점들을 떠올리고 말았다. 가장 끔찍한 것은 이것이었다. 이미 치료소나 헬리콥터에서 내 눈앞에서 죽어간 사람들이 별안간 버젓이 걸어 다니고 있었다. 콘티넨털 호텔 테라스의 식탁에 혼자 앉은 울대뼈가 크고 금속테 안경을 쓴 청년은 2주 전 죽은 해병이었을 때가 더 차분해 보였다.

글 속의 화자는 처음에 기절할 뻔했다가 다시 청년을 바라보고는 그가 유령이 아니라는 사실을 깨달았다. 스테이크를 보고 "썩고 불타던 살점들을" 떠올린 것으로 미루어 냄새 때문에 예전 기억이 돌아왔을 것이다.

그레이브스가 전쟁에서 잃은 친구들이라고 복수형으로 통칭하고 넘어간 것과 달리 허는 "울대뼈가 크고 금속테 안경을 쓴" 한 해병의 유령을 보았다. 그리고 이어서 자신의 신체 반응을 읽는 이가 공감할 수 있게 설명한다. "목에서 숨이 막혀 차오르고 있었고 얼굴이 차가워지며 하얗게 질려, 떨고 떨고 또 떨었다." (여기에서 "떨고 떨고 또 떨었다"는 로큰롤 언어를 차용한 것이다. 허는 로큰롤 리듬을 이용하여 『디스패치』의 목소리에 힘을 불어넣고 노랫말 같은 표현과 어두운 유머로 독자를 연민에 빠지지 못하게 막는다.)

육체적 기억이 반드시 상처 입은 기억일 필요는 없다. 단순한 일도 되풀이되면 기억에 남는다. 내 친구는 딸이 어린 시절 토요일마다 호박 머핀을 먹으러 갔던 식당에서 새롭게 차린 체인점에 대학생이 된 딸을 데려갔다. 거기서 딸에게 아무런 설명도 해주지 않고 호박 머핀 한 조각을 먹어보라고 건넸다. 한 입 베어 물자마자 딸의 눈에 눈물이 그렁그렁 맺혔다. 기억이 난 것이었다. 딸은 식당에 대해 떠오르는 사실들을 이야기하고 그 식당에 들렀다가 식물원에 갔던 것도 기억난다고 했다. 딸은 이렇게 말했다고 한다. "하지만 같은 머핀일 리가 없어요. 여긴 새로 연 식당이라면서요."

영화 〈로보캅RoboCop〉에는 주인공이 기계로 된 눈과 우락부락한 손이 달린 금속 갑옷에 갇히며 로봇이 되는 장면이 나온다. 육체성을 잘 활용하는 작가는 로봇을 만들어내는 게 아니라, 독자가 들어가 작가의 손을 장갑처럼 끼고 작가의 신발을 신을 수 있는, 살아 숨 쉬는 아바타를 만들어내는 사람이다. 그렇게 독자가 글쓴이의 피부 속으로 스며들게 하는 것이다. 나의 인생이 고유성을 간직한 채로 누군가에 의미 있는 인생이 된다는 건, 이렇게 육체성을 경험하게 만드는 일이다. 그러려면 우리의 기억부터 살아 있는 피부, 피부 아래 혈관이 만드는 온기를 되살려내야 한다. 인생의 순간들이 의미를 가지는 건 무슨 대단한 사건 때문이 아니다. 단지 오감으로 느껴지며 살아 있는 것이기 때문이다. 그렇다면 인생을 다루는 이야기는 어떠해야 하겠는가.

07

구체적으로 더욱 구체적으로

> 삶은 두루뭉술하면서 세부 사항으로 가득한데 그런 세부 사항들이 눈에 잘 띄지 않는 반면, 문학은 우리가 세부 사항을 알아차리게 한다는 점에서 삶과 다르다. (…) 문학을 통해 우리는 삶의 구체성을 조금 더 잘 알아차리고 삶을 연습할 수 있다. 그러면 문학에 나오는 세부 사항들을 더 잘 읽을 수 있게 되고, 더불어 삶을 한층 잘 읽을 수 있게 된다.
>
> 제임스 우드James Wood

구체적인 것, 육체적 소재들, 우리가 가진 수많은 기억 중에서 무엇이 이런 것일까. 내가 실제로 선택했던 기준을 통해 좀 더 자세히 말해보려고 한다. 어쩌면 이 사례는 세부 사항을 이야기하는 법이라기보다는 우리의 기억에서 무엇을 선택하고, 무엇을 버려야 하는지에 대한 이야기일 수도 있다. 이런 기준을 가지고 추억을 더듬다 보면, 글을 쓰지 않는 사람이라 해도 머릿속에 있는 기억이 가득한 서랍 하나가 잘 정리되는 기분을 느낄지도 모른다. 남들 눈에 보이지 않아도 책상 속 서랍에 여유가 있느냐 없느냐가 공부 잘하는 기분을 느끼게 해주는 것처럼, 우리 인생이 달라질지도 모른다. 제임스 우드의 말처럼 삶을 한층 잘 읽어낸다는 것은, 삶의 구체성을 더 잘 알아차리는 일에 달려 있다.

내가 어렸을 때 가정불화에 대응했던 한 가지 방법은 나보다 어린 옆집 아이 미키를 괴롭히는 것이었다. 물론 나는 주로 괴롭힘을 당하는 쪽이었지만, 나 또한 남을 괴롭혔다. 동네 아이들이 괴롭힘을 나이순으로 물려주는 법칙에서 나도 예외는 아니었다. 나는 『거짓말쟁이들의 클럽』을 쓸 때 이와 관련하여 독자에게 알려줄 만한 구체적 사실 네 가지를 기억해냈다.

1. 미키 엄마는 잠깐 가게에 갔다가 돌아오는 길이었다. 그 사실을 알면서 나는 다른 아이들과 함께 미키를 윽박질러 바지를 벗게 하고 어떤 여자애와 옷장 안에 가두었다.

2. 나는 미키에게 역겨운 것을 넣은 샌드위치를 먹였다. 진흙이나 개똥이었을 텐데 어느 쪽인지 기억나지 않는다.

3. 둘이서 숨바꼭질을 하기로 하고 나 혼자 집으로 가버리곤 했다.

미키는 오후 내내 나를 찾아다녔다.

4. 화장지에 싼 네슬레 코코아 가루를 담배처럼 피우게 했다. 미키는 혀에 화상을 입었다.

이 네 가지 사실 중에 무엇을 써야 했을까. 1번을 쓰려면 기승전결이 있는 장면으로 구성해야 했다. 그렇게 되면 이야기가 너무 길어질 것 같았다. 게다가 이 기억은 구체적 이미지보다는 관념에 의존한 기억이어서 믿을 수 없었다. 만약 실제로 일어난 일이었다면 동네 전체에 전설처럼 회자됐을 것이다. 하지만 웬일인지 내 머릿속에는 시각적 장면이 하나도 남아 있지 않았다.

2번도 실제로 일어난 일이 아니라 어디서 들은 이야기일 가능성이 있었다. 우리 동네에서는 이상한 것을 먹여 괴롭히는 일이 흔했다. 어쩌면 미키가 아니라 다른 아이에게 한 짓일지도 모른다.

3번은 나머지 기억들보다 극적인 요소가 덜했다.

그런데 4번의 가짜 담배 이야기는 어디에서도 들어본 적이 없었다. 그 일을 생각하고 있으려니 온갖 물리적 세부 사항들이 연달아 떠올랐다(앞에서 살펴본 바 육체성이 강한 소재인 것이다). 건너편 거리에 사는 누군가의 아빠는 빨간 플라스틱과 양철로 된 기구로 담배를 직접 말아 피웠는데, 우리는 그 집 부엌에서 담배말이

기구와 코코아 가루를 훔쳤다.

이런 구체적 이미지들 덕분에 나는 이 장면이 남에게 들은 이야기가 아니라 온전히 내 이야기임을 확신할 수 있었다. 더구나 불에 덴 혀의 감각은 너무 뜨거운 커피를 마셔본 사람이라면 누구나 잘 아는 감각이다. 그런 작고 구체적이며 친숙한 '진실'을 읽은 독자는 작품에 푹 빠져드는 법이다. 미키가 어머니에게 불에 덴 혀를 보여주던 모습도 기억났다. 나는 동네 아이들과 미키가 매 맞는 소리를 엿들었다. "통통한 엉덩이를 머리빗으로 때리는" 소리의 기억 또한 매우 구체적이었다. 여럿이서 남의 고통을 심술궂게 즐거워하는 모습을 단적으로 보여주는 장면이었다. 마침 이 책에는 다른 가족의 드라마를 엿듣는 장면이 자주 등장했다. 아이들을 불안에 떨게 하는 것은 눈으로 본 광경보다 엿들은 이야기일 때가 많다.

08

화려한 거짓보다 소박한 진실이 힘이 세다

나는 예언자들이 가짜 턱수염을 떼어내는 것을 보았다

나는 사기꾼들이 태형 집행인의 무리에 합류하는 것을 보았다

그들은 목동들의 피리를 불면서

사람들의 분노를 피해 도망간

양의 탈을 쓴 집행인들이었다.

즈비그니에프 헤르베르트Zbigniew Herbert

회고록, 자서전, 실화 에세이 등 논픽션 장르 작가의 거짓말에 대해 유독 진저리를 치는 편이다. 그리고 자전적 글쓰기로 작가가 되려는 이들에게도 거짓말에 대한 경계를 잔소리로 퍼붓는다. 그 이유는 예전에 내 이름을 걸고 희대의 사기꾼을 홍보해줬기 때문일지도 모른다.

1996년경에 출간한 『파편들Bruchstücke』 영국판에는 각종 찬사와 더불어 내 이름도 적혀 있다. 이 책은 가짜 홀로코스트 생존자 빈

야민 빌코미르스키Binjamin Wilkomirski가 아우슈비츠 수용소에서 보낸 어린 시절을 담았다. 사실 브루노 되세케르Bruno Dössekker(빌코미르스키의 진짜 이름)는 제2차 세계대전 때 스위스에서 편안하게 살았고 심지어 유대인도 아니었다. 그는 불현듯 떠오른 '기억'을 생각나는 대로 마구 적어 자신을 치료하던 정신과 의사에게 팩스로 보내기 시작했다. 의사는 그가 현실과 환상을 구분하지 못한다는 사실을 알고 있었다. 필립 고레비치가 사건의 진상을 밝힌 《뉴요커》의 기사 〈기억 도둑The Memory Thief〉에서 의사는 이렇게 말했다. "책 제목을 '심리 치료의 파편들'이라고 붙였다면 별 문제가 없었겠죠."

지금 읽어보면 똑같은 원고인데도 그 책의 거짓말이 빤히 보인다. 빌코미르스키가 겪었다고 주장한 일들은 인간이 견뎌낼 수 없을 정도로 잔인하고 가혹했다. 그는 세 살 때 수용소 감시인의 이두박근에 이빨을 박고 매달렸다고 썼다. 그런데 어린아이가 그렇게 턱 힘이 셀을 리가 없다. 게다가 감시인은 이두박근이 바닥을 향하도록 팔을 비튼 상태에서 힘 센 아이를 지탱해야 했을 것이다. 한번은 발가벗은 시체들과 함께 소각실로 가는 컨베이어 벨트 위에 놓여 있을 때, 어디선가 몸통 없는 두 손이 나타나 그가 불타기 전에 구해주었다. 그는 이런 곤경들에서 기적적으로 빠져나와 미친 치와와처럼 또 다른 나치 당원에게 덤벼들었다.

거짓말일 수도 있다는 느낌이 전혀 들지 않은 것은 아니지만,

그래도 내 이름을 추천사로 책의 뒤표지에 올리고 말았다. 왜 그랬을까? 작품이 받은 세계적인 찬사에 압도됐던 것일까? 지금 돌이켜보면 만에 하나 책 내용이 사실인데 내가 실제 생존자의 목격담을 부정한 셈이 되면 그 죄책감을 어떻게 견디나 걱정했던 것 같다. 그래서 내 직감을 완전히 믿지 못했던 것이다.

나 혼자만 속은 것은 아니었다. 빌코미르스키는 유대계 문학 평론가 앨프리드 케이진Alfred Kazin과 홀로코스트 생존자인 작가 엘리 위젤Elie Wiesel을 제치고 프랑스 홀로코스트 기념 문학상과 미국 유대인 도서상을 받았다. 뉘른베르크 전범 재판을 참관했던 기자 지타 세레니Gitta Sereny도 나와 나란히 추천사를 썼다.

빌코미르스키는 지금도 물리적 증거를 애써 못 본 척하며 자기 이야기가 옳다고 주장하고 있다. 고레비치에 따르면 빌코미르스키만큼 허술하게 남을 속이려 한 사람도 드물다. 그가 틀렸다는 증거가 흘러넘치기 때문이다. 거짓이라는 사실을 알고 보면, 빌코미르스키의 이야기는 의식적으로 지어냈다기보다는 정신 나간 사람이 하는 말처럼 들린다.

나는 몇 번인가 학생들에게 두 편의 홀로코스트 생존자 회고록을 나눠주고 비교하게 했다. 대중의 순진함을 가늠해보는 실험이었다. 프리모 레비Primo Levi의 『이것이 인간인가Se Questo è un Uomo』와 빌코미르스키의 책을 사용했다. 결과는 암울했다. 가짜로 밝혀진 빌코미르스키의 글이 매번 과반수를 넘겨 더 진실한 글로 꼽혔다. 아이비리그 출신과, 아이비리그 출신들을 제친 똑똑한 대학원생들이 그렇게 생각한 이유는 다음과 같았다. 편의상 빌코미르스키의 글을 A로, 프리모 레비의 글을 B라고 해서 정리해보자.

1. A는 자신을 영웅으로 내세우지 않았다. (내 생각은 다르다. 그는 자신을 희생자로 내세웠다. 홀로코스트의 맥락에서 희생자는 곧 생존자, 생존자는 곧 영웅이다.)

2. A가 거짓말을 할 이유가 없다.

3. A의 글에는 현장감이 있다. 일인칭 현재 시제로 서술해 마치 작가가 책 내용을 다시 사는 듯한 느낌을 준다. 그에 반해 B의 글은 감정을 신중하게 다스려 한결 객관적이다.

4. 상세한 설명이나 수사적 기교가 없는 것을 보면 용의주도하게 계획해서 쓴 글이 아니므로 꾸며내거나 속이려는 의도도 없을 것이다.

5. A의 글이 B의 글보다 구어적이다. 많은 사람들이 격식 없는 글이

진실하다고 생각했다.

6. 끔찍한 기억이나 영화 속 회상 장면이 그렇듯, 글에 나온 일화들이 단편적이다.

7. 대화문이 많다. 진짜 홀로코스트 생존자였던 B는 대화를 별로 넣지 않았지만, A는 긴 대화도 써넣었다.

8. B의 글에는 고유명사가 너무 많이 나온다. 그것들을 어떻게 다 기억해낸 것일까? (내 생각에 B는 머리가 좋거나, 아니면 어디선가 조사해서 알아냈을 것이다.)

9. B는 너무 똑똑한 상류층 지식인 같아서 가식적이라는 인상을 준다. A의 허물없는 태도가 인기가 더 많았다.

10. 글 내용이 정말 사실인데 믿지 않았다가는 큰일 나지 않을까?

어떤 수업에서는 학생 열여덟 명 중 세 명만 레비가 더 믿을 만하다고 여겼다. 합리적 판단력이 제힘을 발휘하지 못했다는 뜻이다.

많은 이들이 글을 쓰면서 대중을 속이고 자기 자신까지 속여 진짜 이야기에서 멀어진다. 제임스 프레이James Frey는 알코올과 마약 중독에서 회복한 이야기를 담은 회고록 『수많은 작은 조각A Million Little Pieces』을 쓰기 전에 중독에서 벗어나기 위해 나름대로 애썼겠지만, 책에 적힌 내용은 사실이 아니었다. 그는 분명 죽도록 고생했을 것이다. 그런데 자기 이야기를 사실대로 쓰면 주목받지 못할 줄 알았던 모양이다. 고통을 더 끔찍하게 부풀리고, 인물의 성격을 뜯어고치지 않고는 못 배겼다.

자기 이야기를 글로 옮기려고 할 때 많은 이들이 이런 유혹과 불안에 시달린다. 하지만 그럴 이유가 없다. 모든 중독자들의 사연은 무서운 악몽이다. 사실대로 썼더라도 충분히 좋은 작품이 나왔을 것이다.

오늘날 진실은 고정불변하는 것이 아니라 유동적인 개념이 되었다. 우리는 인간이 지독하게 거짓말을 해댄다는 사실을 어느 때보다도 잘 알고 있다. 아마 옛날부터 거짓말을 많이 했겠지만, 이제는 끈질기게 감시하는 언론과 카메라 때문에 거짓말이 곧잘 들통난다.

그런가 하면 우리는 분위기에 휩쓸려 온갖 말도 안 되는 헛소리에 속아 넘어가기도 한다. 사람들이 때로 가족 내부의 논리에 둘러싸여 진실을 보지 못하는 것도 바로 그 때문이다. 믿고 싶은 이야기가 나타나면 거기에 푹 빠져버리기도 한다. 무수히 많은 똑똑한 독자가 가짜 실화에 끌리고 속는다. 우리를 노련한 거짓말쟁이와 사기꾼으로부터 보호해주는 장치는 없다. 앞으로도 영원히 없을 것이다.

각자의 입장이 있을 뿐 진실은 없다는 인식이 넘쳐나는 세상이 되었다. 진실은 하나의 가능성일 뿐이라는 이 시대의 이상한 냉소주의는 역설적으로 어떤 거짓된 글도 활개 칠 수 있는 발판을 마련해주었다. 똑똑한 사람들도 예외는 아니다. 화려하고 자극적인 구경거리를 원하는 분위기에서, 많은 작가들이 총소리가 많이 날수록 독자가 는다고 믿으며 이야기를 마구 지어내고 부풀렸다.

논픽션과 픽션 사이의 경계가 흐릿하다고 가장 목청 높여 말하는 부류는 밑천이 드러난 거짓말쟁이들이다. 뭐든지 괜찮다는 그들의 주장이 자전적 글쓰기에 관한 진지한 논의를 삼켜버린 것이다.

사기꾼 제임스 프레이가 볼에 총알구멍이 뚫린 상태로 비행기에 탔다는 부분을 읽으면서, 나는 항공 보안 책임자들이 총상 입은 사람을 쉽사리 비행기에 태우지는 않았을 것이라고 판단했다(아무리 9.11 테러가 나기 전이라도). 그리고 프레이가 중독증 치료 때문에 치과에서 부분 마취도 하지 않고 신경치료를 받았다는 이야기는 누가 봐도 새빨간 거짓말이었다. 두 일화는 프레이의 글이 진실하지 않다는 강력한 실마리였다. 과연 그럴 수 있을까 하고 잠시 멈춰 생각해봤다면 누구나 프레이의 거짓말을 알아차렸을 것이다.

많은 사람들 설마 하면서 그냥 넘어갔을 것이다. 오늘날 우리는 픽션과 논픽션의 경계가 너무 미묘해서 제대로 파악할 수 없다는 논리를 이미 받아들였기 때문이다. 프레이가 텔레비전에 나와서 열변을 토한 내용이 바로 그것이었다. 그는 오프라 윈프리Oprah Winfrey와 래리 킹Larry King처럼 영향력 있는 진행자 앞에서 한 치의 망설임도 없이 모든 논픽션 작가들을 대변했다. 특히 회고록은 '새로운' 장르이므로(4세기에 『고백록Confessiones』을 쓴 성 아우구스티누스는 어쩌고?) 자신이 한 것처럼 대놓고 '지어내는' 것이 관행이라고 주장한 것이다. 자기가 한 짓이 무조건 옳다고 방어하며 전혀 사과하지 않았다. 이는 글 쓰는 일과 글 읽는 일의 가치를 떨어뜨리는 것은 물론, 사회 전체를 냉소적으로 만든다.

물론 작가가 정확히 어느 부분을 꾸몄는지 우리가 일일이 가려낼 길은 없다. 프레이는 대학생 때 음주 운전을 하는 바람에 오하이오주의 어느 경찰서에서 몇 시간가량 커피를 마시고 보석금으로 733달러를 내고 풀려났다. 그가 쓴 책에서는 이 사건이 한 달짜리 수감 생활로 둔갑했다. 경관들과 주먹다짐도 했고 이런저런 이유로 형량이 늘어났다면서. 대학까지 나온 그의 여자친구는 책에서 사춘기 때부터 코카인에 중독된 창녀로 변신했다. 그는 책의 5퍼센트인 18페이지만 거짓말이고, 이는 용인되는 적절한 비율이므로 괜찮다고 우겼다.

프레이의 논리에 따르면 사건을 완전히 지어내든, 인물을 보호하기 위해 실제와 다르게 그리거나 실수로 날짜를 잘못 기억하든, 도덕적으로 같은 문제일 것이다.

하지만 그 논리는 틀렸다. 기억과 사실의 경계가 흐릿하고, 해석과 사실의 경계가 흐릿한 것은 맞다. 그런 종류의 의도하지 않은 실수도 충분히 차고 넘친다. 하지만 프레이는 '실수로' 잘못 기억해내는 바람에 총 맞은 직후에 비행기에 탔다고 믿은 것이 아니었다. 감옥에서 하루도 보내지 않았으면서 한 달씩 갇혀 있었다고 실제로 믿은 게 아니었다. 애초부터 속일 작정으로 허위 사실을 책에 쓴 것이었다.

『세 잔의 차Three Cups of Tea』에 성인군자인 척하며 아프가니스탄에 학교를 세운 이야기를 쓴 그레그 모텐슨Greg Mortenson도 마찬가지다. 모텐슨은 친절한 동네 주민들의 집에 초대받아 방문한 일을 탈레반에 납치된 사건으로 포장했다. 가혹한 고문에서 살아남아 자신을 괴롭힌 자들을 용서한 귀인의 이미지를 빚기 위해 여러 사건을 지어냈다. 이 일은 나중에 거짓으로 밝혀졌다. 그가 자선기금을 횡령한 사실도 밝혀졌다. 몬태나주 법정은 재판 결과 모텐슨에게 벌금 백만 달러를 선고했다. 하지만 2014년 1월 모텐슨은 이런 말을 했다. "몇 가지 실수가 있었습니다."

자기 기억이 컴퓨터 파일이나 녹화 영상만큼 정확하지 않다고 걱정하는 미래의 작가들을 입 다물게 하려는 것이 아니다. 다만 오늘날 대중이 진실을 비웃으며 기억이란 자기중심적인 환상 속에서 지어낸 것일 뿐이라고 여기는 현실이 안타까울 따름이다. 거기에 영향을 받아 많은 이들이 자신을 속이며 대강 얼버무리곤 한다. 이러한 분위기는 우리의 도덕적 판단을 마비시키는 데에 이바지한다.

이러한 분위기는 결국 모두에게 해로운 결과를 낳는다. 사람들은 어떤 일이든 의심하고 보는 관행이 생겼고, 그 때문에 진정으로 진실을 추구하는 작가들까지도 사기꾼으로 취급당하는 실정이다. 이 모든 게 거짓말이 들통나서 망신을 당하고 나자 아무리 분별 있는 사람이라도 진실과 잘 포장된 속임수를 구분할 수 없다는 생각을 대중에게 퍼뜨린 사기꾼들 때문이다.

훌륭한 작가와 훌륭한 기자는 진실과 거짓의 경계가 불분명하다고 여기지 않는다. 예를 들어 힐러리 맨틀은 언제나 있는 그대로의 현실을 그려내려 애쓴다. "나는 정확성을 기하는 데에 상당한 공을 들인다. '아무래도 괜찮다. 어차피 다 지나간 일인걸'이라고 절대 말하지 않겠다." 그리고 데이비드 카는 〈진실의 경계에서 춤추는 기자Journalist Dancing on the Edge of Truth〉라는 기사에서 밥 딜런Bob Dylan이 한 말을 지어냈다가 발각된 《뉴요커》 기자를 고발하며 한때 단순했던 진실의 잣대를 다음과 같이 설명했다. "제대로 된 언론사에서 경력을 쌓은 기자라면, 누구나 편집자가 '글쓰기의 기본을 철저히 지키지 않으면 얼마 안 가서 업계에서 쫓겨날 거야'라고 두개골에 새겨질 정도로 정색하고 몰아세워 정신이 번쩍 든 순간이 있었을 것이다. 나는 일하기로 한 곳의 발행인 이름 철자를 틀리게 적는 바람에 간절히 원했던 일자리를 잃은 적이 있다. 자랑할 일은 아니지만, 그때 얻은 뼈저린 교훈을 지금껏 되새기고 있다."

지금도 거짓 기억과 잘못 지목된 범인, 떠오르는 기억이 확실하지 않아서 망설이는 사람들로 가득하지만, 분명 오늘날 우리 사회의 진실 개념에는 나사 하나가 빠져버렸다. 이제 진실은 앞뒤에 따옴표를 붙이지 않고는 쓸 수 없는 단어가 되어버렸다. 때로는 뭔가가 사실임을 확실히 알고 있는데도 사실이라고 말하는 게 왠지 예의에 어긋나는 일처럼 느껴진다. 마치 진실을 말하면 다른 사람의 경험을 위협하는 셈이 되는 것처럼. 괜히 확신을 드러냈다가 표적이 되고 싶은 사람은 아무도 없다.

미국에 종교가 아직 남아 있다면, 가장 인기 있는 종교는 의심인 듯하다. 되도록 안 믿는 사람이 이긴다. 믿는 것이 별로 없어야 틀리지도 않기 때문이다.

진실성에 관한 단순한 원칙들이 텔레비전에 나오지 않는 것은 정말 이상하다. 제대로 된 논픽션 작가들은 그 원칙들을 철저히 지킨다. 그들은 진실을 수호하기 위해 시간과 노력을 아끼지 않고 원고를 고치고 또 고친다.

물론 작가들은 현실적으로 과거가 진실을 늪처럼 삼켜버린다는 사실도 잘 알고 있다. 그런데도 대다수는 조금이라도 더 단단한 바닥을 찾아 그것을 딛고 일어서려고 노력한다. 왜 그럴까. 평생토록 우리 안에서 생생하게 불타며 글로 옮겨지기만을 기다리는 기억들이 있기 때문이다. 진실을 찾으려는 이들만이 그 기억을 글로 옮길 수 있다.

0
9

인생의 적은 외부가 아닌 내부에

나는 내 안에서 우러나오는 것들에 너무 의존한다.
그리고 오랜 시간을 죽은 이들과 함께 보낸다.
내 마음은 고대인의 유령처럼 폐허가 된 세상, 변해버린 세상을
떠돌며 옛 풍경을 머릿속에 다시 되살리려 한다.
하지만 내 눈을 극도로 조심할 필요가 있다고 느낀다.

조지 엘리엇 George Eliot

육체성을 잘 활용한 자전적 이야기도 좋은 작품이지만, 사진으로 찍을 수 없는 누군가의 내면세계가 매력적인 경우에도 두고두고 다시 읽고 싶어진다. 다시 읽을 가치가 있다는 것은 무척 훌륭하다는 뜻이다. 독자가 작가의 내면에 동질감을 많이 느낄수록 독자와 작가 사이의 유대감은 깊어진다(나보코프 등 몇몇 작가는 예외). 때문에 뛰어난 작가는 자기 내부의 적을 중심으로 이야기를 구성한다. 내부의 적, 즉 자기 자신과 맞선 정신적 투쟁이 이야기의 맥

락을 세우고 플롯을 끌고 나간다.

내면성은 시간과 진실, 희망과 환상, 기억, 감정, 관념, 불안의 신비한 영역으로 독자를 데려간다. 그리고 육체적으로 보여줄 수 없는 감정을 직접 말해준다. 작가는 자신의 감정과 불만, 찬사, 계획, 판단을 돌이켜볼 때마다 무엇이 진정으로 중요하고 의미 있는지 되새길 수 있는 내면으로 파고든다.

작가들은 종종 어린 시절 처음으로 의식이 깨어나는 순간을 서술한다. 글 속에서 화자는 때로 사소하지만 여간해서는 잊히지 않는 최초의 기억을 통해 눈을 뜬다. 나보코프의 경우, 그런 순간을 대단히 특별하게 그려냈기에 읽으면서 내가 다시 깨어나는 기분이 든다. 예전에 느꼈지만 말로 어떻게 표현해야 할지 몰랐던 현상을 나보코프는 이렇게 설명해준다.

"의식이 깨어나는 순간은 나에게 이렇게 보인다. 일정한 간격으로 빛이 번쩍이다가 간격이 차츰 짧아져 환한 지각의 덩어리들이 생긴다. 그래서 미끄러우나마 기억으로 붙잡을 수 있게 된다." 화자가 의식의 가장자리를 더듬으며 "미끄러우나마" 붙잡을 것을 찾는 모습, 즉 진실로 무슨 일이 일어났는지 살피는 모습을 보면서 독자는 색다른 정신 상태를 체험한다. 여기서 붙잡으려는 욕구, 과거가 영원하기를 바라는 마음이 바로 나보코프의 내부 적이다.

외부에 적이 수두룩한 작가라도 책을 쓰면서는 자기 자신과 싸워야 하는 법이다. 안 그러면 무엇 하러 일인칭 시점으로 된 글을 쓴단 말인가? 때문에 처음부터 자아 분열이나 내적 갈등을 전면에 드러내 전체 내용의 원동력 또는 핵심 줄기로 삼아야 한다. 책이 끝날 때쯤에는 자신의 자아를 구석구석 살펴본 뒤일 것이다.

구성이 단편적이거나 아무렇게 쓴 것처럼 보여도 모든 인생록에는 치열한 정신적 투쟁이 깃들어 있다. 그것은 주제를 단단히 받쳐주거나 장편소설의 플롯처럼 글에 일관성을 보탠다. 내부의 적은 어떤 문제를 다룰까. 작가에게 중요한 감정적 문제와 딱 맞아떨어질 때가 많다. 작가는 왜 그 이야기를 꼭 해야만 할까? 보통은 과거로 돌아가 잃어버린 뭔가를 되찾고 그것을 현재의 자아에 채워 넣기 위해서다.

프랭크 콘로이의 내부 적은 무책임한 부모 아래에서 현실을 부정하거나 자기 파괴적으로 반항하지 않고는 평정을 유지할 수 없다는 것이었다. 그는 아픔을 겪는 어린이가 멍하니 정신을 놓는 행위로 자신을 보호하는 모습을 『스톱타임』에서 보여주었다. 나중에 재즈 피아니스트로 일하기도 한 콘로이는 당시의 내면적 공백 또는 공허함 덕분에 주위 환경의 고통스러운 무질서 속에서 '음악', 즉 어떤 형식을 빚어낼 수 있었다. 그는 불우한 환경의 어린이가 단지 힘들어하는 데에 그치지 않고 의식을 현실에서 분리해 '살아남는' 모습을 그렸다.

나는 스스로 유도한 최면 상태에 빠져 몇 시간씩 가만히 누워 있었다. 눈을 뜨고 있었지만 시선을 거의 고정하고 있었다. (…) 그런 상태에서는 내 귀가 아주 멀리 있는 것 같았다. 나는 내 두개골 속 어딘가 깊숙한 곳에 파묻혀 있었다.

유년기의 막막한 지루함은 이 작품 전체를 관통하는 주제이기도 하다. 아이들은 스스로 어떻게 해볼 힘이 없으므로 텅 빈 시간을 견디는 수밖에 없다. 콘로이는 그것을 억울해했다.

열한 살 때 내가 추구한 철학은 회의주의였다. 어린이들이 으레 그렇듯이 나는 감상에 빠지는 것을 싫어했고 뭔가 어울리지 않거나 어긋난 요소가 있으면 대번에 알아차렸다. 그리고 무엇보다도 중대한 일이 벌어지기를 기다리고 또 기다렸다. 현실 감각을 또렷하게 유지하는 것은 엄청나게 중요했다. '그 일'이 일어나는 순간에 그것을 알아볼 수 있도록 내 시야가 선명해야 했다. (…) (아무 일도 일어나지 않았으니 보란 듯이 실패한 철학이었다.)

콘로이는 난폭한 부모와 의욕 없는 선생들에게 보호받지 못하는 가운데 차츰 "말썽을 부리기 시작했다". 도입부에는 어른이 된 콘로이가 런던에서 교외의 집까지 시속 100마일로 음주 운전하는 장면이 나온다. 독자는 책을 읽으면서 툭하면 법을 어기는 콘로이를 인간적으로 좋아하게 되지만, 현실의 그는 그 버릇 때문에 위험에 빠지기도 한다.

해리 크루스의 경우에는 아버지 없이 자란 환경 때문인지 단단한 자아를 형성하지 못했다. 크루스의 책 첫머리에는 "나는 내가 누구인지 확실히 알았던 적이 단 한 번도 없기 때문이다"라는 구절이 등장한다. 그는 정체성이 없는 사람이다. 정체성을 찾는 유일한 방법은 태어나기 전에 죽은 아버지의 자취를 더듬으면서 아버지가 살았던 고향을 되살려내는 것이다. 감정적 측면에서 이 책의 주된 목적은 옛이야기들을 모으고 암송하며 작가 내부의 공백을 아버지의 지난날과 아버지의 사람들로 채우는 것이다. 그렇게 하지 않으면 크루스는 계속해서 성격이 시시각각 변하며 남에게 휘둘리는 꼭두각시처럼 살아야 했을 것이다. 그는 가면을 바꿔가면서 "사람들이 옷을 입고 벗듯이 정체성을 바꾸곤 했다". 크루스의 주장에 따르면 그의 독특한 목소리조차 찰흙 덩어리처럼 자유자재로 변했다. 그가 기자로 일할 때 영화배우와 인터뷰를 하고 난 후 녹음테이프를 들어보면 다음과 같은 일이 벌어졌다고 한다. "세 번째나 네 번째 테이프쯤 되면 내 목소리와 상대방 목소리를 구분할 수 없어지곤 했다. 내 안의 타고난 모사꾼이 상대의 말버릇까지도 모조리 습득해버리는 것이다."

크루스는 제목부터 억센 『피와 모래Blood and Grits』에서 배우지 못한 소작농의 자손이면서 문인이 되고자 한 것이 부끄럽다고 고백했다. "내가 쓴 모든 글은 내가 누구이고 어떤 사람인지에 대한 두려움과 혐오에서 나온 것이었다. 죄다 내가 아닌 척하려는 수고에서 나온 것이었다."

이쯤에서 크루스가 아직 아기였을 때 어머니가 재혼했다는 사실을 책 후반부에서 알린다는 것을 밝히는 게 좋겠다. 크루스가 여섯 살이 될 때까지 '아빠'라고 부른 남자는 온 식구가 무서워한 난폭한 술주정뱅이였다. 친아버지는 크루스가 잉태되기도 전에 플로리다 늪지대에서 준설 작업을 하던 중 임질로 한쪽 고환을 잃었다. 그에게 임질을 옮긴 "얼굴이 납작한 아메리카 원주민 여자는 암퇘지처럼 끙끙댔고 총 맞은 숲 짐승 냄새가 났다. 그는 그녀의 이름조차 몰랐다".

전혀 아름답지 않은 일을 전혀 미화하지 않고 전하는 작가 덕분에 독자는 작품 속 공간이 얼마나 무시무시한 곳인지 실감할 수 있다. 그곳은 걸어다닐 때마다 요란한 돼지들이 득실거리고 총 맞은 짐승 냄새가 풍기는 세계였다. 근육질의 언어로 서술되고 전투적인 액션이 난무하는 세계였다.

다시 돌아갈 수 없는 그 세계는 또한 사람들이 한마음으로 서로 뭉치는 곳이었다. 그런데 크루스는 그 세계 사람들과 달리 너무 외롭고 동떨어져 있는 듯하다. 굳건한 공동체 의식은 그에게 배곯은 사람이 얻은 양식처럼 반가웠을 것이다. 크루스에게는 아버지가 한쪽 고환을 절단하러 병원에 갈 때 함께 가준 친구처럼 의지가 되는 친구가 없었던 모양이다. 그 친구는 병원에 가기 전에 아버지에게 암울한 농담을 하며 동지 의식을 다졌다.

> 준설기 엔진의 규칙적인 소음은 세실에게 문제를 털어놓는 아버지의 떨리는 목소리와 대조를 이루었다.
>
> 마침내 세실이 입을 열었다. "어쨌든 그게 좋았길 바라네. 진심으로."
>
> "뭐가 좋았다는 거지?"
>
> "그 인디언 여자랑 한 거 말야. 자넨 임질에 걸렸어."
>
> 아버지는 이미 알고 있었다. 오줌이 마려울 때마다 위장에서 불이 나서 생살이 타는 듯해 오줌을 눌 수 없게 되면서부터 그 생각을 떨칠 수 없었다. 그는 모기에게 마구 뜯기며 야자나무 잎으로 엮은 지붕 아래 몸을 눕혔던 오두막을 떠올렸다.

이런 이야기들은 크루스가 아버지에게 물려받은 유산이자 크루스를 지구에 발붙이게 해주는 유일한 끈이었기 때문에, 여기에 서술된 장소의 물리적 현실과 아버지의 아픈 몸에는 독자를 설득하는 현장감이 있다.

크루스는 자신의 남성성을 뒷받침하기 위해 아버지를 사나운 근육질 남성으로 그려놓은 것 같다. 그리고 해병대에 입대하고 싸움을 벌이고 서커스에서 일하며 해골 문신을 온몸에 새기는 등 거친 행동들은 사진과 옛이야기로만 만날 수 있는 신화 속 초인적인 영웅, 즉 아버지를 본받으려는 갈망에서 나온 듯하다. "항상 뽑혀 있는 총이 바로 그의 총이었다. 위스키 병 아래에서 고개가 꺾인 사람도 그였다." 이것은 구슬픈 외침이다. 프로이트를 들먹여서 미안하지만, 고환이 하나뿐인 아버지가 항상 총을 뽑아 들고 있는 것은 남성적인 아버지를 갈구하는 아들의 절박한 희망 사항으로 이해할 수밖에 없다.

❖

모더니즘의 가장 뚜렷한 특징은 작가가 자신이 글을 쓰고 있다는 사실을 성찰하며 논평한다는 것이다. 연극의 등장인물이 제4의 벽 * 무대와 관객 사이에 위치한 가상의 벽을 말한다. 전통적인 연극에서 관객은 이 벽을 통해 연극을 보고, 배우들은 관객이 보이지 않는다는 듯이 연기에 몰두한다 * 을 허물고 관객에게 말을 걸 때처럼 말이다. 크루스의 작품에서는 이야기하는 과정에서 작가의 중요한 정신적 문제, 즉 내적 갈등이 해결된다. 형식과 내용이 시적으로 합쳐져, 매체가 곧 메시지가 된 것이다.

여기에서 힐러리 맨틀의 『유령 놓아주기』를 살펴보자. 다음 인용문에서 맨틀은 유령의 존재를 믿으면 미친 사람으로 여겨지는 시대에 초현실적 체험을 어떻게 다뤄야 할지를 고심한다.

> 이제 나는 회고록을 쓰려 한다. 나는 단지 유령이 사는 집을 판 사연을 이야기하면 되는 것이라고 스스로에게 말한다. 하지만 이 이야기는 딱 한 번만 할 수 있으니 신중을 기해야 한다. 글을 쓰는데 왜 이렇게 불안할까? 마거릿 애트우드Margaret Atwood가 말했듯이 "내가 적은 글은 증거와 너무도 비슷하다. 나에게 불리하게 이용될 수 있다는 점에서". 나는 자서전이 일종의 약점이라고 생각해왔고, 지금도 그렇게 생각하는 편이다. 하지만 약하면서 강한 척하는 것은 유치한 짓이라고도 생각한다.

글을 쓰는 사람이 자신의 주된 감정적 문제를 털어놓지 않는다면 글을 읽는 사람이 어떻게 그것을 느끼겠는가? 당신은 개인적인 이유로 글을 적어 내려가고 당신의 발버둥 치는 내면이 이야기를 끌고 간다. 나는 내 첫 책에서 스스로 모르는 과거가 뇌리를 떠나지 않는 현상을 다음과 같이 설명했다.

> 진실을 견딜 수 없을 때면 마음속으로 진실을 덮어버리곤 한다. 하지

만 어렴풋한 기억이 머릿속에 남을 수 있다. 그런 기억은 칠판에서 지워진 욕설의 흔적처럼 너무 흐릿하기 때문에 지나치게 신경이 쓰이는 것이다. (…) 그날 밤의 일은 주로 나의 내면에 영향을 끼쳤다. 우리 집이 비정상이라는 사실은 내가 비정상이라는 깨달음으로, 혹은 내가 이 세상에서 살아남으려면 여러 형태의 비정상적인 것들을 늘 경계해야 한다는 의식으로 발전했다.

나치 수용소 생존자 엘리 위젤은 『나이트Night』에서 나치의 만행 때문에 힘들어한 것만큼이나 아버지에 대한 죄책감으로 괴로워했다. 병든 아버지가 죽어가면서 위젤의 이름을 부르는데 어린 위젤은 그에게 다가가지 않았다. 결국 친위대의 심기를 거스른 아버지의 애타는 외침을 못마땅해하면서. "나는 결코 나를 용서할 수 없다. 아버지의 마지막 한마디는 내 이름이었다. 나를 부른 것이었다. 나는 거기에 답하지 않았다." 수용소에서 매일 같은 고문이 위젤의 삶을 집어삼킨 것은 사실이지만, 이런 내면의 갈등은 이야기에 깊이를 더한다. 그래서 나중에 나온 판본에서 위젤이 "너무 개인적이고 사사로운 내용입니다"라며 그 부분을 뺀 것이 조금 이해하기 어려웠다.

나는 원고를 쓰기 시작할 때 우선 내 기억만을 더듬는다. 그렇게 하는 이유는 내 안의 악마들을 완전히 무찌르고 나야 직성이

풀리기 때문이다. 원고를 몇 번씩 고쳐 쓴 다음에야 과거의 장소들을 직접 찾아가고 주변 사람들에게 원고를 돌리며 '자료 조사'를 하기 시작한다. 내가 곱씹고 되풀이해 떠올린 기억들이야말로 나에게 가장 중요한 주제가 무엇인지 알려준다. 그리고 오직 그것들만이 책의 짜임새를 결정하는 데에 보탬이 된다.

짧은 인생록이라 할 수 있는 조지 오웰George Orwell의 에세이 「코끼리를 쏘다Shooting an Elephant」에서는 둘로 나뉜 작가의 자아가 서로 충돌했다. 오웰은 영국의 인도 통치 시대에 영국 경찰관으로서 버마에서 값비싼 짐승을 쏘아 죽인 자신의 행동을 정당화하려 들지 않았다. 아직 스페인 내전에 참전하고 『1984』를 쓴 좌파는 아니었지만, 국외에서 공무원으로 일하면서 제국주의에 실망하고 직업상 그가 억압해야 하는 사람들에게 연민을 느끼기 시작하던 참이었다.

한편 버마 사람들은 그를 골려주고 괴롭혔다. 그들은 명백히 외부의 적이었다. "버마 남부의 모울메인에는 나를 미워하는 사람이 아주 많았다. 그럴 정도로 내가 중요한 인물이었던 것은 그때가 유일했다."

하지만 이 작품을 관통하는 내적 투쟁은 버마 사람들의 증오가 오웰의 내면을 비틀기 시작하면서 발생했다. 오웰이 품은 악의가 스스로를 갉아먹었다. 그는 거리와 찻집에서 그를 놀려대는 어린 스님들을 두고 이렇게 썼다. "승려의 배에 총검을 찔러 넣으면 더

없이 기쁘겠다고 생각했다."

에세이의 줄거리는 간단하다. 발정 난 코끼리가 미쳐 날뛰다가 인부 한 명을 죽였다. 그런데 군중들의 요구로 오웰이 현장으로 달려갔을 때 코끼리는 이미 진정돼 졸린 몸짓으로 풀을 뜯고 있었다. 코끼리는 풀뿌리에 묻은 흙을 제 무릎에 털었다. 그런 모습을 보며 오웰은 코끼리가 집안일에 "몰두한 할머니 같다"고 생각했다. 하지만 군중에게 몰린 오웰은 권총으로 코끼리를 쏘았다. 권총이 너무 작아서 숨을 헐떡이며 피를 토하는 코끼리를 쏘고 또 쏘아야 했다. 어떤 작가의 인생록에서도 보기 드물게 자기 비판적인 장면이다.

> 방아쇠를 당기면서 총소리도 듣지 못했고 반동도 느끼지 못했다. 명중할 때 보통 그런 법이다. 대신에 군중의 악마 같은 환호 소리가 들려왔다. (…) 코끼리에게 알 수 없는 무서운 변화가 일어났다. 몸을 움직이지도, 쓰러지지도 않았지만 몸의 모든 윤곽이 달라져 있었다. 갑자기 괴로워하며 쪼그라들고 사뭇 늙어버린 것처럼 보였다. (…) 코끼리는 무릎을 꿇으며 축 늘어졌다. 입에서 침이 흘러나왔다.

그때 오웰의 내면에서 벌어진 일이 이야기의 핵심이다. 그의 내면은 자기 역할에 대한 혐오와 자신을 싫어하는 버마 사람들에 대한 분노, 두 갈래로 분열돼 있다. 작품 후반부에도 나오듯이 "그는 가면을 썼고, 그의 얼굴이 가면에 맞춰졌다". 에세이의 마지막에 오웰은 코끼리가 인부를 죽였기에 "법적으로 문제가 없어서" 다행이라고 썼고, "오로지 바보 취급당하기 싫어서" 코끼리를 죽였다고 덧붙이며 자신을 모질게 비꼬았다.

오웰이 버마 사람들에게 연민만 느꼈다는 식으로 글을 썼다면 그의 이야기에는 마음을 움직이는 힘이 없었을 것이다. 이기적이고 변명을 일삼는 사람처럼 보였을 것이다. 오웰의 훌륭한 서술 덕분에 독자는 코끼리와 군중, 두려움과 자존심 때문에 길을 잃은 풋내기 경찰관과 공감할 수 있다. 여기서 코끼리와의 대결은 수많은 명작을 낳은, 자연에 맞서 싸우는 문학적 전통과 닿아 있기도 하지만 또한 오웰의 내적 투쟁을 잘 보여주는 장치이기도 하다.

반면 작가가 솔직하게 시인하지 않은 허영이나 자기중심성이 있다면 어떻게 될까. 독자는 이를 곧 파악하게 되고 불신이 피어올라 작품을 읽는 데에 방해가 된다. 때문에 성공한 문학적 회고에서는 내적 투쟁이 이야기를 끌고 가는 것이다.

자신을 존중하지 않는 사람은 남도 존중하지 않는다

무엇보다도 자기 자신에게 거짓말하지 말라.
자기 자신을 속이고 자신의 거짓말에 귀 기울이는 인간은
결국 내면의 진실도, 외부의 진실도 분간할 수 없게 되고
자신을 존중하지 않게 된다.
존중하지 않는다는 것은 자신을 더는 사랑하지 않는다는 뜻이다.

표도르 도스토옙스키 Fyodor Dostoevsky

학생들은 처음 글을 쓸 때 자기 자신을 정반대로 묘사하려고 애쓸 때가 많다. 이를테면 스스로 애착을 갖고 쓴 연애시가 '소녀 감성이 너무 짙어서' 남에게 보여주기 싫어했던 출중한 젊은 시인은 매력이 넘치는 남성이었다. 똑똑하고 지성적인 유형의 학생은 노동자 계급의 주인공을 그려내려 했다. 그렇게 다정하고 착할 수 없는 학생이 사회에 불만이 많은 냉혈한처럼 글을 썼다.

그런 욕망을 누르고 자신을 제대로 보려면 어떻게 해야 할까. 내가 사용하는 방법은 이런 것이다. 학생들이 스스로 보지 못하는 부분을 짚어줄 때 나는 다음과 같은 사항들을 물어본다.

1. 사람들이 나의 어떤 면을 좋아하고 어떤 면을 싫어하는가? 양쪽 다 글에 담아야 한다.

2. 나는 어떤 사람으로 생각되고 싶은가? 사람들 앞에서 어떤 식으로 거짓된 모습을 꾸며내거나 다른 사람인 척했는가? (화가 나서 당신에게 소리 지르던 연인이나 가족이 이 질문에 대한 답을 이미 알려줬을 것이다.)

3. 나 자신이 아닌 다른 사람으로 위장할 때 내가 자주 보내는 언어 신호가 있는가? 어떤 학생은 멋져 보이고 싶을 때 헤비메탈 밴드 이야기를 꺼내곤 했다. 내 경우에는 갑자기 철학을 들먹이며 허튼소리를 늘어놓는다.

어떻게 답해야 할까. 위 질문들에 대한 나의 대답을 보면 다들 짐작할 수 있을 것이다.

1. 내 친구들은 내가 마음이 따뜻하고 솔직하고 재치 있고 호기심이 많다고 좋아한다. 나는 의리가 대단히 강하고 큰 소리로 웃는 편이다. 사람들은 내가 감정이 격렬하고 우연찮게 또는 장난으로 선을 자주 넘기 때문에 싫어한다. 내 성향은 어두운 쪽으로 기울어 있다. 파티에서 예의상 나누는 가벼운 대화는 무의미하고 지루하다고 생각하고, 결혼식에 가면 한담을 나누기보다 차라리 춤추는 데에 몰두한다. 인간을 약간 혐오하는 습성이 있다. 글쓰기에 열중하느라 점심 약속을 취소한 적이 많다.

2. 감정을 내비치지 않고 말수가 적은 지성인의 차분한 목소리를 가질 수 있으면 정말 좋겠다. 우리 가족 안에서 나는 감정을 풍부하게 느끼는 역할을 맡고 있었기에 내가 쓰는 글에서까지 감정을 드러내는 것이 처음에는 두려웠다. 뻔뻔하고 멍청한 짓인 것만 같았다. 하지만 그런 이야기에서 벗어난다면 내가 가장 잘하는 것을 제쳐두는 셈이다.

3. 갑자기 화제에서 벗어나 알지도 못하는 지적인 주제에 대해 허세를 부린다.

아주 간단한 문제지만, 다시 한 번 요약하면 이렇다. 나는 남에게 어떤 사람으로 보이려 하는가? 역사에 길이 남을 인생 이야기를 쓴 작가들은 초기의 방어 본능을 꿋꿋이 억누르고 거짓 자아에 만족하지 않았다. 그들은 한층 복잡한 이야기를 하려고 기다리고 있는 진실된 자아를 향해 더 깊이 파고든다.

도스토옙스키가 말한 바 자신을 속이는 사람은 자신을 존중하지 않는 사람이다. 자신을 존중하지 않는 사람의 인생과 인생 이야기를 왜 다른 사람들이 공들여 읽으려 하겠는가.

11

우리 인생의 신화를 발견하기

> 우리는 이성뿐 아니라 마음으로도 진실을 알아본다.
>
> 블레즈 파스칼Blaise Pascal

자신의 경험을 글로 쓰려면 진실을 추구해야 한다. 그렇다면 우리의 상상력은 어디에 둬야 하는가? 다 사라져야 하는 것일까. 그 답은 맥신 홍 킹스턴이 줄 것이다.

그의 신기하고 오묘한 상상력은 오늘날 우리에게 익숙한 회고록 장르가 형성되는 데에 크게 이바지했다. 1975년에 출간된 『여전사The Woman Warrior』를 수십 년 동안 수업 시간에 가르쳐왔지만 아직도 이 작품이 학생들의 마음을 사로잡는 것을 보고 있으면 여전히 경이롭다. 이 작품에서 킹스턴의 이중적인 내면은 갈등하는 두 자아로 나타난다. 한쪽에는 진실에 굶주리고 남녀평등을 주장하며 미국화된 작가의 자아가 있고, 다른 쪽에는 중국의 여성성과 겸손함을 내세우는 어머니에게 억제되는 자아가 있다. 둘이 부딪

히면서 작품의 주된 갈등을 빚는다.

첫머리부터 작가는 어머니가 몰래 전한 비밀 이야기를 폭로한다. 여성은 이러이러해야 한다고 규정하는 오래된 문화적 가치관에서 비롯한 비밀이었다. "계집애보다 거위를 기르는 편이 낫다"라는 격언이 있었고, 여아 살해도 용인되었다. 작가는 미국에서 교육받은 수다스러운 입을 열어 여성적인 겸손, 가문에 대한 복종과 효도, 얌전한 행동거지 등 어머니의 전통적 여성관에 저항한다(이 저항은 책 전체에 걸쳐 지속된다). 도입부에서는 어머니의 경고하는 목소리를 딸이 그대로 옮겨 비밀을 깨뜨린다. 대립한 두 목소리는 작가의 정교한 복화술에 힘입어 한입으로 말하기 시작했다.

> 어머니가 말했다. "지금 내가 하는 얘기는 아무한테도 말하면 안 된다. 중국에서 살 때 네 아버지에겐 누이가 있었는데 자살했어. 집에서 쓰던 우물에 뛰어들었지. 그 누이는 태어나지 않은 것으로 치고 아버지에게 남자 형제밖에 없다고 말하는 거란다."

이름도 모르는 고모는 우물에서 자살하기 전에 임신한 몸으로 밭일을 하러 나갔다. 그녀의 남편은 오래전 먼 곳으로 떠난 상태여서 남편의 아이를 가졌을 리가 없었다. 마을 사람들은 사납게 날뛰며 가족의 집을 뒤집어엎었다. 고모의 망측한 행동거지에 대한 벌로 쌀을 훔쳐 가고 가축을 잡아 죽였다. 그날 밤 고모는 돼지 우리에서 사생아를 낳았고, 아침이 되자 가족들은 그녀와 아기가 "우물을 막고 있는" 것을 발견했다.

킹스턴의 어머니는 막 초경을 맞아 가족을 욕보일 수 있는 나이가 된 어린 작가에게 욕구를 억누르고 아예 입도 열지 말라고 경고하기 위해 고모의 이야기를 전해주었다. 아예 잊힌다는 것은 가족도 없이 영원한 지옥에 떨어지는 것이다. 잊힌 조상들은 잊혔기에 자손들이 먹을 것을 챙겨주지 않아 "배고픈 귀신들"이라는 말을 더했다.

킹스턴의 독창성은 형식과 내용의 시적 결합에 있다. 어린 화자의 내면에서 벌어지는 두 문화 간의 치열한 갈등은 현실과 환상을 오가는 책의 형식과 어우러졌다. 화자는 여자가 침묵하는 중국의 전통을 어기면서 가족의 비밀을 발설하고 진실에 대한 갈망을 내보인다. 그래서 창피당한 고모만큼 위험한 여자가 됐다. 그러고 나서는 마치 당연한 권리라는 듯이 어머니의 이야기 방식을 빌려 잃어버린 고모에 대한 공상에 빠졌다. 킹스턴은 자신이 사실을 말하는 것이 아니라 여러 가능성을 추측하는 것뿐임을 분명히 밝혔다. 처음에는 익사한 고모가 밭에서 강간당했지만 너무 수치스러워 주위에 말하지 못한 것이라고 상상했다. 가족 중에 누군가가 고모를 강간했을지도 모르는 일이었다. 어쩌면 고모는 허영심이 강하고 애정에 목말라하는 창녀, '사람들과 흥겹게 어울려 놀던 야생의 여인'이었을 수도 있다. 상상력 세계에서 고모를 망각의 늪에서 구해내면서 킹스턴은 전족처럼 자신을 옭아매는 옛 관습을 떨쳐냈다.

> 나 홀로 여러 장의 종이에 적힌 글을 고모에게 바친다. 비록 종이를 예쁘게 접어 집과 옷을 만들어드리지는 못하지만. 고모가 항상 내가 잘되기를 바란다고 생각하지는 않는다. 나는 그녀의 비밀을 누설했다. 그녀는 우물에 몸을 던져 자살한 원혼이었다. 중국인은 늘 물에 빠져 죽은 사람을 두려워한다. 익사자의 흐느끼는 귀신은 살이 퉁퉁 불어 젖은 머리카락을 늘어뜨리고 자기를 대신할 사람을 물에 밀어 넣으려고 조용히 기다리고 있으니까.

청소년기에 킹스턴은 얌전하고 말이 없고 등이 구부러지고 발이 비둘기처럼 작은 '중국식 여성'이 아닌, 당당하고 꼿꼿이 몸을 펴고 팔자걸음을 걷는 '미국식 여성'이 되려 했다. 킹스턴은 부모에게 반항하고 내성적인 동급생을 꼬집고 괴롭혀 말을 좀 하라고 강요하는 말괄량이로 자랐다.

글 속에서 킹스턴이 펼치는 화려한 상상의 나래는 어머니의 초자연적인 옛이야기를 닮았다. 『여전사』가 출간됐을 무렵 서평자들은 일부 내용을 당시에 새로웠던 가브리엘 가르시아 마르케스Gabriel García Márquez의 라틴아메리카풍 마술적 사실주의에 빗댔지만, 킹스턴의 작품은 한층 초자연적이다. 킹스턴의 어머니는 위협에 처하면 용으로 변신했다. "발톱을 펼쳤고 붉고 반짝거리는 비늘을 펄럭였다." 그리고 구름 위로 날아갔다.

이러한 변신을 마르케스가 『백년의 고독Cien Años de Soledad』에서 물리적 현실에 뿌리내린 설정과 비교해보자. 마르케스는 첫머리부터 과학이 발전한 덕분에 가능해진, 설명할 수 있는 '마술'들을 늘어놓는다. 열대지방에 얼음이 얼거나, 엄청나게 강한 자석을 들고 거리를 거닐면 건물에서 못이 빠져나와 자석에 달라붙는 일 따위다. 마르케스 작품에서는 양치 컵에 담긴 죽은 사람의 틀니에서 노란 꽃이 피어나고, 빼어난 미인 곁에 나비들이 나타나기도 한다. 마르케스는 이렇게 말한 적이 있다. "초현실이라니요? 남아메리카에서는 실제로 그렇게들 삽니다." 마르케스는 먼저 마술적인 현실을 믿게끔 한 후 조금씩 유령의 세계로 독자를 끌고 간다.

킹스턴의 작품은 더 몽환적이다. 쉽사리 믿을 수 없는 이야기를 대담하게 내민다. 현실에서 충분히 일어날 수 있는 사건에서 출발하지만, 결국에는 '귀신들이 산 사람들 사이에서 어른거리는' 마법에 걸린 마을로 뛰어든다. 하긴 작가는 캘리포니아에서 보낸 어린 시절 내내 구시대의 불가사의한 제약과 씨름해야 했으니, 귀신

세계를 활용하는 것은 작가의 내면에서 벌어지는 드라마를 표현하는 가장 진실한 방법이었을 것이다. 화자는 무엇이 진짜이고 무엇이 신화인지 알 길이 없다. 가족들은 실제로 이웃의 미국인들을 "귀신"이라 불렀다. 부모가 보기에 이민 2세인 킹스턴은 귀신 문화에 빠져들고 있었으므로, 그녀에게 자꾸 뭔가를 숨겼다.

> 나는 때로는 귀신들 때문에 우리가 말을 할 수 없다고 원망했고, 때로는 중국인의 비밀스러움을 원망했다. 부모님은 "말하지 마라"고 했지만, 우리는 무엇을 말하지 말라는 것인지 몰랐기 때문에 그것을 과연 말하고 싶기나 한지 알 수 없었다. 우리가 귀신들 틈에서 태어났고, 귀신들에게 배웠고, 우리도 귀신 같았기 때문에 부모님은 우리에게 말해주지 않으려 했다.

작품 속에서는 수수께끼 같은 의례들이 치러지는데 아무도 입도 벙긋하지 않는다. 저녁을 먹을 때 "어머니는 여러 잔에 위스키를 따르고 잠시 후 술을 병에 다시 따라 넣곤 했다. 무엇을 하는지 단 한 번도 설명해주지 않았다".

킹스턴은 어머니의 초자연적인 어법을 택한 덕분에 의외로 신중해질 수 있었다. 어떤 면에서 그것 덕분에 가족의 비밀이 지켜졌다. 작품 속 세계는 현실과 신화의 경계가 희미해지는 이승과

저승 사이의 어디쯤이다.

다른 작가가 그렇게 불확실한 어법을 썼다면 요점에서 벗어나거나 장식하려는 것처럼 느껴져 읽기 괴로울 것이다. 내가 영혼들을 등장시키고 이런저런 추측을 늘어놓아 독자를 헷갈리게 하며 킹스턴을 직접 따라해봤을 때에도 독자가 '진짜 이야기로 돌아가주세요' 하고 외치는 소리가 귓전을 울렸다. 불확실함의 문화적 근원과 맥락을 낱낱이 따져 보여준다. 킹스턴은 자기 집에서 신화가 어떻게 현실이 됐는지 설명해주고, 독자는 신화 같은 장면들을 당연하게 받아들이게 된다. 예를 들어 자동차 극장에 갔을 때는 소설보다 더 허구 같은 일이 일어났다.

> 옆집 아주머니는 어느 순간 말을 막 걸며 어린 우리를 난생 첫 '스카이무비'에 초대했는데, 그때를 빼고는 단 한 마디도 하지 않았다. 그러다가 우리는 아주머니의 몸에서 은빛 열기가 피어오르는 것을 보았다. 그 열기는 우리 눈앞에서 굳어버렸다. (…) 아주머니의 남편은 확성기를 창밖에 내던지고 급히 집으로 차를 몰았다.

어린 화자는 여인의 몸에서 화난 영혼이 피어오르는 모습을 무덤덤하게 바라본다. 이렇게 쓸 수 있는 작가는 거의 없다. 대부분 억지스러워 보일 것이다. 그런데 킹스턴이 창조한 세계는 그렇게 작동하므로, 킹스턴의 손에서 나온 이 내용은 '진실'이다.

다른 장면에서 킹스턴은 시체들이 널브러진 풍경에 관한 동네 소문을 물리적 장소로 구현했다. 이런 환상의 세계를 받아들이고 나면, 같은 동네에 마녀가 산다고 해도 믿으리라.

> 떠돌이 일꾼들이 다니는 길을 따라 늪으로 가서 풀 줄기를 가르면 떠돌이 일꾼과 자살한 중국인, 어린이의 시신들이 있다고들 했다. (…) 아이들은 그 미친 아주머니가 우리를 잡으면 물에 삶아 몸을 찢어버리고 변신시키는 마녀라고 말했다. "그 아주머니가 네 어깨를 건드리면 넌 더 이상 네가 아니야. 보도 위에서 반짝거리는 유리 조각이 돼버린다고." 그녀는 다리 사이에 빗자루를 끼워 그것을 타고 늪으로 갔고, 한쪽 볼에는 빨간 분을, 다른 쪽 볼에는 하얀 분을 칠했다. 마른 머리카락 뭉치는 위로 옆으로 뻗쳤고 나이가 많은데도 검은빛이었다. 뾰족한 모자를 쓰고 케이프와 숄과 스웨터를 겹겹이 둘러 목둘레로 단단히 단추를 잠갔고 소매는 소시지 껍질처럼 뒤쪽으로 펄럭였다.

처음에는 풀 줄기 사이로 진짜 시신들이 놓여 있는 끔찍한 장면이 나온다. 그랬다가 아이들이 어떤 아주머니가 우리를 변신시킬 수 있다고 말하는 외전으로 넘어간다. 그러고 나서는 우화를 쓰기 시작한다.

그런데 이런 우화들은 자칫 침묵 속으로 사라질 수 있는 진실을 말해준다. 책에는 지나치게 숨기는 데에 급급한 중국 문화가 그려진다. 그런 문화에서는 신화가 간접적인 진실이다. 킹스턴이 자신의 작품을 어떻게 읽으면 되는지 보여주고 나면, 독자는 작가의 방법을 온전히 받아들였으므로 겉으로 드러난 내용이 신화인지 현실인지 상관하지 않는다. 책을 읽으면서 두 영역 사이를 부드럽게 오가는 방법을 터득한 것이다.

어떤 장면들은 상징적 의미가 너무 완벽하고 이상한 구석이 있어서 충분히 가능한 일인데도 독자가 의문을 품게 된다. 킹스턴은 미국 학교에서 말을 하지 못했던 기간 동안, 지능 검사에서 "지능지수 0"을 받았다. 미국 학교에서 침묵은 곧 실패를 뜻했기에, 킹스턴의 어머니는 딸을 치료하기 위해 딸의 입을 벌리고 혀 아래의 작은 막인 설소대를 가위로 잘라 그녀의 혀를 해방시켰다. 구체적이고 특수한 사건이기에 실제로 일어났을 법하지만, 여성의 침묵을 주제로 한 이 책에 지나치게 안성맞춤인 일화여서 일종의 신화가 아닌가 싶기도 하다.

나는 첫 책을 쓸 때 킹스턴의 방법을 그대로 활용하지는 못했다. 하지만 킹스턴의 작품들을 공부하면서 아빠와 아빠의 도박꾼 친구들에게 엿들은 텍사스 특유의 허황된 재담들을 책에 넣을 용기를 얻었다. 가령 추운 화물칸에 탔던 어떤 남자의 바짓가랑이로 보송보송하게 언 물체가 흘러내렸는데, 그것을 프라이팬에 넣어 녹이자 방귀 소리가 났다는 이야기 따위였다. 하지만 내가 적은 우스갯소리는 단지 우스갯소리로 여겨질 뿐이다. 아무도 누군가 목격했을 법한 일로 여기지 않을 것이다. 그에 반해 킹스턴의 신비로운 여성 검객들은 엄연히 살아 있다.

킹스턴은 1970년대에 침묵의 문화에서 벗어나 중국의 신화와 오래된 텍스트를 현대의 풍경에 덧씌웠다. 자기 자신과 문중의 여성들이 수천 년 묵은 침묵과 망각에서 벗어날 수 있도록 비밀을 누설했다. 거기에는 여성 인권을 증진하는 의미가 있었다. 『여전사』는 베스트셀러에 올랐고 갖은 찬사를 받았지만, 때로 공격도 당했다. 프랭크 친Frank Chin은 백인들의 선입견을 작품에 그대로 옮겼다고 비난했다.

나는 친이 문제 삼은 지점에 관해 이러쿵저러쿵 말할 자격이 없다. 다만 나는 킹스턴이 중국계 미국인으로 자란 소녀 시절을 자신이 원하는 방식으로 표현할 권리를 옹호한다.

작가의 개성(예를 들어 킹스턴의 우화를 즐겨 쓰는 성향)은 추를 충분히 달지 않아 수면 위로 떠오르는 시체처럼 글에서 저절로 드러나게 돼 있다. 그러니 처음부터 그것을 드러내는 편이 낫다.

12

사랑하는 이들을 대하는 법을 배워라

책 속에서, 삶 속에서

가족은 서로 실망하는 모습을 지켜보기 위해 존재한다.

로라 실러먼 Laura Sillerman

자전적 글쓰기를 하려는 사람이 가장 신경 쓰게 되는 존재들은 바로 가족과 친구다. 작가마다 가족과 친구를 대하는 방식이 다르다. 한쪽 극단에는 가족과 친구를 인터뷰하며 책을 함께 쓰다시피 하는 작가들이 있다. 예를 들어 캐럴린 시는 가족의 의견을 듣고 『꿈꾸기』를 처음부터 다시 썼다. 다른 쪽 극단에는 가족과 친구를 전혀 개의치 않는 용감한 작가들이 있다. 프랭크 콘로이는 『스톱타임』을 쓰면서 가족의 반응에 전혀 신경 쓰지 않았다고 주장했다. "그들이 못마땅해했어도 한 글자도 바꾸지 않았을 것이다." 『영원한 자정』에서 아버지의 죽음을 자살로 다시 규정해 가족사를 새로 쓴 내 친구 제리 스탈은 이렇게 말한 적이 있다. "살아내고 견뎌냈다면 그것을 글로 쓸 자격이 있다."

내가 관찰한 바로 전자는 주로 여성이, 후자는 주로 남성인 경우가 많았다. 이런 남녀 차이에 납득이 간다. 남자는 부모에게 반항하면서 어른이 된다. 로큰롤 음악에 푹 빠진 청년이 차를 훔치거나 가부장적인 아버지에게 대드는 전형적인 장면들이 있지 않은가. 프로이트식으로 말하자면 오이디푸스는 어머니와 결혼하기 위해 아버지를 죽여야 한다. 하지만 딸이 어머니를 공격하는 행동은 부적절하다. 물론 여자들도 뒤에서 속닥거리며 입방아를 찧는다. 남자들이 그 기세를 보면 겁에 질려버릴 것이다. 하지만 많은 경우 여성들이 그런 험담을 책으로 출간하는 일은 더 나쁜 짓으로 여겨졌다.

제프리 울프는 자신이 쓴 회고록 『속임수의 제왕The Duke Of Deception』 때문에 고지식한 어머니가 괴로워했다고 한탄했다. 어느 못된 서평자는 울프의 어머니를 욕하기도 했다. 그는 내게 이렇게 말했다. "그때 이후로 어머니는 내가 책을 쓰지 않았기를 바라는 눈치였어요." 그는 특히 가족 내부의 복잡한 문제들을 왜곡하는 텔레비전 토크쇼를 경계하라고 일러주었다.

그러더니 이번에는 제프리의 형제인 토바이어스 울프의 회고록이 대중의 관심을 끌며 출간됐다. 울프 형제의 어머니는 머리카락을 단아하게 손질했고 체구가 아주 작았다. 나는 그녀를 두 번 만

나보았다. 한번은 그들 형제와 어머니의 뒷자리에 앉아 영화로 만든 『이 소년의 삶』을 함께 보았다. 어머니 역은 명랑한 엘런 바킨Ellen Barkin, 토바이어스 울프 역은 리어나도 디캐프리오Leonardo DiCaprio, 난봉꾼 새아버지 역은 로버트 드니로Robert De Niro가 맡았다. 토바이어스 울프는 감독에게 너무 야한 장면은 빼달라고 간청했다. "그런 모습을 내가 봤을 리가 없잖습니까!" 《뉴욕 타임스 매거진The New York Times Magazine》에는 다음과 같은 제프리 울프의 발언이 실렸다.

> 어머니에 대한 책이 한 권 쓰였습니다. 기차가 어머니를 타 넘고 북쪽으로 달려갔지요. 어머니가 겨우 먼지를 털고 일어나니 이제 기차가 다시 달려오는 겁니다.

울프 형제의 어머니는 말했다. "아들 녀석 둘 다 작가가 될 줄 알았다면 좀 다르게 살았겠죠."

나는 언제나 내 경험을 이야기해온 사람이므로, 이 문제도 마찬가지다. 이제 작가로서 나와 내 주변 사람들의 경험을 자세히 쓸지, 아니면 이 챕터를 여기서 끝낼지 결정할 시간이 왔다. 글쓰기에 관해 언제나 바람직한 조언을 해주는 분들은 이 주제를 다룰 때 내 경우를 길게 늘어놓지 말라고 경고했다.

하지만 그럴 수 없다. 어쨌든 내가 가장 잘 아는 작가와 가족 간의 관계는 나 자신의 것이다. 그러니 내 경험을 빼놓으면 잘 봐줘야 내숭 떠는 것이다. 그래서 여기서 전부 털어놓으려 한다.

글을 쓰는 작업과 관련하여 내가 주변 사람들을 챙기는 양상은 크게 세 단계로 나눌 수 있다. 먼저 책에 나온다고 일찌감치 알려준다. 싫으면 그 사람이 나온 부분을 뺄 수 있게 시간을 넉넉히 주는 것이다(빼달라는 사람은 지금까지 한 명도 없었다). 그리고 책을 쓰는 중에는 아무에게도 보여주지 않고 있다가, 인쇄하기 한참 전에 등장인물들에게 완성된 원고를 보낸다. 참고로 내가 싫어하는 사람에 대해서는 거의 쓰지 않는 성격이다. 나를 괴롭힌 할머니와 소아성애자 두 명을 제외하고는 내 책에 등장한 사람들 모두 내가 사랑하고 아끼는 이들이다.

두 번째 책이 출간됐을 때 중학생이었던 아들은 "읽을 준비가 안 됐어요"라고 말했고 10년 넘게 같은 태도를 유지했다. 내가 보기에도 현명한 판단이었다. 자기 엄마가 성폭행당했다는 사실을 아들도 알고는 있었지만, 그 장면을 생생하게 묘사한 글을 읽는 것은 차원이 다른 문제였다. 아들은 작품 속의 내가 아니라 와플을 구워주는 나를 좋아한다. 하지만 내 책에 아들이 아예 모르는 내용은 없다. 아들과 나는 서로 친하고, 아들이 나의 끔찍한 경험을 내가 아닌 다른 사람에게 듣는 일은 없어야 한다고 생각했다.

세 번째 작품인 『리트』를 썼을 때는 대학생인 아들이 대학생의 모습으로 나오는 첫 챕터를 자세히 살펴보게 했다. 아들은 한 단어도 바꿔달라고 하지 않았다. 나는 아들의 친아버지인 전남편도 원고를 자세히 검토하고 부정확한 내용을 지적해주기를 바랐지만, 그는 가명을 쓰고 모호한 인물로 남기를 원했다(전남편이 나오는 챕터들은 예전에 부부상담을 받은 상담사에게 보내, 내가 쓴 내용이 공평한지 물어보았다).

나는 여러 사람들에게 가족의 마음을 불편하게 하더라도 진실을 털어놓는 편이 낫지 않느냐고 자신 있게 말했지만, 사실 엉망인 내 가족에 대해 글을 써보기 전에는 나 역시 누구도 화나게 하고 싶지 않아 몸을 사렸다.

나는 『거짓말쟁이들의 클럽』을 쓰기 전부터 어머니와 언니에게(아빠는 돌아가신 뒤였다) 자꾸 전화를 걸어 자전적 글쓰기 작업에 대해 어떻게 생각하는지 떠보고, 만에 하나 책이 대중의 관심을 끈다면 온 세상이 우리 가족의 사생활을 알게 될 거라고 경고했다.

그럴 때마다 어머니와 언니가 나를 말렸으면 좋겠다는 마음이 조금은 있었다. 나는 이런 장르를 무척 좋아했지만 내 가족의 이야기를 직접 쓴다고 생각하니 두렵기 짝이 없었다. 쓰고 싶은 마음이 굴뚝같으면서도, 자칫 잘못 쓰기가 얼마나 쉬운지 새삼 깨닫고 식은땀을 흘리곤 했다.

그런데 사실은 그때 주머니 사정이 너무 나빠서 이것저것 따질

겨를이 없었다. 눈이 몇 미터씩 쌓이는 동네에서 자가용도 없이 지내고 있었고, 어린 아들을 육아 시설에 맡기는 비용이 부담돼 여름 방학이 오면 제대로 돈 버는 일을 하러 나갈 수도 없었다.

어머니와 언니는 내가 작은 출판사에서 독자가 몇십 명 될까 말까 한 시집을 내오던 것에 익숙해서 별로 개의치 않았을 수도 있다. 하지만 나와 계약한 뉴욕의 대형 출판사는 세계적 베스트셀러를 기대하고 있었다.

가족이 불같이 화내지 않고 전혀 동요하지 않으니 오히려 더 걱정스러웠다. 언니는 "뭐 어때?", 어머니는 "그래, 한번 써봐"라고 했다. 둘 다 책을 안 읽는 사람은 아니었고, 나는 벌써 수십 년 전부터 그들에게 회고록 장르의 책들을 자주 선물했던 터였다. 그래서 어머니와 언니는 내가 단지 까발리기 위해 까발리는 글을 쓰기보다는 입체적인 초상을 그리고자 한다는 것 정도는 알고 있었다.

우리 가족은 아주 파란만장하게 살아왔다. 한번은 부엌 바닥 타일에 왜 총구멍이 났느냐고 묻자 어머니는 짤막하게 대답했다. "그 사람이 움직였거든." 그것이 유일한 총기 사고는 아니었다. 타일 수리공이 총구멍을 손으로 만지작거리고 있을 때 언니가 어머니에게 비꼬듯 물었다. "저게 아빠를 쏜 총자국이죠?" 그러자 어머니가 대답했다. "아니, 그건 내가 래리를 쏜 자국이야. 아빠를 쏜 건 저쪽에 있지."

(여기서 인생록이 나에게 딱 맞는 장르임을 알 수 있다. 이렇게 멋진 등장인물을 두고 인물을 새로 만들어낼 필요가 어디 있겠는가?)

하지만 으레 그렇듯이 술과 총이 이야기의 전부는 아니었다. 육십 대에 알코올 중독에서 벗어난 어머니 덕분에 우리 가족이 구원받은 이야기도 있었다(어머니의 경험은 세월이 흐른 뒤에 내가 술을 끊는 데에 길잡이가 되어주었다). 술을 끊었다고 해서 너덜너덜하게 해진 지난날이 원상태로 돌아갈 수는 없었지만, 일단 상처에서 흐르는 피는 멎었다. 그리고 어머니의 오래된 거짓말들을 파헤치면서 우리 가족은 전에 없이 가까워졌다.

아무튼 어머니와 언니가 자신들이 사랑스러운 모습으로 등장하는 책을 기대하고 있는 상황이 어떤 면에서는 고소했다. 어차피 수십 년 동안이나 책에 나온 사건들에 대해 제각기 할 말을 쏟아내면서 서로 앙금을 풀어낸 뒤였다. 내 정신과 의사'들'이 그런 대화를 권했던 것이다. 그래도 그렇지, 내 가족은 다른 가능성을 염두에 두는 것 같지 않았다. 어쩌면 진실을 외면하는 그들의 탁월한 방어 기제가 되살아났을 수도 있다.

그래서 나는 크리스마스 때 고향 텍사스에 가서 책에 나와 알려지면 그들이 부끄러워할 수 있는 내용을 며칠 동안 조목조목 나열했다. "우리한테 식칼을 휘두르고 장난감에 불을 질러서 벌금 낸 건 기억하세요?"

어머니는 말했다. "당연하지. 온 동네 소문이 자자했는데, 뭐."

나 같이 자전적 이야기로 먹고사는 작가에게 이렇게 강인한 어머니가 있다는 것은 축복이다. "남들 눈치 보는 성격이었으면 진즉에 쿠키나 굽고 학부모회에도 나갔겠지." 어머니는 슈퍼마켓에서 난동을 부려 안내판을 넘어뜨린 적도 있었다. 무엇보다 어머니는 뉴욕에서 초상화 그리기를 공부한 적도 있어서 작가가 바라보는 관점과 감정이 현실에 어떤 색을 입히는지 잘 이해하고 있었다. 작품에 담긴 내 목소리가 절대적 권위자인 척하지 않고 주관적 현실을 보여주리라는 걸 잘 알고 있었다.

귀가 얇은 편인 언니도 천하태평으로 보였다. 하지만 지나치게 태평했고, 사실은 약간 뒤끝이 있었다. 보험 설계사인 언니는 선원처럼 욕을 해댔고 악인을 자처했다. 우리보다 더 많은 것을 감당하고 채워주며 살아온 것이다. 가족 중 누군가는 그렇게 해야 했다. 언니는 나를 격려한답시고 "네가 심리 치료를 받은 덕분에 난 안 받아도 됐어"라고 말할 정도로 순진했다. 언니는 로터리클럽과 프리메이슨 협회에서 활동했고, 1970년대까지도 청바지를 각 잡고 다려 입었다. 우리가 쌀 부자라고 불렀던 첫 남편과의 결혼 생활 중에 한번은 내게 싸구려 옷을 입고 언니 부부가 소유한 컨트리클럽에 오지 말라고 했다. "그렇게 입고 우리 집에 발을 디딜 순 없어."

나는 좌파인 반면 언니는 철저한 우파였다. 나는 삐딱한 외톨이였지만, 언니는 크리스마스카드를 보낼 사람이 수백 명에 이르는 개인 사업자였다.

이처럼 언니와 나는 극과 극으로 다르지만, 어린 시절 언니는 나의 영웅이었다. 책에도 영웅으로 나온 것은 물론이다.

고향에서 며칠을 보내고 나서야 나는 책 내용 중에서 어머니나 언니와 직접 관련이 없고 그들이 처음 듣는 이야기, 어린 시절 두 번 성폭행당한 이야기를 털어놓았다. 마음속의 짐을 덜었던 그날 아침, 예상했던 대로 큰 소동이 벌어지지는 않았다. 어머니는 다소 거칠게 한마디 했다. "망할 개새끼들."

잠시 침묵이 흐른 뒤에 언니가 지갑을 집어 들었다. "멕시코 음식이 너무 먹고 싶어." 언니는 점심을 먹으면서 어렸을 때 자기를 강간하려고 덤벼든 남자를 힘으로 떨쳐낸 이야기를 해주었다.

성폭행 이야기는 다시 언급되지 않았다. 그런데 내가 떠나기 전날 밤이었다. 나는 잘 모르는, 언니가 사업상 아는 남자가 찾아와 내게 성폭행에 대해 물었다. 언니가 그에게 다 말해버린 것이었다. 그의 유일한 질문은 "삽입당했나요?"였다. 그때 이 이야기를 글로 쓴다면 이런 해프닝에 익숙해져야 한다는 사실을 깨달았다. 호기롭게 미식축구부에 들어가놓고 공에 맞았다고 징징댈 수는 없으니까.

나는 첫 책의 원고를 2년 넘게 쓰는 동안 주변에 글을 보여주지 않았다. 단지 이따금 어머니에게 전화해 날짜 따위를 확인하거나 특정 사건을 책에 넣는 것에 대해 어떻게 생각하는지 떠봤다. 고맙게도 어머니는 전혀 개의치 않았다.

내가 어떤 사건에 대한 주변 사람들의 해석 차이를 처리한 방식은 이렇다(누구에게나 좋은 방법은 아닐 수 있다). 어떤 인물의 의견이 나와 정반대인 경우에는 한 번쯤 그 사람의 의견을 언급하기는 했지만 그것을 대변해줄 의무가 있다고 여기지 않았다. 예를 들어 금발인 언니는 인물이 고운 할머니를 좋아했고 할머니도 언니를 편애했다. 할머니는 내가 갈색 머리 때문에 멕시코인처럼 보여 실패작이라고 구박했다. 그런 할머니를 나는 책에서 드러내놓고 경멸했다. 하지만 언니가 할머니와 레이스를 뜨고 재롱을 부렸던 추억은 그대로 실었다. 할머니가 오십 대에 암으로 죽어가고 있었다는 사실도 썼다. 그러니 할머니의 기분이 좋을 리가 없었고 성격이 이상해질 만도 했다. 뇌에 포도송이만 한 종양이 자라고 있었으니 내가 본 건 할머니의 원래 모습이 아니었을 것이다. 어쨌든 내 책을 읽고 내가 할머니를 미워한 게 공정하다고 생각한 사람도 없었을 것이다. 단지 어린 입장에서 할머니가 미울 수 있었다고 이해했을 것이다. 다음 문단은 해석의 차이를 내 방식대로 보여준다.

언니는 내가 비명을 지르기 시작했고, 내 비명 소리 때문에 어머니가 차를 돌렸다고 주장한다. (…) 〔언니가 만약 이 장면을 썼다면 나는 세 가지 모습으로만 그려졌을 것이다. 미친 듯이 흐느끼는 모습, 일부러 오줌이 잘 새는 자세로 바지에 오줌을 싸는 모습, 아무 이유 없이 누군가를(보통 언니를) 깨무는 모습.〕

요약하자면, 나는 글 속에서 나의 선입견을 드러내 보이고 다른 의견이 있을 수 있다는 사실을 밝힌다.

원고를 완성하고 나서 나는 어머니를 우리 집으로 초대했다. 어머니는 뒤뜰에 앉아 내 원고를 읽었다. 어머니가 이따금 "난 정말 못된 년이었어"라며 우는 모습은 나를 무너뜨렸지만 다른 한편으로는 흐뭇했다는 사실을 시인할 수밖에 없다. 마침내 어머니는 "네가 이런 식으로 느꼈는지는 미처 몰랐구나"라고 말해 나를 뿌리째 뒤흔들었다.

언니와는 함께 어렸을 때 살던 동네를 둘러보았다. 우리는 그 여행을 아동 학대 투어라고 불렀다. 내가 차를 몰고 옛날에 살았던 곳들을 찾아 돌아다니며 세부 사항을 확인하는 동안 언니는 원고를 읽었다. 언니가 원고를 게걸스럽게 읽어대는 모습은 충격적이었다. "대체 이걸 어떻게 다 기억한 거야?" 언니는 누가 시키지 않았는데도 내 편집자에게 전화를 걸어 원고 내용에 대해 열변을 토하고 전부 다 사실이라고 확인해주었다. 어머니도 그랬다.

그런데 책이 출간되기 몇 달 전에 언니는 갑자기 토라져 나와 연락을 끊었다. 자주 있는 일이었지만 그래도 가슴이 철렁했다. 하지만 나는 책을 읽은 사람들 모두 언니를 영웅으로 여기리라는 것을 알았다. 그렇게 된다면 언니도 출간 후에 마음을 풀겠지 싶었다.

그때 친한 작가 한 명이 자기 이야기를 까발린 책에 소설이라는 딱지를 붙여 출간했다. 나는 왠지 외로웠다. 그런데 이렇게 소설로 위장할 수도 있다고 어머니가 언니에게 말한 모양이었다. 얼마 지나지 않아 언니가 다시 출판사에 전화를 걸어 책 내용이 정확하다고 극구 칭찬했다고 전해 들었다. 나중에 언니는 내 책을 차 트렁크에 싣고 다니며 팔았고 동네방네 자랑하고 다녔다고 한다.

나는 이 진실한 고백의 책 덕분에 우리 가족이 오랜 수치심에서 벗어날 수 있었다고 가슴에 손을 얹고 말할 수 있다. 괄괄하고 예쁜 칠순의 어머니에게 모르는 사람들이 청혼을 했다. 서평마다 언니가 용감하고 씩씩하다고 칭찬했다. 독자들은 술고래였던 아빠가 그들이 가장 좋아하는 아버지상이라고 편지에 써 보냈다.

어차피 우리 가족에 관한 지저분한 사실들은 진즉에 고향 사람들에게 잘 알려져 있었다. 그런데 안 좋은 일들을 죄다 공개하고 나니 가족 모두가 해방감을 느꼈다. 우리는 50년도 넘게 계속된 어머니의 거짓말을 함께 극복할 수 있었다. 어머니가 동네 도서관에서 도서 사인회를 열자 옛 남자 친구들, 소식이 끊겼던 사촌들, 초등학교 일 학년 때 담임선생님까지 오백 명이 넘는 사람들이 왔다. 어떻게 보면 어머니와 언니가 자리를 함께해준 그날이 비평가에게 받은 호평보다도 값졌다. 내 인생에서 가장 특별한 날이었다. 그날 나는 해묵은 수치심을 조금이나마 떨쳐버릴 수 있었다.

그날을 생각하면 맥신 홍 킹스턴의 작품에 대한 킹스턴 부모의 반응이 떠오른다. 킹스턴의 어머니는 딸이 직접 살아보지도 않은 중국 농촌 마을에서의 생활을 어쩌면 그렇게 정확히 그려냈는지 놀랐다. 나중에 킹스턴의 『중국 남자들China Men』이 중국어로 번역되자 그제야 책을 읽을 수 있게 된 그녀의 아버지는 책의 여백에 한시를 써넣기 시작했다. 중국인이 딸을 무시하는 전통에 불만을 표하는 본문 옆에는 남녀평등을 찬양하는 시를 적었다. 킹스턴의 아버지가 중국에서 미국으로 이민 와서 세탁소를 차린 뒤 처음으로 지은 시들이었다. 킹스턴의 어머니는 그 시들을 천에 수놓아 보관했다.

아버지의 글이 적힌 책들을 캘리포니아 주립대학교 도서관에 기증한 것을 나는 아버지에게 말하지 않았다. 성대한 기념식이 열렸고 아버지가 여백에 한시를 써넣은 책들이 유리 진열장에 전시되었다. 아버지는 저녁 내내 그 앞에 서서 지나가는 사람들이 들을 수 있게 큰 소리로 말했다. "내가 쓴 것이오."

나는 출간 전에 수십 명의 친구들과 정신과 의사들과 지인들에게 원고를 돌렸지만, 단 한 명도 나를 비난하지 않았다. 아마 내 글이 정확해서라기보다 내가 인복이 있어서였을 것이다. 나는 운이 좋았다. 정리하는 차원에서 내가 주변 사람들을 대하는 원칙을 나열해보겠다.

1. 등장인물에게 책에 나올 것이라고 일찌감치 연락해서 그들이 공개하기 꺼릴 수 있는 내용에 관해 상세히 설명해라. 내 경우 문제를 제기한 사람은 아무도 없었다.

2. 아무리 그러고 싶더라도 작업 중간에는 절대로 누구에게도 글을 보여주지 말라. 가장 잘 다듬어진 상태의 원고를 보여줘야 한다.

3. 휴버트 셀비 주니어가 제리 스탈에게 말했듯이 "싫어하는 사람에 대해 쓸 때에는 크나큰 사랑을 품고 써라".

4. 3번과 관련이 있는 이야기다. 나는 절대로 타인의 감정이나 의도

가 어떠했다고 단정하지 않는다. 추측할 수는 있지만 나의 추측에 불과하다는 사실을 꼭 알린다. 늘 나 자신의 내면에 초점을 맞추려 한다.

5. 누군가의 의견이 나와 정반대인 경우에는 한 번쯤 그 사람의 의견을 언급하기는 하지만 그것을 대변할 의무가 있다고 여기지 않는다.

6. 사람들을 전문 용어로 지칭하지 말라. 그것은 무례한 처사이면서 형편없는 글쓰기이다. 나는 책에서 내 부모를 알코올 의존자라고 부르지 않았다. 대신에 내가 보드카를 개수대에 버리는 장면을 넣었다. 이런 식으로 내가 정보를 받아들인 방식 그대로 보여준다.

7. 친구들에게 가명을 고르게 해라.

8. 글을 쓸 때마다 자신의 관점, 특히나 극단적이거나 엄격한 축에 속하는 관점이 틀렸을 가능성을 항상 헤아리려 애써라. 생각이 바뀌면 바로 고쳐라.

9. 가장 가까운 이들에게 민감한 내용이 들어간 원고를 보여줄 때는

그들이 읽는 동안 괴로워할 수 있으므로 곁에 있도록 한다. 내내 옆에 붙어 있지 않더라도 같은 집이나 같은 동네에 머문다.

10. 나라면 누군가가 단호하게 부정하는 사실은 빼버릴 것이다. 그런데 우리 가족의 경우, 내가 첫 번째 책을 쓰기도 전에 모든 지저분한 사실들을 나에게 털어놓은 지 오래였다.

11. 나의 관점이 주관적이라는 사실을 알려라. 이것은 생각이 다를 수도 있는 여러 등장인물을 존중하는 방편이기도 하다.

2부. 자기만의 이야기를 만드는 법

13

재미없는 정보를 흥미롭게 만들려면

> 가장 흥미로운 정보는 아이들이 알려준다.
> 아이들은 알고 있는 것을 죄다 말해버리고 입을 다물기 때문이다.
>
> 마크 트웨인

자신의 인생 경험을 소재로 쓰는 글에는 당연히 여러 가지 사실fact이 가득 담겨 있다. 자전적 글쓰기에서 객관적 사실은 무엇일까. 요리에 반드시 들어가지만 고유의 풍미는 별로 없는 고기나 감자 같은 요소다. 유명 인사의 고백이면 몰라도, 남의 인생과 관련된 특색 없는 사실들을 알아내려고 책까지 사서 읽는 사람은 없다.

인생록을 쓰는 작가만이 아니라 대부분의 작가들이 많은 정보를 한꺼번에 전달하는 내용을 써야 할 때 벽에 부딪힌다. 샴푸 병에 적힌 성분 목록처럼 지루하게 읽히지 않게 하면서 그 많은 배경 정보를 어떻게 욱여넣어야 할지 고민한다.

정보를 전달하는 글쓰기는 보여주지 않고 직접 말하는 일이다.

어떤 작가는 문장을 하도 잘 써서, 사실을 줄줄이 나열할 뿐인데도 독자를 사로잡는다. 하지만 대부분의 작가는 물론 뛰어난 작가들에게조차 정보는 강력한 적수다. 정보는 읽는 사람을 장면에서 내쫓아 극적인 분위기와 생생한 경험에서 멀어지게 한다. 벌어진 사건을 지켜보고 스스로 그것을 해석하던 자리에서 쫓겨나는 것이다.

단조로운 사실 전달은 고루한 학교 선생이 늘어놓는 지루한 설교와 같다. 예를 들어 다음 사실들을 글에 넣어야 한다고 하자.

- 나는 열네 살이었고 키가 210센티미터였다.
- 전사자가 열 배로 늘어났지만, 최고 사령부는 다가오는 패배를 여전히 부인했다.
- 가뭄이 7년이나 계속돼 그 가족은 파산했다.
- 그의 아버지는 은행가, 어머니는 주부였다.

실제로 엄청난 극적인 이야기가 숨어 있을지라도, 이런 종류의 정보는 독자들의 관심을 받기 힘들다. 반면 어떤 정보는 극적인 요소나 심리적으로 흥미를 끄는 요소가 강해서 더 자세히 알고 싶은 호기심을 일게 한다.

–   1968년 그는 스미스 앤드 웨슨 권총으로 자신을 쐈다.

정보를 어떻게 다뤄야 하는지 감이 오는가. 능숙한 작가들은 심리적 효과를 극대화하는 방향으로 정보를 배치하거나, 읽는 이가 실감나게 상상하고 공감할 수 있는, 육체성이 부각된 장면에 정보를 여기저기 심어놓는다. 그런 문장을 읽을 때면 많은 정보를 전달받고 있다는 사실을 눈치채지 못하곤 한다. 정보가 음식에 뿌린 후추처럼 다른 요소들과 뒤섞여 있다. 눈에 거슬리지 않으면서 꼭 필요한 위치에 들어가게 하는 것이다.

작가들마다 정보의 자리를 찾는 자기만의 방법이 있다. 이를테면 나는 초고를 쓸 때 앞부분에 정보를 적으며 시작한다. 그리고 원고를 고치는 단계에서 그 사실들을 기억 속 생생한 장면으로 재구성한다.

나는 스스로에게 '왜 그렇게 생각하게 됐느냐고' 자주 묻는다. 추상적 판단("그녀는 도둑이었다")을 내놓기보다 내가 그렇게 판단한 과정을 자세히 더듬어본다. 그러면 "그녀는 도둑이었다"라는 문장이 다음과 같이 바뀐다. "나는 컴퓨터의 초록색 화면을 빤히 쳐다보았다. 화면에 보이는 웹사이트에는 내 다이아몬드 팔찌를 판다는 글과 함께 구석에 리디아의 이메일 주소가 적혀 있었다."

'사실'을 다룰 때, 고유한 정보를 다뤄야 한다고 생각하기 쉽다.

예를 들어 사실을 전달할 때 연도, 사람 이름과 같은 단편적 정보를 반드시 밝혀야 한다고 생각할 수도 있다. 그런데 이런 건 어떤가. "닉슨 정부"라고 쓰기보다는 "그해 여름, 나는 뉴스에서 대통령이 백악관 잔디 위 헬리콥터 앞에서 사퇴하는 모습을 보았다"라고 쓰는 편이 읽는 사람의 시선을 끈다.

구체적인 브랜드를 사용하는 경우도 있다. 인물의 성격을 드러내는 가장 쉽고 케케묵은 방법은 티셔츠 문구나 의류 브랜드를 이용하는 것이다. 하지만 나는 학생들에게 조금만 노력하면 이런 방법보다 더 잘 전달할 수 있다고 격려한다. 브랜드의 뉘앙스는 현재 시점에 국한돼 있어 50년 정도 지나면 아무도 이해하지 못할 것이다. 그보다는 인물의 튀는 행동이나 습관에 대한 사실을 활용하는 것이 좋다.

나이와 체격도 비슷한 방식으로 전달할 수 있다. "나는 농구대의 주황색 림 밑에서 원숭이처럼 긴 팔을 들어 그물을 건드릴 수 있는 유일한 신입생이었다." 이 문장은 장면을 생생하게 떠오르게 하면서 말하는 이의 나이와 체격과 농구 실력 모두를 암시한다. 이어진 문장에서는 심리적 요소인 자의식까지 덧붙였다. "나는 몸을 움츠려 새 마크가 달린 운동부 점퍼를 딱 맞게 입으려 했지만, 앙상한 두 손목이 삐져나왔다."

프랭크 매코트는 『안젤라의 재』에서 아버지의 외양을 간단히 묘사하고 넘어가는 대신에 아버지의 목에 걸린 현상금 이야기를 꺼냈다. 그리고 어린아이의 마음으로 아버지 머리의 값어치를 가늠해보았다.

> 아버지는 아일랜드 공화국군의 군인이었는데 뭔가 극단적인 행동을 하는 바람에 목에 현상금이 걸린 도망자 신세가 되었다.
> 어렸을 때 나는 머리카락이 빠지고 이빨이 망가진 아버지를 보면서, 왜 저런 사람의 머리를 가져가면 돈을 준다는 것인지 정말 이상하다고 생각했다. 열세 살 때 친할머니가 비밀을 알려주었다. 네 불쌍한 애비는 아주 어렸을 때 높은 곳에서 머리부터 떨어져 다쳤거든. 사고였단다. 애비는 그 뒤로 예전 같지 않았어. 머리부터 떨어져 다친 사람은 좀 이상한 구석이 있다는 걸 꼭 기억해두어라.

매코트가 아버지의 머리를 재치 있게 언급하면서 동심으로 돌아간 것은 더 극적인 다른 정보를 알려주기 위해서다. 그는 아버지가 머리 다친 이야기를 알게 된 과정을 할머니의 목소리로 우리에게 들려준다. 이 부분은 독자의 호기심을 자극하면서 앞으로 작가의 가족이 겪게 될 고난과 드라마를 암시한다. 그러면서 동시에 아버지의 육체적 초상도 그려냈다.

조지 오웰도 스페인 내전에 관한 감동적인 회고록 『카탈로니아

찬가Homage to Catalonia』에서 핵심 정보를 은근슬쩍 흘린다. 그는 혁명군 내부의 정치 분파나 갈등을 직접 설명하는 대신에 이탈리아 출신 자유 전사와의 만남에 초점을 맞춘다. 청년에 대한 묘사 덕분에 이 책은 오웰이 파시즘에 맞서 함께 싸운 농민들에 대한 찬가가 될 수 있었다. 작품에는 이런 식으로 수십 명에 대한 묘사가 나온다. 그것이 바로 오웰이 스페인에 간 이유였다.

> 그는 스물대여섯 살의 강인해 보이는 청년으로 붉은 기가 도는 금발머리에 어깨가 떡 벌어졌다. 챙이 달린 가죽 모자를 한껏 눌러 써서 한쪽 눈을 가렸다. 그는 내게 옆모습을 보이며 서 있었다. 고개를 푹 숙이고 찌푸린 얼굴로 어느 장교가 탁자 위에 펼쳐놓은 지도를 곤혹스러운 듯 쳐다보고 있었다. 그의 얼굴에 풍기는 분위기가 내 마음을 깊이 움직였다. 친구를 위해서라면 사람도 죽일 수 있고 자기 목숨을 내던질 수 있는 사람의 얼굴, 무정부주의자에게 어울리는 얼굴이었다. 아마 공산주의자였겠지만 말이다. (…) 우리가 밖으로 나가는데 그가 방을 가로질러 걸어와 내 손을 꽉 쥐었다. 낯선 사람에게 호감을 느끼다니 놀라운 일이었다! 그의 영혼과 내 영혼이 그 순간 언어와 관습의 차이를 뛰어넘어 유달리 친밀하게 만난 것만 같았다. 내가 그를 좋아한 만큼 그도 나를 좋아했기를 바랐다.

이렇듯 오웰은 청년이 무정부주의자인지 공산주의자인지 추측하면서, 지루한 정치적 논의 없이도 좌파의 분열된 내부 상황을 엿보게 해준다. 독자가 책에 나오는 인물들에 관심을 보이는 게 중요하다는 사실을 알기에, 자신이 어떤 식으로 사람들에게 관심을 가지게 됐는지를 단편적으로 보여준다. 오웰은 자신을 깊이 감동시켰던 기이하고 짧은 순간을 진솔하게 글로 옮긴다면, 독자 또한 깊이 감동할 것이라고는 굳게 믿었다는 점에서 천재적이다.

훌륭한 자전적 글쓰기 작가는 어떻게 정보를 전달하는가. 결국 '자전적'이라는 장르의 본질에 답이 있다. 앞에서 살펴본 자신의 목소리가 가진 매력대로, 자신이 느낀 바대로 정보를 전해줌으로써 독자와 만나는 것이다. 누구는 정보를 전달할 때 재치 있는 언어(매코트처럼)를, 누구는 극적인 장면(오웰처럼)을 이용해 정보에 자신의 내면적 가치와 관심사를 반영한다.

14

각각의 기억이 먼저, 줄거리는 나중에

> 위대한 사람이 되고 싶은가? 그렇다면 먼저 사람이 되어라.
> 거대하고 고귀한 구조물을 짓고 싶은가?
> 그렇다면 먼저 겸손이라는 토대에 대해 생각하라.
> 구조물을 높게 지을수록 토대가 깊어야 한다.
>
> 성 아우구스티누스

내가 쓴 책은 모두 기본 구조가 같다. 첫머리에는 나에게 감정적으로 가장 중요한 문제를 단적으로 보여주는 장면을 넣는다. 그러고 나서 다시 과거로 돌아가 시간 순서대로 이야기를 풀어간다.

누구나 이 구조를 사용해야 하는 것은 아니다. 다만 내가 왜 이 이야기를 꼭 써야 했는지, 어떤 두려움을 이겨내야 했는지 등 중요한 감정적 문제를 초반에 분명하게 드러내야 한다. 내 경우에는 콘로이와 크루스(그리고 수많은 다른 작가들)의 작품에 나오는 플래시백을 빌렸다. 플래시백은 유서 깊고 여전히 유효한 기법이다.

화자가 관 위에 걸터앉아서 인물이 어떻게 살다가 어떻게 죽었는지 이야기해주는 셈이다. 내 경우에는 죽은 것이 아니라 다시 태어난 것이었지만.

자전적 글쓰기의 경우 구체적인 가지를 다 쳐내면 줄거리는 꽤 간단해 보인다. '그 사람들은 못되게 굴었고, 나는 성인군자였다.' 그런데 조금 더 철저하게 따져보면, 사실은 다음 이야기들 중 하나에 속할 것이다. '내가 거듭 그들을 짜증나게 하자 그들은 못되게 굴었다. 그들은 대체로 못되게 굴었지만, 함께 지내기 즐거울 때도 많았다. 그들은 너무 병들고 슬픔에 잠겨, 가엾게도 못되게 굴 수밖에 없었다. 우리는 번갈아 서로 못되게 굴었다' 등등(나는 우스갯소리로 내가 쓴 모든 글의 초고는 '나는 슬프다. 끝. 메리 카 지음'이었다고 학생들에게 말하곤 한다).

줄거리에는 크게 두 종류가 있다. 미국 종단 도보 여행을 통해 고아로 자란 시련을 극복해내는 이야기처럼, 책 전체를 아우르는 큰 줄기에 해당하는 이야기가 있다. 다른 하나는 친구와 함께 수박을 훔친 일처럼 짧은 일화들이다. 이 중 짧은 일화들을 계속 쓰다 보면 결국 큰 그림이 눈앞에 떠오를 것이다.

젊은 작가들이 이따금 이야기 속에서 정보를 어떤 순서로 구성할지 도와달라고 할 때가 있다. 사건을 나열할 순서를 정하다가 막힐 때 써볼 수 있는 좋은 방법이 있다. 바로 점심을 함께 먹는 친구에게 해당 내용을 말해주는 상황을 상상해보는 것이다. 그러면 언제 무엇을 이야기하면 좋을지 쉽게 가늠할 수 있다.

15

꾸며낸 사실은 이야기가 되지 않는다

어머니는 우리에게 설명했다.

"미친 사람과 제정신인 사람의 차이는 말이다. 옛날 얘기를 할 때
제정신인 사람은 이런 얘기도 하고 저런 얘기도 하는데,
미친 사람은 똑같은 얘기만 계속 되풀이한단다."

맥신 홍 킹스턴

다른 곳에서도 자세히 밝힌 적이 있는데, 나는 스스로에게 딱 맞는 목소리로 어린 시절을 이야기할 용기를 내기까지 무려 15년 동안 부지런히 글을 써댔다(처음에는 시를, 나중에는 소설을 썼다). 자전적 스토리를 쓰기 전에는 내 가족과 관련된 진실한 감정을 숨기고 달달하게 포장한 글만 쓰면서 독자들을 피해 다녔다. 글 속에서뿐만 아니라 일상생활에서도 내 가족의 과거를 말끔히 씻어내고, 내가 겪은 가혹한 현실과 어울리지 않게 실제보다 똑똑하고 민첩하고 재미있는 사람인 척하려고 애썼다.

내가 자란 시대에는 문학이란 침착하고 내성적이며 가방끈이 긴 백인 남성의 전유물이었다. 그런데 나는 블루칼라 출신에 가재를 운반하는 트럭 운전수, 웨이트리스, 티셔츠 공장 재봉사 등 잡다한 일을 했고 떠돌이로 살아온 대학 중퇴자였다. 나는 아마 내 고향 도서관에서 《뉴요커》를 가장 열심히 읽은 사람이었을 것이다. 존 치버John Cheever 작품에 나오는, 아무것도 섞지 않은 스카치위스키를 마시는 미국 동부의 멋쟁이들을 우러러보았다. 그들은 집에 수영장이 있었고 '여름하다summer'라는 표현을 쓸 만큼 경제력이 있었다. 나는 그들처럼 글을 쓰고 싶었다. 하지만 사실 내가 마음속 깊이 공감한 것은 마야 안젤루 같은 작가들의 작품이었다.

처음 안젤루의 책을 읽고 '이런 내용을 쓸 수도 있구나!'라는 생각이 들었다. 더 나아가 '우리에 관해서 쓸 수도 있구나!'라고 생각했다. 안젤루의 가족은 흑인이었고 내 가족은 백인이었지만, 안젤루가 그려낸 세계가 훨씬 친숙했다. 치버나 샐린저Salinger나 피츠제럴드Fitzgerald의 작품에 나오는, 넥타이를 매고 골프 카트에 탄 사람들이나 예일 대학 팀의 미식축구 경기를 보러 가는 사람들보다.

다니다 만 대학 시절에는 펜을 잡을 때마다 알 수 없는 두려움이 나를 휘감았다. 나중에야 진짜 내 모습이 드러나는 것에 대한 두려움이었음을 깨닫게 되었다. 금속으로 만든 잠수복을 입고 스트립쇼 무대의 기둥을 올라갈 수는 없다. 내가 꼭 해야 하는 이야기만 쏙 빼놓고 다른 내용을 쓰고 있으면 내 이야기가 속에서 부글부글 끓어올라 넘치려 했다. 사실 그때는 내 현실을 글로 옮기는 것이 불가능한 이유를 찾느라 여념이 없었다. 그러면서 정신과 치료를 받기 시작했고 술에 절어 살았다.

스물두 살 때는 T. S. 엘리엇T. S. Eliot을 매료했던 프랑스 시인들에게 푹 빠져버렸다. 엘리엇은 내 나이에 시 「프루프록의 사랑 노래The Love Song of J.Alfred Prufrock」를 썼고 소르본 대학에서 철학을 공부했다. 엘리엇과 달리 나는 소르본을 '소어보운'이라고 발음했다. 그리고 엘리엇과 달리 나는 그 프랑스 시인들의 시를 번역본으로 읽었다. 나는 아르튀르 랭보Arthur Rimbaud와 샤를 보들레르Charles Baudelaire의 삶을 참고해 무법자 시인의 정체성을 만들어보았다. 검은 옷을 입고 새빨간 립스틱을 바르고 어머니의 오래된 베레모를 빌려 썼다.

그리고 아주 잠깐 가본 파리와 그곳에 남겨두고 왔지만 거의 기억나지 않는 남자에 대해 무기력하고 막연한 시들을 썼다. 젊은 시절에 쓴 그런 시들을 내가 읽지도 않은 서양 고전 작가들에 대한 언급으로 화려하게 장식돼 있었다. 이를테면 견유학파 디오게네스Diogenes의 좌우명 "개처럼 살자"는 내가 뒤집어쓴 어설픈 펑크족 가면과 잘 어울렸다(그때는 잘 어울린다고 생각했다).

그때 무엇에 대해 썼던가? 같이 자고 싶은 마음, 같이 못 잔 일,

같이 잤지만 불쾌했던 일에 대해 썼다. 남자친구가 떠나기를 바란다고, 남자친구가 떠나지 않기를 바란다고 썼다. 그리고 남자친구가 떠나버렸다. 인물에 초점을 맞춘 한 시에서는 늙은 도박꾼이 스테판 말라르메Stéphane Mallarmé의 시 「주사위 던지기Un Coup de Dés」를 흉내 내 우연의 본질에 관해 단호하게 말했다(아빠가 도박하러 갈 때마다 우리는 교복을 살 돈이 없었다).

돌돌 만 우산처럼 단단하고 엄격했다는 T. S. 엘리엇, 보험회사 간부였던 시인 월리스 스티븐스Wallace Stevens, 깔끔하고 단정한 에밀리 디킨슨. 이들만큼 나와 성격도 재능도 다른 시인은 없을 것이다. 이들은 독자의 머릿속에 강렬한 심리적 공간을 만들어내는 실험성과 비밀스러운 상징체계로 유명하다. 또한 말수가 적은 축에 속한다.

언변이 좋고 태평스러우며 많은 작품을 남긴 뉴욕파* 1950~1960년대 미국 뉴욕에서 초현실주의와 아방가르드 회화에서 영감을 받아 활동한 시인들로, 존 애시베리John Ashbery, 프랭크 오하라Frank O'Hara, 케네스 코크Kenneth Koch가 있다 *의 천재 시인 존 애시베리도 마찬가지다. 나는 그의 의식의 흐름 기법을 우러러봤고 그의 작품을 주제로 백 쪽에 달하는 비평 논문을 썼다. 애시베리는 자신의 시는 해석이 불가능하다고 인정하고 독자가 이해하든 말든 전혀 개의치 않았는데 말이다. 이 시인들의 작품에서는 생략과 절제된 감정이 두드러진다(디킨슨만 빼고 다들 서양 고전을 공부했다). 하지만 대조적으로 나는 술을 퍼마시고 총을 쏘아대다가 부서져가는 가족 때문에 괴로워하며 록 클럽을 돌며 술을 마시고 포고Pogo 춤을 추던, 반쯤 원주민인 야생의 미국인이었다.

그 시절에 내가 고백이랍시고 한 짓은 진짜 기억을 꼭꼭 숨기고 글에 아무것도 남지 않을 때까지 모든 감정을 빼내는 것이었다. 디킨슨이 쓴 시구는 "진실을 말하되 은근하게 말하라"였지, "진실을 천으로 감싸 보이지 않게 하라"가 아니었다. 신비로움과 애매모호함은 다르다고 시인 도널드 저스티스Donald Justice는 말했다. 힐러리 맨틀이 유령과 마주친 이야기처럼, 정말로 신비로운 이야기를 할 때 작가는 수수께끼의 위력을 깎아내리지 않으면서 그것에 관해 자신이 아는 모든 것을 시시콜콜 늘어놓을 수 있다. 반면에 애매모호함은 기본적으로 밝혀야 할 사항을 비겁하게 숨기는 것이다.

내가 쓴 형편없는 시 「문명 속의 불만Civilization and Its Discontents」의 일부를 소개한다. 이 시의 가식적인 제목은 프로이트의 저서에서 따왔다. 어머니가 자제력을 잃고 나와 언니의 장난감에 불을 지르고 식칼로 우리를 위협했던 일을 내 나름대로 글로 옮긴 것이다.

1959년 의사 몇 명이

텍사스의 어느 주부에게 진정제를 주사하고 그녀의

관자놀이에 전극을 붙이고 전류 스위치를 올렸다. 그을은
머리카락은 두 눈 주위에 힘없이 말려 있었다.
퇴원할 때의 사진에서 그녀의 담녹색 눈은 멍해
보였다. 바로 여기서
볼링장에서 플라멩코 춤을 췄던
주부의 이야기는 끝난다.
그녀의 딸이 얼마나 타버렸는지는
가늠하기 어렵다. 딸아이는 사춘기와
진gin을 향해 증발했고 구설수의
희생양이 되었다.

이 시의 문제점을 일일이 설명하지는 않겠다(농담을 일삼는 사람에게나 어울리는 거만하고 태평한 어조라든지, 아무 이유 없는 특이한 행갈이와 불규칙한 운율이라든지). 결정적으로 나는 시에 나온 여성이 누구이며 왜 독자가 관심을 보여야 하는지 알려주지 않는다. 게다가 내용이 전혀 진실하지 않다. 내 어머니는 볼링장에서 플라멩코 춤을 춘 적이 없다. 아무도 그런 적이 없고 그럴 이유도 없으니, 이것은 내 상상력의 한계를 적나라하게 보여주는 사례다. 사춘기와 진에는 아무런 의미가 없다. 그저 어설픈 손짓일 뿐이다. 무슨 손짓일까? 누가 알겠나? 내가 사춘기를 극복했고 독한 술을 마셔대

고 있으며 세상살이에 지쳤다는 손짓일까?

어머니는 훨씬 흥미진진하게 살았다. 우리가 살던 소도시 슈퍼마켓의 파르미자노 치즈가 질이 떨어진다는 생각이 들면 치즈 코너를 뒤엎어버렸다. 종을 울려 낮잠을 깨운 아이스크림 트럭에 엽총을 들이댔다. 어머니에게는 파리에서 사온 명품 여성복이 있었고, 내가 육 학년 때 사르트르Sartre의 『구토Nausée』를 읽어보라고 주었다.

당시의 나는 왠지 모르게 더 흥미로운 사실들을 있는 그대로 말하지 못하고 억누르고 있었다. 자꾸 악몽에 나타나고 정신과 의사를 찾아가게 했던 사건들은 말할 것도 없었다.

글을 애매모호하게 쓰면 아무런 위험도 없다. 무슨 일이 있었는지 아무도 이해하지 못할 테니. 마빈 벨Marvin Bell은 자신의 초기작에 대해 이렇게 말했다고 한다. “나는 내가 실험적인 시인임을 알고 있었어요. 내 시는 무슨 말인지 이해할 수 없었거든요.”

미시시피 지역을 비롯해 여러 지역을 전전한 전과자 출신으로, 무릎은 잿빛으로 바래고 손은 성냥을 그으면 불이라도 붙을 듯이 거칠거칠한 시인, 이서리지 나이트Etheridge Knight의 수업을 들을 때 나는 가식적인 시를 제출했고 그는 나를 꾸짖었다. 그는 시 낭송회가 널리 유행하기 훨씬 전에 학생들을 술집에 데려가거나 붐비는 버스에 태우고 자작시를 큰 소리로 읽게 했다. 왜? 고꾸라지는 술꾼이나 발이 아픈 통근자가 눈앞에 있으면, 내가 내뱉는 말들이 그들에게 아무런 의미도 없음을 재빨리 깨닫게 되기 때문이었다.

그 시기에 사랑하는 아빠는 건강이 아주 나쁜데도 술에 찌들어 지내고 있었다. 내 시 중에서 나이트가 그나마 좋아했던 것은 자살하고 싶어 하는 개에 관한 시였다. 첫 행은 "그러지 마, 개야"였다. 사뭇 농담 같은 그 구절은 시커멓게 속이 타들어가던 나의 깊은 슬픔을 그나마 진솔하게 표현한 것이었다.

그러나 나는 늘 눈앞에 아른거리는 내 가족의 이야기에서 겉돌고 얼버무리며 나이트를 애타게 했다. 나는 「보이지 않는 인간Invisible Man」* 흑인 소설가 랠프 엘리슨Ralph Ellison의 장편소설 제목과 같다 *이라는 시에서 흑인인 척했고 과학에서 말하는 엔트로피 개념도 아는 척했다. 「이중나선The Double Helix」이라는 시에서는 유전학에 관해 왈가왈부했다. 유전학에 관해서 아는 것이라고는 시의 제목을 따온 제임스 왓슨James D. Watson의 회고록에서 읽은 내용밖에 없으면서.

그러던 중 뜻밖의 행운이 찾아왔다. 어쩌다 보니 자전적 글쓰기에 대한 세상에서 가장 훌륭한 강의를 내 귀로 직접 들었던 것이다. 스물세 살 때 거세게 얻어맞은 탁구공처럼 어디로 튈지 몰랐던 나는, 학사 학위가 없는 나를 받아들인 유일한 대학원에 시를 공부하러 등록했다. 정식 입학은 내가 생긴 것만큼 멍청하지 않다는 사실을 증명할 때까지 유예한다는 조건이 붙었다(그만큼 멍청하기는 불가능했을 것이다).

제프리 울프가 사기꾼 아버지에 대한 글을 낭독하는 것을 처음 들었던 방과 우리가 앉았던 회색 철제 의자가 기억난다. 8월의 버몬트는 무더웠다. 제프리 울프가 연갈색 나무 단상에 올라가자 그의 목소리를 잘 들을 수 있게 누군가가 강풍으로 돌아가던 선풍기를 껐다.

헤밍웨이식 턱수염에 폴로셔츠를 입은 제프리 울프는 담배 연기가 자욱한 싸구려 재즈 클럽에서 마티니 잔을 들거나 쿠바의 황새치 어선에 앉아 있어도 어울릴 듯했다. 그의 부인은 사람들이 존경하는 우아한 여성이었다. 《에스콰이어Esquire》와 《워싱턴 포스트The Washington Post》에 기고하던 프린스턴 대학 출신의 제프리 울프는 모든 자격을 다 갖추고 있었지만 그런 티를 내고 다니지 않았다. 잘생기고 원기 왕성하면서도 거짓말을 용납하지 않았으며, 그저 글을 적절한 순서로 구성하는 데에만 주의를 기울이는 듯했다. 파티에서는 비싼 술을 내놓았고 재미난 이야기들을 풀어놓았으며 재즈에 대해 이야기를 나누었다.

그해 여름, 그가 글을 낭독한 후텁지근한 방에는 백 명이 채 안 되는 젊은 작가 지망생들과 마흔이 채 되지 않은 젊은 교수들이 있었다. 그런데 그가 읽기 시작하자마자 공기 중에 미세한 전류가 꿈틀대기 시작했다. 하루 종일 학생들의 형편없는 글을 세세히 살펴보느라 지쳐서 축 늘어져 의자에 기대어 있던 선생과 학생들이 등을 곧추세웠다. 다들 몸을 앞으로 내밀었다. 이따금 파리가 윙윙대는 소리가 들렸다.

제프리 울프의 목소리는 우렁찼지만 자꾸 멈칫거리며 책을 읽었다. 읽으면서 마음 아파하는 것을 느낄 수 있었다. 그렇지만 그는 중간에 물을 마셔가며 끝까지 읽었다. 사람들은 미동도 하지 않았다. 나는 눈도 거의 깜빡이지 않았다. 그는 나에게 없는 형태의 용기를 몸소 보여주고 있었다. 내가 평생 맞서야 했던 적(가족의 거짓말)을 멋지게 무찌르는 액션 영화의 영웅 같았다. 영웅적인 낭독이었다. 그때 나는 제프리 울프처럼 나 자신의 이야기를 할 용기를 내야겠다고, 내가 원하는 것은 오직 그뿐이라고 생각했다. 낭독이 끝나자 청중은 열렬히 박수를 쳤다.

청중도 예사 청중이 아니었다. 내가 강아지처럼 바지런히 따라다녔던 시인들이 잔뜩 있었다(루이즈 글릭, 헤더 맥휴Heather McHugh, 로버트 하스Robert Hass, 엘런 브라이언트 보이트Ellen Bryant Voigt가 있었고, 찰스 시미츠Charles Simić도 그 자리에 왔다). 그들은 모두 자기 경험에서 우러난 날카로운 심리가 돋보이는 시를 쓰는 시인들이었다. 소설가로는 레이먼드 카버Raymond Carver, 리처드 포드Richard Ford, 메릴린 로빈슨Marilynne Robinson이 있었다(나는 그 전해에 유럽을 여행할 때 카버의 첫 단편집을 내내 들고 다녔다).

제프리 울프의 동생 토바이어스 울프도 그 자리에 있었다. 그가 아직 『이 소년의 삶』을 쓰기 전이었다. 그 옆에는 『스톱타임』의 일부분을 소설로 발표해 화제가 됐던 프랭크 콘로이가 앉아 있었다. 이런 선생님들이 계셨으니 그 방에 함께 앉아 있었던 마크 도티Mark Doty와 제리 스탈이 나처럼 나중에 인생록을 쓴 것도 놀라운 일이 아니다.

❖

나는 대학원을 마친 뒤에 회사에서 일하면서 밤이면 시를 썼고 이런저런 지면에 시를 발표했다. 하지만 내 시들은 나의 타고난 성향에서 멀어져만 갔다.

서른 살 생일에 출장을 갔다가 밤 비행기를 타고 돌아가는 길이었다. 폭탄 위협 때문에 이륙이 늦어져 공항 술집에서 시간을 보낼 수 있었다. 나는 비행기에 타기 전에 잔돈까지 죄다 끌어모아 술을 마셨고, 비행기에 타서는 승무원이 나눠주는 맑은 샴페인을 맹렬히 마셔댔다. 우리 가족에게 힘겨운 시기였다. 힘겹지 않은 때가 있기나 했나? 텍사스 요양원에서 시들어가는 아빠의 유령 같은 모습을 떨칠 수 없었다. 아빠는 그해가 가기 전에 세상을 떠날 것이었다. 나는 어느 정도 짐작하고 있었다.

밤 비행기는 둥글게 떠오르는 해를 향해 동쪽으로 날아갔다. 내 손은 밤새도록 공책 위에서 멈출 줄을 몰랐다. 애절한 절규가 쏟아져 나와 공책을 채웠다. 펜을 너무 세게 쥐었는지 새벽에 비행기에서 내리는데 엄지손가락이 아팠다.

집에 도착해서는 가방 속 물건들을 꺼내며 공책을 부엌 조리대 위에 던져놓았다. 그리고 지루한 회사 일에 열중했다. 간밤에 공책이 아니라 종이 낱장에 글을 적었다면 바로 쓰레기통에 처넣었을 것이었다. 그 정도로 가치가 없다고 생각했다.

나중에 남편이 그 글을 읽었다. 남편은 속내를 잘 드러내지 않는 성격인데, 눈길이 예사롭지 않았다. "당신이 언제쯤 이걸 쓰게 될지 궁금했어." 그가 말했다.

남편이 전혀 여과되지 않은 날것의 문장들을 읽었다고 생각하니 부끄러웠다. 남편의 의견은 나에게 아주 중요했다. 그는 명석하고 엄격하고 입에 발린 소리를 하지 않는 사람이었다. 그런데 그가 내 글이 좋다고 한 것이다. 훌륭한 작가인 그는 내가 일인칭 시점으로 쓴 글이 가장 살아 있다고 말했다. 다른 작가들과 내 스승들도 그렇게 말했다. 나는 초라하고 나약하며 징징대는 글이라고 느꼈지만.

남편의 거듭된 재촉에 힘입어 그날 쓴 문장들을 해체하고 조합해 시행과 문체와 어조를 만들어냈다. 거기에서 몇 개의 비가와 서정시, 이야기 시가 나왔고 『거짓말쟁이들의 클럽』에 들어가게 될 산문의 일부가 나왔다.

다음은 그때 아빠에 대해 쓴 시의 일부분이다. 내가 그때껏 쓴 모든 글 중에서 가장 만족스러웠다. 하지만 감정이 노골적으로 드러나 있다는 생각이 들었기에 남편이 권하지 않았다면 문예지에 보내지 않았을 것이다.

내가 아는 유일한 진실을 말하겠습니다.
당신이 죽어가서 무력하고 안타깝고
당신이 재가 되더라도 이 행성의 무게는 똑같을 것이라고…
그리고 만약 부처가 말했듯이 삶과 죽음이 환상에 불과하다 해도
나는 그 환상에 속아 넘어가 당신의 부재를 괴로워할 것입니다.
어디선가 당신은 늘
현대의 라자로처럼 산소 공급 텐트에서 되살아나고 있거나,
론스타 맥주를 따고 있거나,
아니면 그저, 말을 하기에는 너무 피곤해서, 검은 작업용 부츠에
묻은 진흙을 현관 앞에 털어내고 있을 것입니다.

고대 로마의 위대한 수사학자들은 연설가들에게 장례식 연설은 화려한 비유나 장식적 요소 없이 꾸밈없는 언어로 해야 한다고 충고했다. 하지만 당시 내가 느끼기에 이 시의 단어들은 부끄러울

정도로 단순해서 문학이라고 부를 자격이 없는 것 같았다. 지금 보면 그리 끔찍하지는 않은데 말이다.

한편 나는 아직 가식을 버리지 못했다. 이어지는 행에는 비트겐슈타인Wittgenstein이 나온다. 이서리지 나이트가 봤다면 비트겐슈타인이 발버둥 치고 소리 지르며 끌려왔다고 말했을 것이다.

> 그리고 만약 비트겐슈타인이 생각했듯이 문제는 문법이라면,
> 나는 관에서 못을 뽑아낼 구문을
> 찾을 수 없다고 고백합니다…

지금 보면 기가 찬다. 꼭 해야 할 이야기가 내 안에서 부글부글 끓고 있었지만, 나는 여전히 비트겐슈타인에 대해 떠들고 있었다.

이제 와서 생각하면 나에게 늘 아빠daddy였던 사람을 "아버지father"라고 부른 것부터가 가식적이었다. 아빠라고 부르면 실비아 플라스를 흉내 내는 것 같아서 그랬을 것이다. * 시 「아빠Daddy」는 시인 실비아 플라스의 대표작 *

그 시절 여성 작가들이 주력한 분야는 소설이었다. 토니 모리슨Toni Morrison, 모나 심프슨Mona Simpson, 앨리스 워커Alice Walker, 수 밀러Sue Miller, 수전 마이넛Susan Minot, 앨리스 먼로Alice Munro, 틸리 올슨Tillie Olsen, 조이스 캐롤 오츠Joyce Carol Oates, 메릴린 로빈슨, 에이미 탄Amy Tan 등

내가 본받고 싶은 여성 작가 모두 소설을 쓰고 있었다. 그래서 나도 장편소설을 쓰기 시작했다. 내가 소설에 대해 뭘 알았겠나? 가면을 써도 된다는 사실, 그것 하나뿐이었다.

나는 다음 사항들을 사실과 다르게 바꾸었다.

첫째, 주인공은 외동딸이었다. 컨트리클럽에 못 오게 한 언니에게 본때를 보여줘야지! 둘째, 덜렁거리고 술을 퍼마시는 어머니가 아니라, 쪽 진 머리에 요정처럼 우아한 교양 있는 발레리나가 어머니로 등장했다. 셋째, 화자(나)는 말도 못 하게 조숙했다. 아름답고 고상하고 현명했다. 열두 살에 미적분학을 배웠고 근처 양로원에서 봉사활동을 했다. 그리고 아무도 깨물지 않았다! 마지막으로 이 가정은 정상적으로 돌아갔다.

소설 속 아빠가 뇌졸중으로 쓰러지자 어머니와 딸은 병원 의자에서 쪽잠을 자며 밤을 지새웠다. 현실에서 우리는 쓰러진 아빠를 내버려두고 어머니의 깜짝 생일 파티를 하러 갔다. 파티에서 칵테일에 취했고 아빠의 고양이를 깔고 넘어졌다(고양이가 죽지는 않았다). 소설 속 가족은 보험료를 걱정했지만, 현실에서는 어머니가 돈을 제대로 부치지 않으면 자살하겠다고 나를 위협했다. 소설 속 어머니는 슬퍼하는 딸을 진정으로 위로했다. 내 어머니는 키우는 파충류가 아직 살아 있는지 확인하려고 집을 흔들어보는 게으른 주인에 가까웠다.

내가 썼던 소설의 어조와 목소리를 한번 살펴보자.

> 내 열여섯 살 생일에 어머니는 프랑스산 19세기풍 오페라 쌍안경을 선사해주셨다. 진주로 장식된 내 작은 핸드백에 들어갈 정도로 작고 금으로 도금된 쌍안경이었다. 이 선물만 보면 우리가 수많은 택시에 타고 내리면서 문지기들이 우산을 씌워주는 오페라 극장에 자주 드나들었다고, 그러니까 우리가 실제로 살던 세상과 다른 세상에서 살고 있었다고 여길 수도 있겠다.

소설의 첫 문단인 이 인용문에서는 비록 오페라 쌍안경이 주인공의 가족에게 어울리지 않았다고 말하고 있지만, 어쨌든 첫머리에 주요 소재로 등장했다. 프로이트가 말했듯이 무의식에는 부정문이 없다. '선물을 주었다gave'고 표현하지 않고 '선사했다presented'라는 어휘를 고른 것도 부자연스럽다. 내가 나중에 구사하게 될 지역색 뚜렷한 언어와 영 딴판이다.

그런데 여기 나온 쌍안경은 실제로 존재했다. 아빠가 군대에서 쓰던 오래된 쌍안경을 내게 준 적이 있었던 것이다. 그 대신에 소설 속 어머니는 금을 입힌 우아한 쌍안경을 선물했다. 나는 아빠의 쌍안경뿐 아니라 내가 자란 후미진 텍사스의 환경마저 버린 것이다. 게다가 나를 지극히 사랑한 아빠가 아니라 무관심한 어머니가 쌍안경을 준 것도 의미심장했다. 지크문트 프로이트 선생님, 이렇게 제 소원이 이루어졌답니다.

한편 나는 나 자신도 끝내주게 미화했다. 다음 문단은 내가 쌍안경으로 전원적인 풍경을 바라보는 장면이다.

> 멀구슬나무에 앉은 홍관조가 사과만큼 커 보이는 초록색 열매를 쪼았다. 잠자리가 치자나무의 하얀 꽃잎에 앉아 날개를 부르르 떨었고 빛을 일렁였다. 나뭇가지에는 아주 작은 공룡 같은 카멜레온들이 졸고 있었다.

내가 자란 거칠고 산업화된 환경, 뱀과 악어와 모기떼가 점령해 흉측하기로 유명했던 풍경을 잊게 해줄 예쁜 배경을 찾았던 것이다. 시리얼 광고에 나오던 초록 모자를 쓴 아일랜드 남자도 넣을 걸 그랬나? 사실 내가 자연과 마주한 유일한 순간은 짐승을 죽이려고 엽총을 짊어질 때였다.

이 소설이 글쓰기 측면에서 잘못된 점은 무엇일까? 바로 주인공이 누구하고도 교감하지 않는다는 것이다. 행동도 없고 사연도 없다. 주인공이 원하는 것은 링컨 대통령 시대의 손잡이 달린 구식 안경을 들고 사랑스러운 자세로 앉아 있는 것뿐이다.

하지만 그것은 내 장점을 살린 스타일이 아니었을까? 시인들은 묘사를 잘하니까 묘사를 가급적 많이 넣으면 좋지 않을까? 물론 그렇다. 하지만 아무리 아름다운 묘사라도 줄거리 전개에 보탬이 되거나 심리적 진실을 드러내지 않는 한 부질없는 장식에 그칠 뿐이다.

그로부터 5년이 지나 술도 잘 마시고 성격이 화끈하며 사람들을 울리기로 유명한 우리 합평회 사람들에게 내 장편소설을 보여주었다. 스벤 버커츠Sven Birkerts와 로버트 폴리토Robert Polito(루이스 하이드Lewis Hyde 또한 거기 있었을지도 모른다)가 손으로 감상을 적어준 종이를 아직도 갖고 있다. 그들은 참을성 있게 써놓았다. "회고록으로 써보세요." "평소에 에세이를 잘 쓰니 이것도 논픽션으로 써보면 좋겠습니다." "잘라내고 다듬으세요!!"

돌이켜보면 모든 신호가 '회고록'이라고 적힌 번쩍거리는 네온 간판을 가리키고 있었다. 엘리자베스 하드윅Elizabeth Hardwick은 로버트 로월이 고백시를 쓰기 전에 "무슨 일이 있었는지 그대로 말하지 그래요"라고 했다고 한다. 내가 귀 기울여야 할 말이었다.

결국 내가 첫 회고록에 사용한 목소리는 어머니의 영향으로 어려서부터 쭉 읽은 책들에서 나왔다. 예술가이며 역사광이었던 어머니는 침대 곁에 책을 마구 쌓아놓고 살았다. 어머니는 똑똑하고 재치 있었으며 촌철살인의 귀재였다. 하지만 이야기꾼은 아니었다.

반면에 술집을 제집처럼 드나들었던 아빠는 비유적 언어를 풍부하게 구사했다. 엉덩이가 큰 여자를 보면 "저 여자 엉덩이는 불도그 두 마리가 가방 속에서 싸우고 있는 것 같아" 하는 식이었다. 믿거나 말거나, 칭찬하는 말이었다.

그렇게 내 머릿속을 자연스레 흐르는 보물 창고를 써먹을 생각은 하지 않고, 주름 장식이 달린 옷을 입은 전래동요 속 귀여운 아가씨 같은 목소리로 내 소설을 쓰려 했다.

아빠의 말투 덕분에 내 글을 쓰기 시작할 수 있었다. 책 읽기 좋아하는 여자들이 사는 집에서 망명자로 살던 아빠가, 내가 글을 쓰면서 맞닥뜨린 가장 큰 걸림돌을 치워준 것이었다. 아빠는 동네의 여러 술집과 도박장에서 전설적인 이야기꾼이었다. 대학에서 인류학 수업 과제로 아빠의 이야기를 녹음한 적도 있다. 그런데 아빠의 말투는 유달리 독특해서 녹음테이프를 들을 필요도 없었다. 아빠의 이야기는 이미 내 혈관을 타고 울려 퍼지고 있었다.

내가 벗어나려고 한동안 무던히도 애썼던 가난하고 교양 없는 남부 시골뜨기의 언어가 결국 달아오른 인두로 수송아지 엉덩이에 도장을 찍듯이 내 작품의 대표적 특징으로 자리 잡은 것은 참 아이러니하다. 아빠의 목소리를 빌려오지 않고, 내 고향의 모래와 먼지를 꼭꼭 숨기고 글을 쓰던 시절에 나는 불리한 게임을 하고 있었던 것이다.

천둥이 치고 비가 내릴 때면 아빠는 "암소들이 평평한 바위에 오줌을 싸는 것처럼 비가 오네" 하는 식으로 말했다. 어떻게 뜯어봐도 완벽한 시구였다. 이 선명한 그림은 읽는 이를 움찔하게 하고 일상에서 밀어낸다. 시가 으레 그래야 하듯이 적절한 발언의 수위를 약간 벗어났다. 그리고 읽는 이는 웃는 순간, 화자의 저속한 발언에 미약하나마 연루된다. 그런 식으로 화자와 가까워진다. 화자에게 설득된 것이다(이런 설득은 환상적 요소가 들어간 문학 작품에서 늘 벌어지고 있다. 조지 손더스George Saunders의 소설 『여우 8Fox 8』을 생각해보라. 여우가 글을 쓰고 있다는 전제를 받아들이는 순간, 독자는 화자에게 정신적으로 납치당한 것이나 마찬가지다. 화자가 독자의 신념 체계를 지배하는 것이다). 이 시구는 또한 암소들이 평평한 바위에 오줌을 싸고 사람들이 옆에서 감탄하며 지켜보는 완전히 새로운 세계를 창조해냈다.

이런 비유들은 경험을 생생하게 살리고 아빠의 말투를 글에 새겨 넣는 데에 도움이 되었다. 가령 대공황 시대에 지붕 있는 화물차의 틈새로 바람이 "면도칼처럼" 새어 들어왔다는 식이었다.

아빠는 구체적인 물리적 사실들을 짚어냈고 인간적이며 희극적인 상황에 눈길을 보내며 생각에 잠기곤 했다. 술 때문에 병들기 전까지는 빛나는 이미지를 콕 집어내는 날카로운 관찰자였다. 신호등 앞에서 덩치 큰 사내가 타이어에 바람이 빠진 오토바이에 타고 있는 것을 보면 자지러지게 웃었다. 지방이 적당히 섞인 고기와 필터 없는 담배를 좋아했고 양파를 생으로 먹었다. 비록 상상해낸 것이라도 외적 증거를 들어 자신의 주장을 뒷받침했다. 아빠의 슬랩스틱 코미디 같은 강렬한 이야기들은 육체적 감각이 뛰어난 사람만이 할 수 있는 생생한 묘사로, 듣는 이를 사로잡았다.

가장 중요한 것은 아빠가 이야기 속 인물들을 사랑했다는 것이다. 물론 그들은 우스꽝스럽게 등장했지만, 모든 이야기에 그들에 대한 애정이 깃들어 있었다. 술집에서 우쭐대며 떠드는 다른 사람과 달리 아빠는 한참 구슬려야 입을 열었고 누군가에게 창피를 주려고 이야기한 적이 없었다. 그보다는 삼촌들이 동네 축제에서 캥거루와 복싱 시합을 해보라고 부추겨서 캥거루에게 엉덩이를 걷어 차인 이야기처럼, 자신의 바보 같은 행동을 우스갯거리로 삼곤 했다. 아빠의 따뜻하고 겸손한 태도가 나의 시선에도 깃들기를 바랐다.

아빠의 언어와 태도를 빌려왔다 하더라도, 어린 시절의 진짜 목소리를 찾으려면 내가 혼자서 괴로워하며 머릿속으로 이리저리 궁리하던 시간들을 고려하지 않을 수 없었다. 내면의 삶이 때로 겉으로 보이는 삶보다 비중이 크게 느껴졌다. 아마 내가 그런 사람이기 때문일 것이다. 그래서 단지 아빠 목소리를 흉내 내기만 할 수는 없었다. 내게는 아빠가 들으면 놀라서 눈이 휘둥그레질 글감이 잔뜩 있었다. 그중 두 가지만 들자면 문학 작품을 줄줄이 인용할 수 있었고, 정신과 치료를 받은 경험이 있었다. 하지만 그것들을 자연스럽게 끼워 넣으려면 작품의 목소리를 일관되게 유지해야 했고, 그러자면 글을 써가면서 나의 가식을 인정해야 했다.

이십 대 때였다. (…) 나는 자신을 시인이라고 부르며 서양 고전을 읽는 버릇을 들였다(물론 나는 게으른 학생이라 번역본으로 읽었다). (…) 찌는 듯한 더위에도 검은 옷을 입고 어머니 댁 현관 앞에 앉아 호메로스Homeros(또는 오비디우스Ovidius나 베르길리우스Vergillius)의 작품을 읽으면서 누군가 무엇을 읽느냐고 물어보기를 기다렸다. 아무도 묻지 않았다. 사람들은 나에게 무엇을 마시느냐, 몸무게가 얼마나 나가느냐, 어디 사느냐, 결혼은 했느냐고 물었지만, 아무도 나에게 위대한 문학에 대해 강의할 기회를 주지 않았다.

내 소설의 첫머리를 열었던 가짜 오페라 쌍안경은 마침내 군대에서 나눠준 야외용 쌍안경이라는 본래 모습으로 돌아갔다. 다음의 인용된 부분은 시간과 공간, 부끄러움과 악의, 구체적 일화와 장소 감각이 살아 있는 목소리로 쓰였다.

뒷문 방충망을 지나 쌍안경을 눈에 댔다. 우리 집 울타리 틈새로 옆집 미키 하인츠가 통통한 무릎을 꿇고 앉아 흙바닥 위로 장난감 덤프트럭

> 을 굴리는 모습이 보였다. 나는 미키를 볼 때마다 화들짝 놀라곤 했다. 예전에 네슬레 코코아 가루를 화장지에 말아 미키에게 담배처럼 피우게 한 적이 있었다. (…) 미키는 혀에 심한 화상을 입어 어머니에게 보여주려고 달려갔다. 어머니는 물론이고 온 가족이 담배도 피우지 않고 춤조차 추지 않는 사람들이라는 사실을 까맣게 잊고. 하인츠 부인은 머리빗으로 미키의 엉덩이를 두들겨 팼다. 우리는 미키네 화장실 창문 바로 아래 쭈그리고 앉아 플라스틱 머리빗이 미키의 작고 통통한 엉덩이를 때리는 소리와 미키가 공습경보처럼 울부짖는 소리를 다 들었다. (…) 나는 아빠의 트럭이 차고로 들어오기를 간절히 기다리고 있었다.

되도록 진실하게 쓴 이 장면은 당시 어린아이였던 나의 언어로 서술되었다. 미키 하인츠를 괴롭히면서 나 자신의 괴로운 감정을 처리했지만, 미안한 마음도 들었다. 여기에는 인물의 성격에 대한 정보가 들어 있다. 그리고 다른 아이들과 함께 있었으니, 나중에 극적인 사건이 벌어질 가능성이 있다. 또한 이 장면에는 약간의 내면과 일화 하나가 나오고, 마지막에는 아빠가 나타난다. 이렇게 써 내려갔다.

나는 『거짓말쟁이들의 클럽』의 첫 장을 쓰는 무려 9개월 동안 힘겨워하며 집중해야 했다. 시계공의 미세한 손놀림으로 구문과 어휘를 가지고 놀며 목소리를 빚어낸 시간이었다. 거기다 책 내용을 시와 소설로 써보려고 애쓴 시간까지 더하면, 나만의 어법을 만들어내는 데에 13년이 걸렸다고도 볼 수 있다(용기를 내는 데에 꼭 필요했던 정신과 치료 기간까지 세면 17년 걸렸다).

9개월 동안 무엇을 했나? 주로 단어의 순서를 바꾸었다. 아들이 아직 자고 있는 새벽 4시나 5시에 일어나 글을 썼다. 뭔가를 한 가지 방식으로 써보다가, 다른 방식으로도 써보았다. 제법 괜찮은 문단이 만들어지면, 그 부분을 잘라 벽에 붙였다.

진솔한 목소리에는 일관성이 있어야 한다. 어조는 달라질 수 있지만 어휘 선택과 구문에 통일성이 있어야 한다. 독자가 보기에 처음부터 끝까지 한 사람이 말하고 있어야 한다. 물론 이것은 일종의 장치다. 누군가가 말하는 것을 계속 들어보면 말투가 계속 바뀐다. 목소리를 빚어내는 일은 거의 직관적인 작업이었지만, 화자가 지켜야 할 몇 가지 규칙을 세웠다.

예를 들어 문장에서 전치사를 '의식적으로' 끝에 두었다. 전치사를 문장 끝으로 보내면 지역색이 살고 구어 느낌이 난다. 문법을 무시한 문장이다. 이런 문장을 하나 쓰고 갑자기 다음 문단에서 '문법에 맞는' 문장을 쓸 수는 없다.

어휘 선택도 통일해야 한다. 그래서 나는 어머니를 '그때 실제로 뭐라고 불렀는지'에 관계없이 마마, 엄마라고 부르지 않고 어머니라고만 불렀다. 어머니를 부르는 말이 바뀐다면 마음 상태가 어떻게 변화했는지 설명해야 한다. 나는 어머니를 택하고 그것만 사용했다.

목소리를 '찾는다'고 말하는 것은 진부한 표현이지만, 실제로 경험해보면 미켈란젤로Michelangelo가 돌을 깎아 천사를 찾아낸 것처럼 고정불변하는 뭔가에 다다르는 느낌이 들기는 한다. 출판사에 샘플로 보낼 첫 장을 9개월 동안 작업하고 나니(샘플 원고 백 쪽과 개요가 필요하다고 들었다) 어느 단어가 어디로 가야 할지 감이 오기 시작했다. 그리고 책에 알맞은 서술 순서도 떠올랐다. 처음에 한번 미래로 갔다가 돌아와 거의 시간 순서를 따라가기로 했다.

한순간에 깨달은 것은 아니었다. 며칠에 걸쳐 아주 깊은 심리적 변화를 겪었다. 머릿속 그림들이 갑자기 종이 위의 단어로 나타났다. 마치 내 경험을 집어넣으면 저절로 글로 옮겨져 튀어 나오는 내면의 방을 발견한 기분이었다.

목소리는 독자와의 약속이면서 또한 신기하게도 나를 극도로 정직하게 만들었다. 내가 내용을 지어내려 했다면 목소리가 나에게 건 마법이 풀려버렸을 것이다. 가명을 쓰기만 해도 나와 과거 사이에 유리벽이 가로놓이는 것 같았다. 나는 책을 쓰는 내내 실제 인명과 지명을 사용하고 나중에 일일이 찾아 가명으로 바꿔야 했다. 정말 이상한 일이었다.

자기 최면, 심리적 평화, '진실한 문장을 하나만 쓰라'고 말하는 헤밍웨이의 유령, 천상의 신 중 어디에서 나왔는지 모르겠지만 목소리가 나타나자 모든 것이 달라졌다. 사실 내 마음 상태가 목소리를 찾기 전에 변했는지 찾은 다음에 변했는지 도무지 모르겠다. 다만 별안간 내가 황소처럼 터벅터벅 끌던 수레가 엔진이 달린 자동차로 둔갑해 도로를 마구 달려가는 것이었다. 원고가 쌓이기 시작했다. 그리고 2년 반 뒤에 초고가 완성되었다. 책을 출간할 시간이 얼마 남지 않아서 초고 그대로 조판에 들어갔다.

16

과장은 지옥으로 가는 길을 닦는다

너의 다리를 휘두르지 마라

다른 사람들 머리 위로

너의 하얀 지팡이를 두드리지 마라

부유한 자들의 창유리에

즈비그니에프 헤르베르트

앞에서 말한 내용과 유사하게 강조하고픈 내용이 있다. 최악의 사건이나 극적인 승리에 대해 쓴다고 해서 무조건 좋은 글이 되지는 않는다는 것이다. 아주 진솔한 체험을 다룰 때, 훌륭한 목소리와 작가의 열정이 담긴 이야기를 절묘하게 배합할 때 좋은 글이 나온다. 기억하라. 나보다 당신보다 더 암울한 상황에서 온갖 어려움을 극복한 사람이 수없이 많다. 나는 지구에서 가장 부유한 나라에서 글을 읽고 쓸 줄 알고 직장이 있으며 집을 소유한 부모에게서 태어났다. 반면 강제 수용소 위안부의 자식으로 태어날 때부터 뇌 손상을 입은 사람도 있다. 나의 고통은 그런 사람들이 겪은 것에 비하면 새 발의 피다.

책을 더 많이 팔려고 내용을 조작하는 것은 작가가 자기 인생, 즉 직접 시도하고 극복한 경험(포크너는 이를 각자의 "현실의 우표"라고 불렀다)을 인정하지 않는다는 뜻이다. 겪은 일에 대한 자신의 감정과 반응이 정당하고 진실하다고 믿는다면, 자신의 과거를 존중해 그것을 있는 그대로 글로 옮기면 된다.

진정한 고뇌는 인간의 눈으로 알아보기 힘들 때도 있다. 어렸을 때 어머니가 입 모양이 일자가 되고 몸이 꼿꼿이 세워지면서 뉴잉글랜드 사투리로 말할 때면, 나는 어머니가 술에 취했다는 것을 알았다. 그러면 내 머릿속에서 갑자기 쥐들이 부스럭거리는 소리가 나기 시작했다. 선로를 벗어난 기차처럼 우리에게 다가오는 재난을 어떻게 해결할지 궁리하고 있는데 쥐 소리까지 겹치면 고문을 당하는 것 같았다. 이렇게 작은 외부 자극이 어린아이의 무기력한 몸에 끼치는 영향을 서술하면 읽는 이의 마음을 움직일 수 있다.

그리고 화자나 화자의 가족을 지나치게 특이한 인물로 그리면 도리어 읽는 이가 공감하고 몰입하는 데에 방해가 될 수 있다. 극도로 특이한 인물들을 잘 다루는 작가도 있겠지만 사실 드물다. 내 능력은 초현실보다 현실에 발을 딛고 있으므로, 이상한 것은 가급적 무난하게 다듬어 독자가 받아들일 수 있게 하라.

17

가짜 자아가 아닌 진짜 자아에 눈을 맞춰라

우리는 여러분에게 몇 가지 압력을 가하고, 그러면 여러분은
어쩔 수 없이 갈 수 있는 가장 높은 곳으로 도망칩니다.(…)
하지만 그런 압력을 받은 여러분은 가짜 자아—흉내 내는 자아,
너무 똑똑한 자아, 회피하는 자아—를 모두 내버리고,
(때로 처음에는 실망스러운) 진짜 자아 속에 자리 잡기를 바랍니다.
(…) 여러분이 실제로 가진 것은 진짜 자아뿐이고 나머지는
다 거짓입니다. 가장 잘 풀리는 경우에는 진짜 자아가 드디어
인정받아 너무나 기쁜 나머지 보답으로 여러분에게 독창성을
선물할 것입니다.

조지 손더스

자전적 글쓰기의 뇌는 마음이다. 마음은 기억의 풍경에서 환하게 빛나는 보석을 찾아내는 탐지기다. 작가는 자신의 심리를 올바르게 인지하고 진실의 힘을 믿기에 자신이 찾은 것을 드러낼 용기를

낸다. 그것을 드러내면 작가가 거만하거나 교활하거나 밉살스러운 사람이라는 사실을 들키게 되더라도 말이다.

그러나 가짜 자아들이 등장한다. 가짜 자아들은 당신의 진짜 모습을 숨기기 위해 돌아가면서 당신의 입을 차지한다. '진실한' 자아와 타고난 재능에서 직접 우러나온 글을 쓰면 저절로 일관성이 생길 것이다. 그러지 않으면 글이 거짓임을 알려주는 모순들이 여기저기에서 튀어나올 것이다.

자신이 원하는 모습을 꾸며내기 위해 진실하지 않은 요소들을 끼워 넣다 보면 목소리가 흐트러지고 세부 사항들이 가짜라는 느낌이 들 것이다. 헬렌 켈러가 눈먼 소녀가 아니라 근시가 심한 화자의 관점에서 글을 썼거나, 마야 안젤루가 하반신이 마비된 고아나 인종차별이 심한 미국 남부에서 크게 불이익을 받지 않을 정도로 피부색이 옅은 흑인 소녀인 척했다면…, 그들의 이야기에서 원초적 마력이 다 빠져나갔을 것이 분명하다.

처음 글을 쓰기 시작할 때 굳게 믿었던 진실은 어김없이 다른 모습으로 변하곤 한다. 다시 한 번 강조하지만, 사과할 줄도 모르고 생각을 바꿀 줄도 모르는 사람은 진실을 깨닫는 데에 필요한 유연한 심리 상태를 도저히 견디지 못한다.

처음에는 누구나 자기 이야기를 속속들이 잘 알고 있다고 생각하기 마련이다. 그것은 머릿속에 자리 잡은 저택이다. 방이면 방마다 글로 옮겨지기만을 기다리고 있다. 하지만 내가 만나본 모든 작가들은 그 저택의 벽들이 시시때때로 모양을 바꾼다고 말했다. 강력한 지진이 일어나고 대륙판이 이동한다. 기억은 마치 설경을 품은 스노글로브처럼 끊임없이 흔들리며 눈을 뿌려 사건들을 매번 다른 모양으로 뒤덮는다.

예를 들어 제프리 울프는 시간이 지날수록 자기도 모르게 아버지를 실제보다 더 늠름한 깡패 같은 인물로 그리게 됐다고 말했다.

> 아버지를 흉악한 범죄자라는 과장된 시각으로 바라보는 것은 편리한 일이었다. 하지만 내가 이야기한 것들은 감정의 측면에서 정확하지 않았다.

토바이어스 울프는 베트남전에 관한 회고록을 쓰려고 준비하다가 전장에서 어머니에게 보낸 편지들을 다시 읽었다. 편지를 쓸 때 어머니가 걱정하지 않도록 배려했다고 기억했지만, 실제로는 자신에게 닥친 위험을 오히려 부풀려서 썼다는 사실을 발견했다.

게리 슈타인가르트Gary Shteyngart는 『작은 실패Little Failure』를 쓰면서 자신이 사실은 효심이 대단히 깊은 아들이었음을 깨달았다. 그는 가족들 사이에서는 부모에게 끝없이 근심을 끼치는 은혜 모르는 망나니로 여겨지고 있었다.

꼭 작가가 아니라도 누구든지 지난날을 더듬다 보면 뜻밖의 진실을 만날 수 있다. 첫 책을 쓰기 10년 전, 나는 어머니에게 물었다. 어머니가 그렇게 울화통을 터뜨리고 총을 휘두르는데도 아빠가 태연히 참으며 어머니 곁을 지킨 이유가 무엇이냐고. "날 안쓰럽게 여겼거든." 어머니가 대답한 순간, 나는 그것이 진실임을 알았다. 동시에 그 대답은 부모님의 결혼 생활에서 어머니가 주도권을 쥐고 있었다는 내 평생의 믿음을 뒤집어버렸다. 아빠의 침묵은 무기력을 뜻한 게 아니었다. 사랑도 아니었다. 연민이었던 것이다.

보통 한마디로 요약돼 굳어진 관념들을 자세히 풀어낼 때 문제가 발견된다. '나는 씩씩했다, 나는 괴롭힘을 당했다, 나는 못생겼다' 등 수십 년 동안 믿었던 사실들이 우리를 교묘하고 호되게 속인다.

슈타인가르트의 『작은 실패』를 읽어보면 부모는 그가 못생겼다고 쉴 새 없이 말한다. 그런데 이 책을 원고 형태로 읽은 후 출간된 책을 받아서 보니, 표지에 호리호리하고 어두운 분위기를 풍기며 속눈썹이 긴 잘생긴 소년의 사진이 떡하니 붙어 있어 깜짝 놀랐다. 그 소년은 혈우병 환자였던 러시아의 마지막 황태자만큼이나 침통한 표정을 짓고 있었다! 이렇게 잘생긴 소년이 맨날 못생겼다는 소리를 들으니 침통하지 않을 수 없었을 것이다. 물론 자전적 글쓰기에서 중요한 것은 작가가 객관적으로 잘생겼는지 못

생겼는지가 아니라 자신이 못생겼다고 인식했다는 사실이다.

진실에 초점을 맞추려고 아무리 애를 써도 인간의 자아는 슬그머니 다른 곳으로 기어가는 습성이 있다. 그래서 자신이 어떤 사람인지를 똑바로 응시하고 거기에 익숙해지는 일은 사실상 평생 계속해야 하는 정신적 투쟁이다. 자기 이야기를 글로 쓰다 보면 아무리 솔직하고 반듯한 사람이라도 자신이 다른 사람에게 어떻게 보일지 두려워하며 망설이기 마련이다. 그나마 시야를 가리는 가면을 발견할 때마다 찢어버리는 것이 최선이다.

누구나 자신에 관한 일부 결정적 사실들을 반드시 숨기거나 부정해야 한다는 은밀한 두려움을 품고 있다. 기성 작가의 글을 포함해 수많은 원고를 손본 경험에 따르면, 작가가 숨기고 싶어 안달하는 특징이 바로 그 작가의 자아와 이야기에 없어서는 안 되는 요소일 때가 많다. 이 사실을 깨닫고 나면 지난날을 미화하고 부풀린 장면들이 눈에 들어오고, 태도를 송두리째 바꿔 책을 아예 다시 쓰게 된다.

위대한 작가의 작품에도 감정에 못 이겨 샛길로 빠지는 바람에 읽지 않고 넘어가는 편이 나은 부분이 제법 있다. 그런 부분이 책에 들어간 것은 작가를 멋지게 포장해주기 때문이다. 나보코프는 『말하라, 기억이여』의 세 번째 챕터에서 자기 가문의 부동산과 역사, 남작과 백작이 넘쳐나는 멋쟁이 조상들에 대해 늘어놓는다.

그가 인정하지는 않지만 은근히 자랑스러워하는 내용이다. 그 정도의 사소한 허영은 납득이 가기는 하지만, 읽기에 지루하다.

> 같은 지역에 있지만 더 멀리 떨어진 다른 두 곳의 영지는 바토보와 인접해 있었다. 삼촌 비트겐슈타인 대공의 영지 드루즈노젤리에는 우리 땅에서 6마일 북동쪽에 있는 시베르스키 기차역에서도 몇 마일 더 떨어져 있었다.

이렇게 나보코프는 뽐내고 있다. 나중에는 지나가는 말처럼 루카 삼촌이 1916년 자신에게 수백만 달러를 유산으로 남겼다는 사실도 알렸다. 그리고 그가 정당하게 받은 유산을 삼켜버린 소련 독재 정권에 아무런 불만이 없다고도 주장했다. 하지만 유산에 대한 무관심을 너무 강조하는 바람에 오히려 믿기 어려웠다.

> 다음 단락은 일반 독자를 위한 것이 아니라, 한순간에 많은 재산을 잃어봤기에 나를 이해한다고 생각하는 우둔한 독자를 위한 것이다. (…) 내가 지금껏 소중히 간직해온 향수는 잃어버린 지폐가 아니라 잃어버린 어린 시절을 향한 뼈저린 상실감이다.

무슨 말인가 하면 없어진 유산이 아쉽다고 고백하는 편이 더 솔직하게 느껴진다는 것이다. 아쉬워하지 않을 사람이 누가 있을까? 이 챕터가 끝나면서 작가는 이 책의 대부분을 차지하는 아름다운 공상에 다시 빠진다. 『말하라, 기억이여』 같은 위대한 작품에도 늘어지는 챕터가 있다는 사실에 안심하게 된다. 이 챕터를 읽으면 나보코프가 귀한 혈통을 은근히 자랑하고 있다고 느낀다. 메리 매카시도 『가톨릭 신자였던 소녀 시절의 추억』에서 학교 연극에서 맡은 배역과 뛰어난 라틴어 실력에 관한 내용으로 한 챕터를 채우고 자신의 똑똑함을 과시하는 실수를 저질렀다. 헤밍웨이는 『파리는 날마다 축제A Movable Feast』에서 피츠제럴드의 성기 크기에 대해 나눈 대화를 수록하면서 교묘하게 피츠제럴드를 비하했다.

내 경우도 이런 부분을 지적당한 적이 있다. 누군가 나에게 『리트』에서 전남편이 너무 두루뭉술하게 묘사돼 흔한 백인 남자로 보일뿐, 입체적이지 못하다는 서평을 어떻게 생각하느냐고 물어본 적이 있다. 나는 그 서평자의 의견에 동의했다. 내가 더 잘 썼다면 모든 독자가 만족했을 것이다. 전남편에 관해 쓰는 일은 괴로웠고, 그 부분이 나머지보다 설득력이 떨어진 것은 사실이었다.

『리트』와 비슷하게 이혼에 영향을 받았다고 짐작되는 작품으로 엘리자베스 길버트Elizabeth Gilbert의 널리 사랑받은 회고록 『먹고 기도하고 사랑하라Eat Pray Love』가 있다. 사실 이 작품은 거의 모든 부분에서 조심스러운 시선과 솔직한 태도가 적절한 조화를 보인다. 예를 들어 길버트는 결혼이 실패한 것은 자기 때문이라고 공공연하게 자책했고, 아기를 갖기 싫어했던 것에 대해서도 자책했다. 이혼 사유는 너무 개인적이라고 주장하며 밝히지 않았다. 새침 떠는 것처럼 보이지도 않고 이혼 사유를 밝히지 않겠다는 결정도 충분히 존중한다.

하지만 그런 직후에 작가는 남편이 요구한 이혼 조건을 장황하게 늘어놓았다. 이혼 조건은 너무 개인적인 내용이 아닌 것일까? 작가는 처음에는 팔 수 있는 것을 다 팔고 돈을 반씩 나눠 갖자고 제안했다. "남편은 재산을 다 갖고 나는 책임을 다 가지면 어떨까?"

> 남편은 결혼 생활 중에 내가 쓴 책의 인세 일부, 영화 판권의 일부, 개인퇴직계좌의 일부 등 내 생각이 전혀 뻗치지 못한 것들까지 요구했다. (…) 큰 금액을 넘겨줘야겠지만, 법정 공방으로 가면 훨씬 비용도 많이 들고 시간도 소모되며 영혼이 깎여내릴 것이었다.

사실 이혼과 이별에 관해 쓰는 것은 전쟁 보도를 빼면 자전적 글쓰기를 하는 이들에게 가장 어려운 일일 것이다. 나 또한 내 이혼에 관해 제대로 쓰지 못했다. 길버트는 전남편의 부당한 요구를 공들여 늘어놓으면서도 뉴욕에 사는 프리랜서 작가에게 어떻게 그런 돈이 있었는지 전혀 설명해주지 않았다. 길버트에게는 아파트도, 교외 주택도, 개인퇴직계좌도 있었다. 책 홍보 여행에 친구를 데려가면서 친구의 비행기표 값을 대주기도 했다. 단순하게 "어쩌다 보니 돈이 조금 생겼다"라거나 "영화 판권 덕분에 여유가 있었다"라고만 적었어도 이해하는 데에 도움이 됐을 것이다. 물론 이것은 책 전체를 통틀어 볼 때 사소한 실수이긴 하다. 이렇듯 성공적인 작가들도 때로 숨겨야 할 것을 드러내고 꼭 알려야 할 것을 숨기는 실수를 한다.

중요한 장면을 빼놓는 바람에 문제가 생기기도 한다. 셰릴 스트레이드는 『와일드』를 거의 다 써갈 무렵 두 개의 사건을 빼놓은 것을 발견했다. 정신적으로 작가에게 너무도 중요한 사건이어서 빼놓고 지나갔다는 사실이 믿기지 않을 정도였다.

첫 번째 사건은 스트레이드가 남동생과 함께 돌아가신 어머니의 말을 죽인 일이었다. 스트레이드가 도보 여행을 떠나기 전, 그녀의 어머니는 암으로 갑자기 고통스러운 죽음을 맞았고, 늙어 쇠약해진 말 레이디가 남았다. 한때 훌륭한 아빠였던 스트레이드의 새아버지는 어머니의 죽음을 금세 극복하고 스트레이드가 어릴 적 살던 집에 새 여자친구를 들이기까지 했다. 그는 어머니의 말을 수의사에게 데려가 안락사를 시키기로 약속했다.

크리스마스이브에 새아버지가 집을 떠나 있는 사이에 스무 살의 스트레이드는 열여덟 살 남동생과 함께 마지막으로 그 농가를 찾아갔다. 뼈만 남은 말이 눈 덮인 벌판에서 덜덜 떨고 있었다. 스트레이드는 최근 나와 통화하면서 이렇게 말했다. "내 마음은 갈기갈기 찢어졌어요. 그 말은 어머니에게 신 같은 존재였고, 말을 죽인 것은 어머니를 죽이는 것에 가장 가까운 일이었거든요."

가슴이 미어지는 장면이다. "총알은 레이디의 두 눈 사이, 흰 털 가운데를 뚫었다." 남매는 총을 쏘고 나서 코요테들이 시체를 가져가게 놔두었다.

내게 흥미로운 것은 이 기억이 불현듯 스트레이드에게 돌아온 계기였다. 그녀는 어느 날 자녀들을 학교에서 집으로 데려가느라 운전을 하고 있었는데, 문득 황량한 기분이 들었다가 사라졌다. 어디서 왔는지 모를 무거운 슬픔이 엄습했던 것이다. 그 느낌은 추운 벌판에서 말에게 총을 쏘는 두 아이의 이미지를 불러왔다.

스트레이드가 그 사건을 잊었던 것은 아니다. 단지 떠올리지 못하고 넘어간 것이다. 사실 어쩔 수 없는 안락사였다고 해도 누가 동물을 죽인 사람으로 책에 등장하고 싶겠는가? 하지만 그녀는 이 이야기가 꼭 필요하다는 사실을 바로 알아챘다. "새아버지가 우리를 철저히 배신했다는 걸 보여주는 장면이 없을까 궁리하던 중이었어요." 이 이야기 하나면 족했다.

두 번째 사건도 새아버지에 관한 기억이었다. 수천 킬로미터의 도보 여행이 끝나갈 무렵 스트레이드는 불 속을 물끄러미 바라보면서 새아버지가 불을 피우고 텐트 세우는 법을 가르쳐주던 모습을 떠올렸다.

> 잭나이프로 캔을 따고 카누에 타서 노를 젓고 호수에서 물수제비뜨는 법을 새아버지에게 배웠다. (…) 하지만 나는 그날 밤 거기 앉아 있으면서 그가 아니었다면 내가 이곳을 여행하지 못했을 것이라고 확신했다. (…) 그는 막바지에는 나를 별로 사랑해주지 않았지만, 중요한 시기에 나를 사랑해줬던 것이다.

새아버지가 자신을 저버려서 가슴이 쓰렸고, "비록 새아버지에 대한 섭섭한 감정이 내 목구멍까지 묵직하게 차오른 것은 사실이었지만", 그가 가르쳐준 유용한 지식 덕분에 마음이 한결 가벼워졌다. 결국 새아버지와 어머니가 그녀가 잘 살아가기 위해 필요한 도구를 다 줬다고 느끼기에 이른다.

❖

작가든 아니든 진정한 자신의 모습으로 살아가는 데에 익숙해지려면 누구나 한평생이 걸리는 모양이다. 자기기만은 모든 사람의 마음에 침투하는 세균이다. 물론 사람마다 정도의 차이는 있고, 특히 어렸을 때 쉽게 자신을 속이곤 한다. 우리는 특정한 방식으로 자기를 바라보고 싶어 한다. 록 기타리스트와 음반 제작자로 활동하며 옛날 별명이 작은 헨드릭스였던 고교 시절 남자친구에게 내 책에 카메오로 등장할 수도 있다고 경고하자 그가 물었다. "우리 어렸을 때 피운 대마초 얘기는 빼면 안 될까?" 나는 그의 풍성한 머리카락과 딱 붙는 청바지와 부츠를 보며 말했다. "지금 누굴 속이겠다는 거야?"

내 경험에 비추면 젊은 작가들은 자신의 타고난 개성을 잘못 파악해 휘청거릴 때가 많다. 누구나 다른 사람이 되고 싶어 한다. 악당은 성인군자가 되고 싶고, 성인군자는 창녀가 되고 싶고, 창녀는 코안경을 낀 지식인이 되고 싶다.

시러큐스 대학의 동료 교수 조지 손더스는 대학원생이었을 때 노동 계층의 현실을 적나라하게 드러내는 미니멀리스트, 레이먼드 카버와 같은 글을 쓰려고 죽기 살기로 용을 썼다. 카버는 몸을 느릿느릿 움직였고 이동주택 단지를 좋아했으며 최소한의 단어만 쓰는 냉혹한 사실주의를 추구했다. 그래서 손더스는 카우보이모자를 쓰고 픽업트럭을 몰고 나타나곤 했다.

사실 그는 성공한 사업가의 아들로 잘생긴 서퍼처럼 보였고 고등학교 때 무도회 남자 대표로 뽑힐 만큼 인기가 대단했다. 그리고 말하는 여우, 박물관에 사는 동굴 원시인, 아기들을 말할 수 있게 하는 가면을 생각해내는 그의 재능은 카버의 재능과는 그 성격이 한참 달랐다. 손더스의 초현실적인 상황들은 이사크 바벨Isaak Babel이나 니콜라이 고골Nikolai Gogol 작품과 맥을 같이 했다. 손더스가 카버를 따라 한 것은 마치 마르케스가 헤밍웨이를 흉내 내는 것만큼 어울리지 않았다. 한 교수님이 유머가 번득이는 글을 계속 써 볼 것을 권했지만, 그는 그것들이 '너무 우스꽝스럽다'고 생각했다. "그냥 시험 삼아 넣어본 바보 같은 농담일 뿐이었어요." 하지만 결국 나이가 들면서 풍자적인 표현들이 차츰 손더스의 글에 나오기 시작했다.

글에 드러난 자신의 진짜 모습을 처음 볼 때면 그것이 그리 독창적으로 보이지 않는다. 오히려 진짜 모습은 맹수처럼 으르렁대고 썩은 냄새만 풍기는 것 같아 꺼려진다. 연륜과 훈련은 열심히 적어놓은 글에서 허영을 솎아내는 데에 도움이 되지만, 초고에 허영이 잔뜩 들어가는 것까지 막을 수는 없다.

내가 아는 모든 자전적 글쓰기 작가는 이런 경험이 있다. 나 혼자만 수십 번씩 그랬다.

이 책을 쓰는 동안에도 마찬가지였다. 책을 세 편이나 쓰고 30년 동안 글쓰기를 가르쳤는데도, 나는 아직 자기기만에서 완전히 벗어나지 못했다.

책을 쓸 때면 언제나 똑같은 두려움과 착각을 마주하게 된다.

이 책을 작업하기 전에 내 편집자는 내가 시러큐스 대학에서 가르치는 강의 계획서를 본떠서 간단한 형태로 구성하는 것이 어떻겠느냐고 제안했다. 그런데 나는 T. S. 엘리엇의 산문이나 제임스 우드의 『무너진 유산Broken Estate』이나 젊은 작가 엘리프 바투먼Elif Batuman의 러시아 문학 독서기행처럼, 인생록 쓰기를 더 높은 차원으로 끌어올리는 책을 쓰겠다고 우겼다.

하지만 내가 내세운 세 개의 본보기는 나라는 사람과 극도로 동떨어져 있었다. 그 작가들은 아이비리그 출신의 지식인으로 여러 언어와 철학을 자유자재로 넘나들었다. 지능 지수가 너무 높아서 흘리는 말 한마디에도 격조가 있다. 반면에 나는 지역색이 두드러진 길거리 언어로 먹고 살아온 변방의 이야기꾼이다.

내가 무엇을 두려워했는지 짐작하겠는가? 무엇 때문에 초반 몇 달 동안이나 방향을 잡지 못하고 헛소리를 끼적였는지 알겠는가?

내가 뭔가를 쓸 자격이 없다는 사실이 두려웠다. 가난한 고장에서 자란 대학 중퇴자에, 대학원 과정은 석사 학위를 받은 직후 폐지되었다. 그런데도 나는 미학, 문학사, 현상학, 신경생물학 등등의 분야를 아우르는 책을 쓰고자 했던 것이다.

이 자의식은 내가 책을 쓸 때마다 도사리고 있는 바로 그것이다! 이만한 경험이 있는 작가라면 원고를 절반이나 써 내려가기 전에 잘못된 길을 미리 알아차리고 피할 수 있다고 생각할지 모른다. 수십 년 동안이나 같은 두려움을 극복해왔으니 어차피 쓰레기통에 들어갈 가식적인 잡설쯤은 피할 수 있다고 생각할지 모른다. 하지만 뭔가를 쓸 때마다 앞부분에는 꼭 빼야 하는 내용들이 떡하니 버티고 서 있다.

나는 곧은길을 걸어가듯 글을 써본 적이 없다. 빨랫줄 기둥에 묶인 개처럼 항상 내 이야기 주변을 빙빙 돌며 진실을 외면하다가, 퇴고를 거듭하면서 나선형으로 점점 진실에 가까워지고 마침내 가짜 자아가 진짜 자아와 눈을 마주치는 순간이 온다.

마지막 인생록을 쓸 때는 완성된 원고 1,200페이지를 쳐냈고, 마음을 하도 자주 바꾸는 바람에 키보드의 딜리트 키가 고장 났다. 내가 그럴 배짱이 있다면 기념으로 딜리트 키 브로치를 만들 테다.

18

개인의 진실은 어떻게 사회적 의미를 갖게 되는가

거짓말은 말로 하는 것이지만, 침묵으로 거짓말을 하기도 한다.

에이드리언 리치 Adrienne Rich

자전적 글쓰기를 위해 과거를 이 잡듯이 뒤지려면, 미쳤다는 소리를 들을 정도로 집요하게 굴어야 한다. 조사하는 사건이 맥락 없이 동떨어져 있거나 지나치게 선정적이어서 분명히 확인할 수 있는 사실이 드물고, 사람마다 말이 다를 때는 더욱 그렇다. 내가 어렸을 때 특히 거짓말을 자주 들었던 것인지, 아니면 어릴 적 들은 거짓말을 유난히 증오하는 것인지는 모르겠지만, 자전적 글쓰기를 하려는 이들 중에는 고아이거나, 부모의 이혼으로 고아나 마찬가지인 신세로 내면의 분열을 치유하고 싶어 하는 부류가 많아 보인다. 우리가 사랑한 사람들이 우리 가슴을 찢어놓은 것은 그들만이 그럴 수 있었기 때문이다. 그리고 우리는 그들의 잘못을 그대로 따라 하며 스스로의 가슴을 찢어놓았다.

이는 전 인류의 특징이기도 하지만, 특히 자전적 글쓰기를 하려는 사람들은 과거의 진실이 지극히 흐릿하고 애매하기 때문에 더욱 과거를 살피고 헤아리고 싶어 한다.

어쩌면 당신의 가족, 소속된 부대, 왕국이 다른 사람들이 경험한 것보다 훨씬 충격적이고 끔찍하게 산산조각 났기에 절실히 글로 쓰고 싶은지도 모른다. 그리고 당신이 고아라면, 이게 맞다는 둥 저게 틀렸다는 둥 간섭하는 사람 없이 기억의 세계 속에서 온갖 추측을 하며 마음껏 뒹굴어도 된다는 장점이 있을 수 있다. 만약 생존해 있는 가족들이 많은 경우, 과거 일에 대해 몇 마디 할라치면 시간 순서대로 일목요연하게 정리된 사진첩을 든 할머니나 모 전우회 회원이 끼어들곤 한다. "그건 사실이 아니란다."

우리 집에서는 내가 네 살 때부터 사진첩에 새 사진이 거의 들어가지 않았다. 이혼, 결혼, 사망 증명서를 보관하는 일도 없었다. 소문에 귀를 기울이고 어림짐작으로 다 알아내야 했다.

메리 매카시는 『가톨릭 신자였던 소녀 시절의 추억』에서 안 그래도 녹아내리는 가족을 그나마 묶어주던 '집단 기억'의 울타리가 부모의 죽음으로 무너졌다고 말했다. 매카시와 그녀의 남동생은 탄탄한 가족사가 없었기에 오래된 자취를 찾아내는 사냥개처럼 평생에 걸쳐 지난날을 함께 따져보곤 했다. 멈추지 않고 계속

된 남동생과의 대화 덕분에 매카시는 펜을 들기 훨씬 전부터 책에 쓸 내용을 가슴에 품고 있었다.

> 우리 이야기를 조사하는 데에 걸림돌이 많았기에 오히려 의욕이 솟았다. 남동생 케빈과 나는 고아여서 우리의 과거에 각별히 관심이 많았다. 우리는 아마추어 고고학자처럼 지난날을 재구성해보려고 했다. 아무리 사소하더라도 새로운 증거가 나타나면 달려들어 원래 알던 사실과 맞춰보고 친척들에게 물어보고 기억을 헤집었다. 그럴 때면 탐험이라도 떠난 기분이었다.

나는 사적인 이야기를 글로 옮기는 불편한 작업을 직접 해본 사람이다. 내 생각에 소름 끼치는 과거를 팔아 돈을 벌거나 복수하거나 사소한 흠집을 치명적인 상처로 부풀리려고 글을 쓰는 작가는 별로 없다. 진실이 작가들을 불러 세우는 것이다. 게다가 자전적 글쓰기를 하는 작가만 때때로 진실을 잘못 파악하는 것은 아니다. 토바이어스 울프는 이렇게 말했다. "과분한 찬사로 표현됐든, 과분한 냉소로 표현됐든, 소설가의 감수성이란 마음의 거짓말이 아니고 무엇이겠는가." 대부분 자전적 글쓰기를 하는 작가들은 뿌리 깊은 심리적 이유로 글을 쓴다. "아일랜드의 광기에 입은 상처가 나를 시로 데려갔다"라는 예이츠Yeats의 말처럼 아픔 때문에 인생

이야기를 쓰게 된다.

이런 작가들은 친척들이 소송을 걸까 봐, 혹은 방송에서 거짓말이 발각돼 식은땀을 흘리지 않으려고 진실을 고수하는 것이 아니다. 진실을 알렸을 때 자신의 민낯이 드러나는 위험을 무릅쓰고서라도 진실을 밝혀내는 것이 그들에게는 무엇보다도 중요하다. 그들은 내내 지난날에 벌어진 일들을 이리저리 재보고 의심하고 파헤치며 평생을 살아왔다. 주변 사람들이 그런 일들을 말끔하게 잊어버렸거나 각자 자기중심적으로 해석하고 넘어간 뒤에도.

캐스린 해리슨Kathryn Harrison은 내면의 상처로 말미암아 이 시대에 보기 드물게 용감한 글을 썼다. 언론은 맹렬한 비난을 가했다. 해리슨의 죄는 무엇이었을까? 해리슨은 『키스The Kiss』에서 보편적인 문화적 금기를 깨뜨렸다. 스무 살에 오래전 연락이 끊겼던 목사 아버지의 유혹에 넘어가 그의 애인이 된 것이다.

해리슨은 뚜렷한 진실을 갈구하며 어그러진 과거를 온전히 파악하려 들었다. 자신의 지난날을 만인 앞에 드러내면서 무척 비싼 대가를 치러야 했으므로(그녀에 대한 인신공격은 내가 평생 본 것 중에 가장 지독했다), 그녀가 책을 쓰게 된 복잡한 동기를 살펴보면 좋을 것이다.

나는 해리슨이 책을 쓴 동기가 누구나 우러러보는 회고록 거장들이 책을 쓴 동기와 같다고 본다. 그것은 바로 자기 이야기를 진정으로 이해하기 위해서다.

작가들이 흔히 그러듯이 해리슨도 처음에는 자기 이야기를 소설로 썼다. 나중에는 그 소설들이 진실하지 않았다고 후회하며 자신의 명예를 걸고 바로잡으려 했다. 『키스』를 쓰기 전에 쓴 세 편의 장편소설에서도 근친상간이 은근히 암시되곤 했다. 작가의 말에 따르면 "자꾸 끼어들었다". 해리슨은 첫 장편소설에서 누가 봐도 주인공에게 잘못이 없는 것처럼 설정한 것을 특히 후회했다.

> 내가 『키스』를 쓴 것은 여러 모로 자전적인 내용으로 알려진 내 첫 장편소설 『물보다 진한Thicker Than Water』에 대해 내 안에서 우러나온 반응이었다고 볼 수 있다. 소설의 주인공 이사벨은 아버지와 관계를 갖는데, 내가 그랬을 당시의 나이보다 어렸다. 나보다 수동적이고 상냥한 성격으로 희생양에 가까웠다. 소설을 다 쓰고 나서 그것이 나와 무관하다고 선언하고 싶었다. 나 자신의 내력을 배신한 기분이었다. 그때 나는 정직하게 행동하지 않았고, 그로 인해 오랫동안 괴로웠다.

소설은 예전에 있었던 일의 윤곽을 날카롭게 그리기보다는 흐리멍덩하게 지워버렸다. 해리슨은 더 정확하게 알아내야만 했다. 대강 보이는 대로만 보는 것이 아니라 똑바로 노려보고 철저히 따져가면서 파악해야 했다.

해리슨은 소설로 쓴 자기 이야기가 가짜로 변해버렸다고 여겼다. "근친상간을 입 밖에 내지 않는 주류 문화를 그대로 따랐던 것이다." 작가가 편의상 스위치 하나만 누르면 논픽션을 장편소설로 바꿀 수 있다는 추측은 옳지 않다. 자신의 이야기와 가장 잘 어울리는 장르가 무엇인지는 작가의 심리적 성향에 따라 결정된다. 그런 결정은 작가의 본성에서 우러나온다. 결코 작가가 마음 내키는 대로 선택할 수 있는 문제가 아니다.

물론 같은 소설이라도 무자비하게 솔직할 수도 있고 화자의 눈에 바셀린이라도 바른 듯이 애매모호할 수도 있다. 진짜 소설가는 가면을 쓰고도 더 심오한 진실을 말할 줄 안다. 예전에 돈 드릴로에게 회고록을 써보라고 권하자 그는 손사래를 쳤다. 하지만 마틴 에이미스 같은 프로 소설가도 회고록을 썼다. 그는 "이번 한 번만큼은 가공하지 않고 말하고 싶은 욕구"를 느꼈다며 자신의 아버지의 삶을 다룬 『경험』을 썼다. 어떤 주제들은 허구로는 해결되지 않는다. 해리슨은 예술가로서 그 사건에서 자신을 해방시키기 위해 자전적 글쓰기로 방향을 돌렸다. "그것은 결정이 아니라 어쩔 수 없는 행동이었다."

해리슨은 책을 쓰기 전과 쓰는 중에 5년 동안 정신분석 치료를 받았다. 치료를 받은 것은 자기가 주인공으로 등장하는 미화된 이야기를 지어내기 위해서가 아니라 대체 무슨 일이 있었는지 알아내기 위해서였다. 해리슨이 남편에게 논픽션을 쓰겠다고 선언하자 남편은 "이제 방사선 치료를 시작하는 기분이군"이라고 말했다. 그녀는 책을 다 쓸 때까지 6개월 이상 하루 16시간을 묵묵히 일했다. "치료를 받으면서 창문이 열렸는데, 그게 언제까지 그렇게 열려 있을지 알 수 없었다."

많은 사람이 그녀가 돈을 끌어모으려고 책을 썼다고 여겼다. 하지만 책을 쓰기 위해 반드시 필요했던 치료 비용을 생각하면, 닭튀김을 파는 쪽이 돈을 더 많이 벌었을 것이다. 재미도 더 있었을 것이다.

그런데 지극히 사적인 동기에서 글을 썼다면 왜 책으로 출간해야 했을까?

그 이유를 이해하려면 강간이나 근친상간을 당하고 살아남은 사람의 입장을 조금은 헤아려봐야 한다. 가해자는 수치와 침묵을 무기 삼아 피해자의 영혼을 붙들고 자신과 한배에 탄 운명이라고 세뇌한다. 해리슨은 내게 이렇게 말했다. "나는 영원히 입을 다물기로 돼 있었던 거예요." 책으로 출간해 사실을 공개하거나, 자신을 유혹한 사람과 공범이 돼 자기 뜻과는 정반대로 가해자의 편을 들거나, 이렇게 두 가지 선택지밖에 없었다. 글을 쓰고 책을 출간하는 것은 그 일을 겪은 뒤 자신을 온전히 되찾는 길이었다.

해리슨의 사례는 자전적 글쓰기에 얼마나 큰 용기가 필요한지를 잘 보여준다. 책의 첫머리부터 작가가 어린 자신을 가차 없이 분석할 요량임을 느낄 수 있다. 작품의 목소리에서는 강간을 당하면서 현실에서 자신을 분리시킨 소녀, 또는 철가면을 쓰고 말하는 비운의 죄수 같은 단호한 거리감이 느껴진다. 정신적인 측면을 고려하면 적절해 보인다.

우리는 공항에서 만난다. 한 번도 가본 적 없는 도시에서 만난다. 아무도 우리를 모르는 곳에서 만난다.
한 명은 비행기를 타고 다른 한 명은 차를 몰고 와서, 합류하여 어딘가로 떠난다. 우리는 차츰 비현실적인 곳으로 간다. 석화림, 모뉴먼트밸리, 그랜드캐니언처럼 머나먼 행성들을 찍은 위성사진 같은 곳, 황량하고 아름답고 죽음의 기운이 감도는 곳들이다. 공기가 희박하고 활활 불타는 비인간적인 곳들이다.
그런 곳들을 배경으로 나의 아버지는 두 손으로 내 얼굴을 감싼다. 내 얼굴을 젖히고 감은 두 눈과 목에 입을 맞춘다. 내 목덜미 부근 머리카락에 엉킨 그의 손가락을 느낀다. 눈꺼풀 위로 그의 뜨거운 숨을 느낀다.
우리는 때로 다투고 때로 흐느낀다. 도로는 언제나 우리 앞에 그리고 우리 뒤로 끝없이 펼쳐져 있어, 우리는 시간과 공간에서 뚝 떨어져 나온 것만 같다.

해리슨은 자신을 관대하게 봐주고 넘어가지 않는다. '우리'가 만나고, '우리'가 다투고, '우리'가 흐느낀다. 누가 머리에 총을 겨누고 있는 소녀로서가 아니라 스스로 선택한 어른으로서 말한다.

마이클 슈네이어슨Michael Shnayerson는 서평에서 해리슨의 정밀하고 우아한 문장을 칭찬하는 대신에 야한 내용이 넉넉히 들어가지 않아 독자를 "농락했다"고 평했다. 이 책은 읽기에 괴롭기는 하지만 성적으로 노골적이지는 않다. 주제가 근친상간이라는 점을 고려할 때 거의 불가능에 가까운 기적이었다.

《워싱턴 포스트》의 조너선 야들리는 해리슨을 공격하는 기사를 세 편이나 썼다. "이렇게 더럽고 역겨우며 저속하고 냉소적인 책이 언론의 지대한 조명을 받는 현실은 이 시대가 어떤 시대인지를 잘 보여준다." 그는 해리슨이 거짓말했다고 비난하는 한편, 돈과 관련된 의도를 의심했다. "이 고백은 가슴에서가 아니라 돈지갑에서 우러나온 것이다." 제임스 울컷James Wolcott은 이 책은 해리슨의 세 자녀에 대한 학대라고 말했다(사실 해리슨 부부는 아이들이 아직 어려 언론의 광기에서 보호될 수 있는 시기에 책을 출간하기로 한 것이었다).

해리슨의 이야기를 읽어보면 화자에게 공감하지 않은 독자가 있다는 것을 이해하기 어렵다. 더구나 작가가 자신의 역할을 전혀 미화하지 않고 있는데 말이다. 아버지는 부성애를 갈구하는 딸을 구슬려 관계를 갖는 데에 그치지 않고, 자기가 그녀를 오염시켰으니 그녀는 영원히 자기 것이라고 우긴다. "내가 너한테 한 짓을 알면 아무도 널 건드리고 싶어 하지 않을 거야." 이런 사람과 맞서 싸운 여인에게 침묵을 요구할 수 있을까?

비평가들은 해리슨을 비방하는 대신에 공공의 이익을 위해 노력한 대가로 훈장을 줘야 마땅하다. 해리슨은 자기 미래를 되찾기 위해 글을 썼을지 몰라도 근친상간에 관한 침묵을 깨면서 수많은 다른 피해자를 구원해줬기 때문이다. '진실'을 추구하는 자전적 글쓰기가 세상에 존재하는 이유다.

19

현재의 욕망을 과거에 덧씌우지 않기

> 보는 사람이 보이는 광경에 영향을 준다는 개념은
> 오늘날 모든 과학적 학문에서 기정사실로 인정되지만,
> 그것이 의미하는 바(그리고 의미하지 않는 바)가 무엇인지를
> 분명히 해야 한다.
> 그것은 '모든 것은 어차피 주관적'이므로
> 명확하고 진실된 서술이 불가능하다는 뜻은 아니다.
>
> 로버트 휴스Robert Hughes

자전적 글쓰기란 '과거'를 쓰는 일이다. 그런데 그 과거에 대한 해석은 한번 글로 썼다고 고정되지 않는다. 처음에는 거짓말을 했다가 나중에는 진실을 이야기하게 됐다는 뜻이 아니다. 과거에 대한 관점이 달라지는 것이다.

나는 두 번째와 세 번째 책에서 첫 번째 책 『거짓말쟁이들의 클럽』에서와 달리 과거에 대한 나의 편리한 해석을 완전히 뒤집었

다. 두 책을 쓰면서 청소년기와 청년기에 관한 나의 판단들에 구멍이 송송 나 있음을 알게 되었다. 오랫동안 지닌 생각들이었지만 사실은 근거가 전혀 없었던 것이다.

내 해석이 틀렸음을 처음으로 깨달은 것은 『체리Cherry』의 첫 챕터에서 서퍼들이 우글거리는 트럭을 타고 캘리포니아로 떠나기 전에 아빠에게 작별을 고하는 장면을 쓸 때였다. 내가 그렇게 떠나기 10년 전부터 아빠가 나를 전혀 돌보지 않았다고 평생토록 굳게 믿고 있었다. 그래서 그 사실을 단적으로 보여줄 장면을 떠올리려고 애썼다. 그러면서 옛날 생각에 눈물도 찔끔 나겠지 싶었다.

하지만 그런 장면을 찾지 못했다. 내가 뭔가에 열중하고 있으면 아빠는 저녁 식사가 담긴 그릇을 포일로 덮어 가져다주었다. 아빠는 아침 식사를 만들어주고, 함께 다람쥐를 보러 가거나 물고기를 잡으러 가자고 하곤 했다. 그러면 나는 싫다고 말했다. 어깨에 얹은 아빠 손을 뿌리친 것은 나였다. 콜로라도에 놀러갔을 때 어머니가 카우보이와 놀아나는 것을 모른 척한 것은 나였다. 캘리포니아로 떠나려고 나선 사람도 나였다.

물론 아빠는 물 만난 물고기처럼 술을 마셔댔고, 감정을 억제하며 강인하고 말 없는 성격이었다. 그리고 어머니의 광기를 모른 척하면서, 우리를 어머니로부터 보호하지 않았다. 하지만 아빠는 나를 어디서 기다리겠다고 말하고서 나타나지 않은 적이 한 번도 없었고, 내가 집을 떠날 때 크게 상심했다.

이 사실을 깨닫고 큰 충격을 받았다. 나는 수십 년 동안 심리 치료를 받으며 아빠에게 버림받은 상처를 토로했다. 아빠는 내가 스물다섯 살 때 술을 더 못 마실 정도로 몸이 고장 났다. 하지만 아빠가 나를 버렸다는 관점은 말도 안 되는 것이었다. 그것은 내가 아빠를 떠난 죄책감을 달래느라 만들어낸 편리한 거짓말이었다.

『체리』를 쓰면서 터진 또 하나의 거품은 내가 십 대 시절에 머리가 비상하고 똑똑했다는 오랜 확신이었다. 하지만 자료를 수집하다 보니 그랬다는 증거가 전혀 없었다. 이를테면 십 학년 이후로 고급 수학반에 들어가지 못했다. 미술 과목에서 D학점을 받았고 다른 과목 점수도 영 별로였다. 『안나 카레리나Anna Karenina』 같은 세계명작을 한 권 읽었다면 엘드리지 클리버Eldridge Cleaver의 『얼음 위의 영혼Soul on Ice』이나 애비 호프먼Abbie Hoffman의 『이 책을 훔쳐라Steal This Book』 같은 반체제적 도서를 열 권씩 읽었다.

똑똑하지 않았는데 왜 내가 똑똑하다고 생각했을까? 내가 어울려 다녔고 나중에는 같이 살기도 한 마약거래자들에 비하면 나는 천재였기 때문이다. 그들은 감방에 몇 년씩 들어가고 칼부림이나 에이즈로 죽거나, 총이나 이산화탄소로 자살해 일찍 죽은 사람들이었으니. 하지만 주된 이유는 아마도 내가 지식인을 동경했기 때문일 것이다. 나와 가장 친한 친구는 학교에서 가장 똑똑한 여학생이었다. 내가 사귄 두 남학생과 그 친구는 대학 입학을 위한 학력평가 시험에서 우수한 성적을 올렸고 온갖 학교에서 장학금을 받았다. 나는 단지 똑똑한 사람인 척했던 것이다.

그런데 이 깨달음은 내가 숨기고 싶은 치부라기보다는 오히려 내 책을 더 풍부하게 채워주었다. 내가 되고 싶었던 사람과 실제 내 모습 사이의 간극을 드러내는 사례였기 때문이다. 내적 갈등과 플롯의 본질이란 그런 것이다.

『체리』의 내용은 10년 동안 내 머릿속에서 웅웅대고 있었다. 나는 주요 회고록 작품에서 빠져 있는 내용을 채워 넣고 싶었다. 내가 아는 여성 작가들은 폭행이나 변칙적인 성관계가 아닌 청소년기의 성생활에 대해 쓰지 않았다. 아예 청소년기를 거의 다루지 않았다. 대부분 유년기에서 대학 시절로 성큼 뛰어넘었다.

남성 작가의 성장기를 다룬 자전적 글쓰기에는 청소년기의 반항 행위가 넘쳐난다. 이를테면 프랭크 매코트는 『안젤라의 재』에서 자위에 몰두했고 연상 여인의 유혹에 넘어갔다. 어린 해리 크루스는 현관 아래에서 연상의 소녀와 관계를 맺었다.

프랭크 콘로이는 도서관 책꽂이 뒤에서 한 소녀를 훔쳐보다가 소녀의 가슴을 보고는 세상이 "문득 조화로워졌다"고 느꼈다. 작가의 시적인 언어 덕분에 이 장면은 외설적이지 않다. 자위 장면은 처음에는 애틋했다가 나중에는 무서워진다.

나는 조심스레 자세를 바꾸고 내 안으로 파고들었다. 반갑네, 오랜 친구여. 허허벌판의 동지여. 선물을 주는 이여.

책을 몇 권 옮기자 소녀가 보였다. 그녀의 일부, 하얀 면으로 둘러싸인 목에서 가슴까지의 부분이. (…) 이런 상태에서는 신 내린 사람처럼 모든 것이 선명하게 보인다. 한쪽 가슴, 손목, 곡선을 이룬 엉덩이가 순수하고 의미심장한 이미지가 되어 뇌의 가장 부드러운 부위로 직접 전달된다.

콘로이가 이렇게 강렬하게 집중한 상태에서 갑자기 관점이 이동했다. 그는 소녀가 괴로워하며 흐느끼고 있는 것을 보았다. "나는 눈동자를 바늘에 찔린 것처럼 움찔하며 물러났다."

콘로이는 챕터 「동정 잃기 Losing My Cherry」에서 동정을 잃으면서 겪은 내면의 변화를 서술했다.

그녀의 성性은 더 이상 손으로 만질 수 있는 깊숙한 비밀을 찾기 위해 관통하는 입구가 아니었다. 그것은 갑자기 미끄러워졌다. 그것 너머로 굳이 갈 필요가 없는 무성한 꽃잎이 되었다.

다 끝나고 나서 나는 황홀경에 빠져 가만히 누워 있었다.

하지만 내가 존경하는 여성 작가의 작품들에는 위와 같은 내용이 없었다. 그들은 욕망을 생략하고 지나갔다. 사춘기와 자위행위를 지나쳐버렸고, 섹스는 충분히 나이가 든 다음부터 의학적으로 묘사되었다.

비정상적인 경우는 예외였다. 마야 안젤루는 『새장에 갇힌 새가 왜 노래하는지 나는 아네』에서 어렸을 때 당한 성폭행을 묘사했다. 물론 '좋았던 부분' 때문에 느낀 죄책감도 들어 있었다. "그가 너무도 부드럽게 안아줘서 나는 그가 그대로 영원히 나를 안고 있기를 바랐다." 하지만 그는 안젤루를 격렬하게 강간하기 위해 몸을 풀고 있었던 것이었다.

> 그리고 통증이 왔다. 감각마저 갈기갈기 찢기는 순간 그가 내 몸을 부수고 들어왔다. 여덟 살 난 아이를 강간한다는 것은 낙타가 바늘귀를 통과할 수 없어서 바늘이 부러지는 꼴이었다. 결국 아이가 양보한다. 아이의 몸은 양보할 수 있지만 가해자의 마음은 양보할 수 없기 때문이다. 나는 내가 죽은 줄 알았다.

안젤루의 죄책감은 나의 죄책감과도 비슷했고, 안젤루가 잘못이 없다는 확신이 들었기에 나도 잘못이 없을 수도 있다는 생각을 할 수 있었다. "프리먼 아저씨가 크게 잘못한 것은 사실이지만, 그가 그렇게 하도록 내가 도왔다고 나는 굳게 믿고 있었다." (강간범이 일찍 풀려나 도살장 뒤에서 살해당한 채로 발견되자, 나는 정의가 실현돼 기쁘면서도 조금은 착잡했다.)

하지만 안젤루가 대학생이 돼 남자와 잠자리를 가졌을 때는 아무런 묘사가 없었다. 캐스린 해리슨도 대학 시절 남자친구와의 친밀한 관계나 자신의 육체적 반응을 전혀 서술하지 않았다.

메리 매카시의 『가톨릭 신자였던 소녀 시절의 추억』은 그나마 이 주제에 가장 가까이 다가간다. 하지만 매카시는 관계를 맺을 때보다 책을 살 때 더 쾌락을 느꼈다. "이 일로 나는 극도로 흥분했다. 그것은 내가 내 돈으로 산 가장 비싼 책이었다." 이를 유부남과 술을 마시고 호텔에서 같이 자는 장면과 비교해보자.

> 키스가 조금 지루해졌다. 계속 똑같은 방식으로 해서 그런지 흥분되지 않았다. (…) 나는 정신적으로만 성숙했고, 도덕적 이유에서가 아니라 '쉬운 여자'로 여겨지는 게 두려웠기에 순결을 잃는 것이 죽도록 무서웠다.

매카시가 살았던 시대에는 그럴 수밖에 없었겠지만, 책을 읽으며 그녀에게 과연 몸이 있기나 한지 의문이 들었다. 마치 1960년쯤 체육 시간에 틀어주던 성교육 영상 같았다.

『체리』를 구상했을 때 나는 과거의 조신한 여성들이 사춘기의 욕망 위에 덮어놓은 뜨뜻미지근한 문장들을 단숨에 벗겨낼 태세였다.

하지만 글을 쓰기 시작하자마자 문제가 심각하다는 것을 깨달았다. 예를 들어 남성의 성기를 가리키는 단어 중에는 저속하지 않으면서 유아적인 것들이 있다. 그래서 부푼 욕구를 표출하면서도 천진난만하게 굴 수 있다. 여성에게는 그런 단어가 없다. 어린 여자아이의 성기를 표준 명칭으로 일컫는 것조차 지극히 부적절하다는 느낌이 든다. 내가 어린 시절에 느낀 것들을 적었더니 소아 성애자를 유혹하는 롤리타가 된 기분이었다.

마침내 깨달았다. 나는 글을 쓰면서 무의식적으로 서른이 넘은 나의 성욕을 어린 나에게 덧씌우고 있었던 것이다. 그래서 가짜 감정이라는 기분이 든 것이다. 내 글에서 빠져 있던 것은 누군가에게 사랑받고 싶어 하는 소녀의 막연한 집착이었다. 어린 나의 환상 속에 가득 들어찬 감상적인 낭만에는 미성년자 관람 불가적인 요소가 전혀 없었던 것이다. 남자아이에게 푹 빠지는 것은 섹스를 하고 싶어 못 견디는 것과는 별개의 문제였다. 나는 살을 섞고 한 몸이 되는 것을 꿈꾸지 않았다. 그보다는 좋아하는 남자아이가 롤러스케이트장에서 붉은 장미 한 송이를 들고 내게 다가오는 광경을 상상했다.

전혀 야하지도 않고 멋들어진 구석도 없는 상상이었다. 하지만 나는 그것을 그려내는 작업에 도전했다. 공책에 남학생의 이름을 열 번 쓰면서 빠져드는 무아지경이라든지, 미식축구장에서 남학생을 훔쳐보며 그가 달려와 안아줬으면 좋겠다고 기도한다든지, 그런 감정을 재현하려 했다.

결국 나는 사춘기의 욕구를 어린 내가 느꼈던 그대로 시적으로, 비유적으로 짚어내려 애썼다. 야하지는 않지만 강렬한 감정을 담았다. 제목을 『체리』라고 지은 것은 역설적인 효과를 내기 위해서였다. * 과일 이름인 '체리'는 동정을 뜻하는 속어로 사용된다 * 나는 파란만장한 가정사와 유년기에 당한 강간 때문에 일찌감치 순수함을 잃었다고 여겼다. 하지만 글을 쓰면 쓸수록 나는 내가 순수함을 잃은 게 아니었음을 알게 되었다. 순수함을 곧 믿는 능력, 특히 사랑을 믿는 능력으로 정의한다면. 희망과 달콤한 기대는 나를 떠난 적이 없었다. 어떤 면에서는 지금도 고이 간직하고 있다.

『리트』를 쓸 때도 확실하다고 믿었던 지난날의 기억이 흔들리는 바람에 몹시 괴로웠다. 이혼했다는 사실 때문에 내가 자꾸 색안경을 끼고 과거의 결혼 생활을 바라보는 것이었다. 나는 이야기의 순서와 초점을 바꿔가며 똑같은 내용을 거듭 다시 써보았다. 처음에는 전남편을 완벽한 인간으로, 나를 술 취한 창녀처럼 보이게 하는 사건들을 늘어놓았다. 다음에는 전남편을 차갑고 냉정한 중산층 백인으로, 나를 마음씨가 따뜻한 여인으로 그려냈다. 계속 써봐도 글에 담긴 감정들이 진실하게 여겨지지 않았다. 나는 절망에 빠졌다. 아파트를 팔아 계약금을 돌려줘야 하나 고민될 지경이었다.

그러기를 7개월째, 조금이나마 진실을 엿볼 수 있기를 기도하던 나날이었다. 어느 날 명상을 마친 뒤, 젊고 사랑에 빠진 전남편과 내가 처음 만났을 즈음 튜브에 몸을 싣고 버몬트의 어느 강에서 둥둥 떠내려가던 장면이 불현듯 떠올랐다. 그때 우리는 얼마나 다정했던가. 이 기억과 함께 칼로 찌르는 듯한 통증이 느껴졌다. 나는 우리가 사랑에 빠져 앞날에 대한 희망에 부풀어 있던 시절을 힘껏 외면하고 있었다. 내가 고약한 아내였다고 자조적으로 농담이나 던지는 것이 훨씬 쉬웠다.

어리석은 희망을 글로 쓸 때 가장 마음이 아픈 법이다. 우리가 수십 년 동안 추구한 계획에 깃들어 있던 어리석은 희망. 막다른 골목에서도, 절벽에서도 붙들고 있던 어리석은 희망. 글을 쓰다가 막힐 때는 과거에 무엇을 꿈꿨는지 찬찬히 더듬어보는 것도 좋다. 현재의 자아로 과거를 덮어 진짜 이야기를 숨기고 있는 것은 아닌지 스스로에게 물어보자.

20

글쓰기가 막힌 초심자를 위한 기법들

그렇다. 아주 작아진 기분이었다.

타자기가 피아노보다 커 보였고 나는 분자 하나보다도 작았다.

어떡하지? 나는 술을 더 들이켰다.

알베르트 산체스 피뇰 Albert Sánchez Piñol

글을 쓰다가 막히면 계속 써나가기가 쉽지 않다. 그럴 때 특별한 방법은 없다. 특히 초심자에게 유일한 해결책은 어느 정도 속도가 붙을 때까지 정신을 집중하고 손을 계속 움직여 종이를 채우는 것이다. 여러 글쓰기 교재에 나오는 다양한 방법들을 추천하는 사람도 있지만 개인적으로 그렇게 해서 결과물이 제대로 나오는 것을 본 적이 없다. 그보다는 글쓰기를 계속 연마할 수 있는 지적인 활동들을 찾기를 권한다.

다음으로 여러 위대한 작가들에게서 배운 몇 가지 방법을 적어 둔다. 내가 의자에 계속 눌러앉아 있기 위해 쓰는 방법들이다. 그

중 일부는 넓은 종이 위에 펜을 놀려가며 손으로 글을 쓰는 행위와 관련이 있다. 손으로 글을 쓰면 키보드를 칠 때보다 더 천천히 생각하며 작업할 수 있다. 더 몰입하게 되는 효과가 있다.

1. 시나 산문을 읽다가 마음에 드는 부분을 작은 공책, 즉 자신만의 비망록에 옮겨 적자. 이를 통해 위대한 작가가 글을 쓰면서 어떤 선택을 하는지 가장 잘 배울 수 있다. 그리고 영감을 주는 글을 간편하게 몸에 지니고 다닐 수 있다.

2. 블로그든 잡지든, 어디에든 서평이나 평론을 써보자. 이런 장르의 글쓰기는 자기 의견에 대한 근거를 찾는 연습이 되고 더 명확하게 사고할 수 있게 만든다.

3. 일기와 더불어 독서일기도 써보자. 인용문이 들어가는 한 쪽짜리 서평을 쓰는 것이다. 그리고 의견을 뒷받침하는 내용도 덧붙인다. 쓰다 보면 "네루다Neruda는 초현실주의자다"라고만 쓸 수는 없다. 네루다가 "더러운 눈물이 천천히 흘러내리는" 빨래를 바라본 것을 인용해야 한다. 그리고 초현실주의를 정의하기 위해 자료를 찾게 될 것이다.

4. 수첩만 한 크기의 인덱스카드에 마음에 드는 인용문을 손으로 적어라. 왼쪽에는 작가 이름, 오른쪽에는 출처와 페이지 번호를 적는다(나는 이것을 스탠리 쿠니츠Stanley Kunitz에게 배웠다. 이제는 수천 개의 카드에서 필요한 것을 골라 수업할 때 활용한다).

5. 글쓰기가 막혔을 때는 시를 읽어라. 시를 찬찬히 외우다 보면 독자의 시간을 낭비하지 않고 글 쓰는 법을 배울 수 있다.

6. 파악하기 힘든 등장인물이나 죽은 이에게 손으로 편지를 써보라. 1년 동안 글쓰기 수업을 듣는 것보다 그런 편지를 직접 써볼 때 자신의 '목소리'에 대해 더 많은 것을 배울 수 있다. 편지는 각각의 인물들을 대상으로 글을 쓰는 일이기에 다양한 방식의 말하기 연습이 된다.

2
1

글 속에서 변화하고 성장하라

내가 마지막으로 기억하는 것은 교장 선생님의 작별 인사였다.
"잘 가게, 그레이브스, 자네의 가장 친한 친구는 폐지함이라는 걸 명심하게."
돌이켜보면 아주 유용한 조언이었다. (…)
나만큼 원고를 수차례 다시 쓰는 작가도 없을 것이다.

로버트 그레이브스

인생록을 쓸 때 목소리 때문에 실패하는 경우가 대부분이다. 자기만의 개성이 모자라 살아 있는 목소리, 흥미로운 목소리를 만들지 못하는 것이다. 화자의 말투가 드러내는 감정의 폭이 제한적이어서 단조로운 목소리가 될 때도 있다. 너무 무심한 목소리 혹은 너무 신랄한 목소리도 읽는 재미를 없앤다. 문장이 지루하고 뻔해도 곤란하고, 너무 일관성이 없어서 읽는 사람이 누가 말하고 있는지 어디서 온 인물들인지 파악할 수 없을 지경이 돼도 곤란하다.

그러면 결국 독자는 목소리를 신뢰하지 못하게 될 것이다. 작가의 내면적 삶이나 외면적 삶에 대한 관심도 사라질 것이다. 그렇게 되면 글쓴이는 죽은 것이나 마찬가지다.

우리는 영상의 시대에 살고 있다. 그래서 구체적이고 감각적인 세부 사항에 신경을 쓰지 않고도 물리적 세계를 흐릿하고 간략하게 그려내는 법을 손쉽게 배울 수 있다. 많은 글쓰기 책들이 물리적 세계에 초점을 맞추어 조언한다. 그런 기술은 누구나 쉽게 익힐 수 있기 때문이다. 반면 인생록을 쓸 때 내면의 삶을 어떻게 드러나게 할 수 있는지를 다루는 교재는 거의 없다.

액션 영화처럼 눈에 보이는 것에만 치중하는 매체에서는 내면의 삶을 드러내기 어렵다. 화면에서 기껏해야 정신과 의사의 상담실을 보여주거나 여기저기 내레이션을 넣는 정도다. 따라서 인생록을 쓰려는 사람들은 화려한 영상을 뽐내는 영화와 드라마가 할 수 없는 것에 집중해야 그 매체들과 겨룰 수 있다. 영화와 드라마가 할 수 없는 것이란 바로 내면의 심오한 진실을 글로 쓰는 것이다.

먼저 책의 짜임새를 결정할 내부의 적을 찾아야 한다. 항상 내 안에 도사리고 있어서 언뜻 짐작이 가기는 한다. 하지만 내 안의 초조함과 갈망을 떠오르는 대로 써본 뒤에야 그 존재가 무엇인지를 확실히 찾아낼 수 있다. 초고를 다 쓰고 나서야 찾을 때도 있다. 아무튼 일단 내부의 적을 찾으면 그것을 중심으로 원고를 수정한다.

다음으로는 세월이 흐를수록 자아가 성장하면서 내적 갈등을 해결하는 모습을 글로 쓴다. 내가 경험한 좌절과 곤경이 마지막에는 나를 달라지게 해야 한다. 인생록이 실패하는 또 다른 경우는 시간은 흐르는데 화자가 달라지지 못할 때다. 변화하지 않는 인물, 깊이가 없는 인물은 어떻게 행동할지가 빤히 보인다. 자기 심리에 대한 이해가 부족하면 서술이 얄팍해진다. 그래서 화자가 항상 씩씩하거나 인내심이 강하거나 자기희생적이거나 재치 있거나 잘난 체한다. 그런 등장인물은 너무 진부하고 예측 가능하다. 삶은 예측 불가능할 때가 많고, 예술은 예측 가능해서는 안 되는데 말이다.

가장 상투적인 예는 오늘날 넘쳐나는 매 맞는 회고록이다. "엉덩이에 매를 맞았다. 일어섰더니 또 맞았다. 나는 그러고도 불쌍하게 또 맞았다." 훌륭한 홀로코스트 생존자의 인생록은 극심한 고통만 그려낸 것이 아니라 원대한 희망과 지혜, 정신적 인내와 호기심도 함께 보여준다. 그 책들은 같은 말을 따분하게 되풀이하며 한 가지 사실만 내세우려고 쓴 것이 아니라 복합적인 현상을 사람들이 이해하게 하려고 쓴 것이다. 『나는 십 대 성노예였다I Was a Teenage Sex Slave』처럼 단 한 가지만을 이야기한 책에 대중이 병적인 관심을 보일 수는 있지만, 전쟁이나 수용소 같은 환경이 충분히 극적이거나 다채롭게 묘사되지 않았다면 독자가 그 책을 다시 읽는 일은 없을 것이다.

정치적 의도가 있지 않은 한, 신랄한 어조는 지겨워지고 복수심에 불타는 목소리는 읽기 힘겨워진다. 독자는 작가가 자기주장을 강조하는 방향으로 책의 모든 내용을 구성했다는 사실을 빨리 눈치채기 때문이다.

사건 전개의 속도 조절을 잘못해 실패하기도 한다. 극적인 사건은 빨리 지나치면서, 지루한 정보를 달팽이처럼 느린 속도로 나열하거나, 이야기가 삼천포로 빠지면 곤란하다.

화자가 사건에 너무 숨 막힐 정도로 가까이 있으면 독자를 짓누를 수도 있다. 아니면 너무 거리를 두는 바람에 중요한 진실이 드러나는 순간 농담하는 듯한 분위기가 될 수도 있다.

자신이 성소수자임을 주위에 밝히지 않은 작가가 꽤 긴 분량의 부끄러움과 두려움을 설명한 끝에 난생 처음으로 관계를 가진 이야기를 읽은 적이 있다. 그는 클럽에서 상대에게 선택되고 마침내 상대를 자기 집으로 데려갔다. 그런데 대단원에 이르러 작가는 돌연히 장대높이뛰기라도 한 듯이 그 장면에서 완전히 벗어나 자신의 박사학위 논문을 장황하게 논했고, 이야기는 그렇게 마무리되었다. 물론 신중을 기하기 위해 육체적인 장면에 가림막을 칠 수는 있다. 포르노그래피처럼 상세히 묘사할 필요는 없다. 하지만 그런 중요한 사건이 화자에게 미친 정신적 영향을 전혀 언급하지 않고 방향을 확 틀어버리면, 작가가 독자에게 앞서 한 약속을 저버리는 셈이 된다.

가장 기본적인 차원에서 보면, 모자란 글은 모자란 문장으로 이루어져 있다. 모자란 글은 고치고 고칠 뿐이다. 시인 로버트 하스는 시의 행 하나하나를 다듬어가며 시를 고쳐 쓸 수 있다는 사실을 가르쳐주었다. 그렇듯 나는 고치고 또 고친다. 나와 일해본 편집자들은 내 초고가 얼마나 형편없는지 다 알고 있다. 퇴고는 과거에 내 감정이 우러나온 것과 같은 방식, 또는 내가 현재 그 감정을 바라보는 방식으로 읽는 사람의 감정을 선명하게 불러일으키는 작업이다. 『리트』 초고의 어느 챕터는 이렇게 시작되었다.

> 어머니는 우리의 노란 스테이션왜건을 몰고 나를 대학으로 데려가고 있었다. 우리는 밤이면 밤마다 홀리데이인에 묵으면서 스크루드라이버 칵테일에 취했다.

이것은 정보다. 어머니와 함께 술에 취하는 행동은 감정상의 문제가 있음을 암시하지만, 이 사건에 드라마나 갈등이 들어 있지는 않다. 노란 자동차를 제외하면 물리적 특성이 드러나지도 않았다. 칵테일은 말썽의 소지가 있음을 암시하지만 장거리 운전과 관련된 복잡한 감정을 드러내지 못한다. 묘사는 없고 자료를 그대로 전달하고 있다. 이것만 가지고 우선 나는 쓰기 시작했다. 이제 내가 이 메마른 글 한 토막을 한결 풍부하게 살찌운 과정을 말하려 한다.

나는 그 당시의 육체적 기억, 육체적 사실을 떠올려보았다. 차에 에어컨이 없어서 어머니는 싸구려 에어컨을 설치했다. 그것은 계기판에 대롱대롱 매달려 있었다. 에어컨에 물방울이 맺히곤 해서 어머니가 급하게 우회전을 하면 화학적 냉매를 연상시키는 차가운 물이 내 맨발에 튀곤 했다. 얼음처럼 차가운 물방울 때문에 그 생생한 찰나에 기적적으로 세례를 받는 기분이었다. 기억의 눈이 별안간 떠지는 경험이었다.

그 장면은 만연체의 현재 시제로 내 시야에 떠올랐다. 시선을 아래로 향하니 캘리포니아에서 산 큼지막한 대나무 샌들이 보였다. 샌들에 달린 검은 벨벳 줄은 차가운 물에 젖어가고 있었다. 나는 다시 그 차를 타고 있었다. 어머니가 쓴 중산모자가 보였다. 어머니는 그것을 포주들이 쓰는 모자라고 불렀다. 휴스턴에서 내 것도 하나 사주었다. 어머니는 관절염에 좋다고 누가 알려준 구리 팔찌를 끼고 있어 손목에 초록 물이 들어 있었다. 그리고 다른 감각 기억도 하나둘 떠오르기 시작했다. 아칸소에서 잔뜩 사놓은 복숭아 향이 났다. 그리고 어머니가 죽죽 들이킨 칵테일 속의 보드

카 냄새도 났다.

그런 감각 기억들 속에 머물다가 구절 하나를 맞닥뜨렸다. 피치스 갈로어peaches galore. * 복숭아가 무척 많다는 뜻 * 어머니는 피치스 갈로어라고 말했다. 그래서 나는 '그거 좀 웃기는 댄서 이름 아닌가요?'라고 물었다. 그러자 어머니가 말했다. '그건 푸시 갈로어Pussy Galore * 제임스 본드 시리즈 중 〈골드핑거Goldfinger〉에 등장하는 곡예사 출신의 본드걸 * 였지.' 어머니가 '푸시'라는 단어를 말하는 모습은 게걸스럽게 복숭아를 삼키는 것만큼이나 당혹스러워서 나는 나도 모르게 움찔했다. * 푸시pussy는 여성의 성기를 가리키는 은어 * 그리고 왠지 어머니와 한배를 탄 기분이 들었다. 어머니가 내게 관심을 쏟는 일은 매우 드물었기에 어떻게 보면 그 자동차 여행은 내게 사치였다. 하지만 동시에 도망치고 싶기도 했다. 그렇게 충돌하는 욕구들 덕분에 그 챕터의 감정들이 풍성하게 영글었다. 그쯤 되자 과거라는 동굴에서 한꺼번에 쏟아져 나오는 박쥐 떼처럼 기억이 몰려오기 시작했다. 그때 나는 어머니를 위해 『백년의 고독』의 초기 영역본을 소리 내 읽었다.

나중에 출간된 책에는 그 소설도 나오고 푸시 갈로어 이야기도 나오고 중산모자도 카메오로 나왔다. 구리 팔찌와 에어컨은 빠졌다. 그리고 아이오와의 아름다운 옥수수밭이 나왔다. 끝없이 펼쳐진 옥수수밭의 질서, 커다랗고 하얀 집과 풍요로운 농장, 그것은 내가 걸어 들어가고 싶었던 미국의 풍경이었다. 나의 구질구질한 고향과 황진 * Dust Bowl, 1930년대 미국과 캐나다의 평원에서 심한 가뭄으로 일었던 대규모 모래 폭풍 * 피해를 겪으며 자란 어머니의 유년기와는 정반대되는 것이었다.

옥수수밭은 당시 나의 염원을 나타내는 적당한 상징물이었다. 정상적인 어린 시절을 보낸 사람이라면 옥수수밭의 질서 정연한 반복을 두려워할지 모르지만, 내가 느끼기에 그 질서는 평온하기 그지없었다. 그래서 옥수수밭 이미지를 챕터 첫머리에 넣었다.

어머니의 노란 스테이션왜건은 아이오와 옥수수밭 사이 회색 도로를 따라 모노폴리 게임의 말처럼 미끄러졌다. 옥수수의 초록빛에 대비되어 저 멀리 거대한 은색 저장탑과 녹슬지 않고 윤이 나는 황적색 트랙터가 간간이 눈에 들어왔다. 어머니는 이 지역 농부들이 그녀가 자란 서부 텍사스의 황진 피해를 입은 영세농과 차원이 다르게 부유하다고 이야기해주었다. 그런 영세농들은 개구리를 잡아 보관하던 포대에서 빌린 씨앗을 조금씩 꺼내 나눠주곤 했다고.

그때 나는 열일곱 살이었고 그날 밤이면 도착할 사립대학교에 적응할 걱정으로 손톱을 다 물어뜯은 상태였다. 학교는 내가 불쌍하기도 했을 것이고 무심결에 입학 허가를 내준 것이 분명했다. 게다가 전날 밤 캔자스시티에서 이름값을 못하는 홀리데이인에 묵으면서 어머니와 함께

들이킨 스크루드라이버 칵테일이 남긴 숙취 때문에 머리가 깨질 것 같았다. 그래서 어머니에게 이런 식으로 대꾸했다. '재수 없는 옛날 얘기 좀 그만해요. 집 떠나고서 팔백만 번도 더 들었겠네.'

여기에는 육체적 묘사가 들어 있다. 예를 들어 모노폴리 게임의 말 같은 자동차가 있다(이 장면을 상상 속에서 떠올리는 사람의 시점에서만 쓸 수 있는 표현이다). 그리고 어린 나는 숙취가 심했고 손톱을 물어뜯었다. 어머니와 딸이 밤에 함께 술을 마신다는 정보와 더불어, 초고에 없는 다음의 배경지식도 들어 있다.

- 어머니가 텍사스 건조 지대에서 자라났다는 점
- 화자의 나이
- 화자의 출신 지역
- 화자가 걱정을 많이 하는 성격이라는 점
- 화자가 곧 입학할 대학의 수준이 화자의 사회적 지위보다 높다는 점
- 화자의 고교 성적이 엉망이라는 점

이 정도면 감정적 갈등을 빚기 위한 내부 정보가 넉넉하게 나왔다.

- 딸은 어울리지 않게 수준 높은 대학에 가게 됐다고 걱정하고, 게다가 어머니의 가난한 배경 때문에 더욱 초조해한다.
- 딸이 어머니에게 재수 없는 옛날 얘기를 듣기 싫다고 말한 것은 다소 보편적인 모녀간의 갈등이다. 하지만 딸이 어머니에게 "재수 없는"이란 표현을 쓴 것은 그 시대의 도덕적 잣대에 비춰볼 때 도가 지나쳤다. 이 표현은 두 인물 사이에 격의가 없는 것이 곧 주된 갈등 요인임을 시사한다.

여기에 더해 진실에 관한 내 생각을 조금 더 풀어 설명하겠다.

- 모노폴리 게임의 비유는 이 장면이 내가 어른이 된 작가의 시점에서 떠올린 장면임을 드러낸다.
- "어머니에게 이런 식으로 대꾸했다"라고 쓴 이유는 일기장이나 객관적인 속기록에서 직접 인용한 대화가 아니라 재구성한 대화이기 때문이다.

가장 중요한 것은 이 장면에 책 전체를 관통하는 주된 감정적 진실이 들어 있다는 점이다. 십 대 때 나는 어머니처럼 자유분방한 예술가가 되고 싶었다. 우리는 위대한 소설 작품을 함께 읽기도 했다. 하지만 어머니의 길을 따라가면 나는 술꾼에다 감정 기복이

심하고 차를 박살내기나 하는, 자녀를 제대로 양육할 수 없는 사람이 될 것이 뻔했다. 어머니는 열일곱 살의 내가 또래 친구라도 되는 양 같이 술을 퍼마셨단 말이다. 또한 나는 진절머리 나는 고향을 떠나고 싶어 했는데, 어머니도 고향이 싫지만 나 때문에 오도 가도 못 하고 그곳에 박혀 있어야 했다고 나를 원망했다. 그러다 보니 초조함과 더불어 어머니를 남겨두고 떠나는 것에 대해 죄책감까지 느꼈다. 수정된 원고에서는 아빠의 표현을 빌리자면 커피 통에 갇힌 두 마리 다람쥐처럼 그 차의 작은 공간에서 소용돌이치던 혼란스러운 감정을 드러내려 애썼다. 자, 죽어버린 기억이 완전히 살아난 것이다. 내 안의 감정은 더 혼란스러워졌지만 어쨌든 글쓰기는 구원받았다.

22

인생 이야기를 쓰기 위한 체크리스트

> 글을 쓸 때마다 적어도 삼분의 일을 쳐내라.
> 하찮은 비유는 그만 만들어라. 무엇을 말하고 싶은지를 파악하라.
> 그리고 그것을 능력껏 가장 직설적이고 강렬하게 말하라. (…)
> 밤의 조용한 시간에 일어나 손가락을 찌르고 거기서 나온 피로
> 글을 써라.
> 그러면 농담 따위는 쓰지 않게 될 것이다!
>
> 힐러리 맨틀

글을 단숨에 써 내려가는 능력을 타고난 사람들에게는 이 챕터의 내용이 나중에 다 쓴 원고를 퇴고하고 틀을 잡고 박진감을 더할 때에나 유용할 것이다. 하지만 내가 이 글을 쓰는 것은 이야기가 흘러넘칠 것 같아 자리에 앉고 나서 '앗, 뭘 먼저 쓰지?' 하고 생각하는 사람들을 위해서다.

능력껏 그 질문에 대한 답을 써보았다. 약간의 위안도 될 것이

다. 방향을 잃어도 괜찮다. 방향을 잃는다는 것은 나중에 새로운 길을 찾게 된다는 뜻이다. 호기심이 많은 사람이라면 누구나 글을 다 쓰기 전에 이리저리 방황할 일이 많을 것이다. 첫날부터 필요한 것들이 한꺼번에 나타나지는 않는다. 처음에는 다음의 요소들이 필요하다.

1. 생생한 기억 – 머릿속의 육체적 세계

2. 이야기와 그것을 말하고자 하는 열정

3. 전달해야 하는 기초 정보나 자료

4. 일정 기간 확신이 없는 상태에서도 매일 작업하는 자기 관리 능력(내 경우에는 이야기 속으로 들어가는 길을 찾을 때까지 보통 3~5주 걸린다. 한번은 1년 동안이나 잡초 밭을 헤맨 적도 있다.)

나머지는 글을 쓰면서 파악하고 처리하면 된다. 사실 자기 이야기를 쓰기 시작하면 각 요소가 저절로 제자리를 잡곤 한다. 글을 쓰면서 자신의 개성을 가장 잘 살리는 목소리, 내면의 관점, 인생록의 구심점인 내부의 적 등 앞서 언급한 요소들을 계속 찾아야 한다.

작가들은 공식과 체크리스트를 싫어한다. 한때 사제가 제우스의 신탁을 전했듯이 아름다운 글월을 전하는 타고난 샤먼으로 분장하는 편이 더 재미있기는 하다. 그런데 내 책들을 살펴보니 다음의 체크리스트에 해당하는 요소들이 거의 다 들어 있었다. 내가 글쓰기 수업에 사용하는 다른 작품들도 마찬가지였다.

1. 오감을 모두 사용해 작품의 시대적 배경에 존재하는 물리적 현실을 그려내라. 그것은 있음직한 인물이 돌아다니고 있음직한 사물이 놓여 있는 독특하고 매력적인 장소다. 화자의 몸이나 운동성이 포함돼야 한다.

2. 자신이 살아온 환경을 보여주고 작가의 재능을 한껏 드러내는 이야기를 들려주어라. 기억은 이야기로 이루어져 있다. 그러니 언제나 이야기에서 시작해야 한다.

3. 감정적 갈등을 드러내는 장면에 자신의 현재 자아나 지난날의 모습에 관한 정보들을 자연스럽게 끼워 넣어라.

나머지는 내면과 관련된 요소들이다.

4. 작가는 왜 과거에 열중하거나 과거를 절박하게 마주하려 하는가? 그의 내부의 적은 무엇인가? 주된 감정적 문제가 무엇인지 파악해라.

5. 생각하고 파악하고 궁리하고 짐작해라. 작가가 진실을 가늠하는 모습, 작가의 환상과 가치관, 계획, 실패를 그대로 보여주어라.

6. 시간을 거슬러 왔다 갔다 해라. 작품 초반에 '회상'하는 목소리와 '그 당시'의 목소리를 설정하라.

7. 진실과 기억을 대하는 나의 태도에 독자가 공감하게 해라.

8. 내가 겪은 고통을 길게 늘어놓기보다는 어떻게 살아남았는지를 보여주어라. 독자가 어두운 부분들을 잘 읽어 넘길 수 있게 유머를 활용하거나 어른이 된 화자를 개입시켜라.

9. 과장하지 말라. 내 자신이 뼈저리게 느낀 것은 무엇이든 설득력이 있다는 사실을 믿어라.

10. 사각지대가 없는지 다시 살펴보아라. 책을 다 쓸 때까지 없었다면,

되고 단계에서 뭔가 생각이 바뀌는 지점이 있는지 유심히 살펴라. 자신이 무엇을 피하려 하는지, 무엇에 연연하는지 파악하라.

11. (1~10까지와 관련이 있다.) 등장인물을 사랑해라. 그들이 왜 그렇게 행동했는지, 왜 그런 사람이었는지 스스로에게 물어보아라. 나는 내가 미워하거나 원망하는 사람들을 하느님의 눈으로 보기 위해 가끔 기도한다. 그러면 내 원고도, 내 마음도 달랠 수 있다.

그런데 이 모든 체크리스트를 지킬 수 없는 함정이 있다. 글을 쓸 때는 자기 고유의 재능으로 글을 이끌어가야 한다. 그러다 보면 이 체크리스트를 모두 무시해야 할 수도 있다.

2
3

내 이야기가 누군가를 구원할 수도 있다

아, 무無로 돌아가라, 거장은 말했다.

집 주위에 널브러진 것들을 사용하라.

단순하고 슬픈 글을 써라.

스티븐 던Stephen Dunn

훌륭한 자전적 글쓰기 작품 중에는 전쟁에서의 경험을 다룬 것이 많다. 특히 『디스패치』를 읽고 마이클 허의 목소리에 반하지 않는 사람은 드물 것이다. 영화 〈지옥의 묵시록Apocalypse Now〉의 잊으려야 잊을 수 없는 내레이션에, 허가 나중에 쓴 〈풀 메탈 재킷Full Metal Jacket〉의 영화 각본에 반하지 않는 사람도 없을 것이다. 다음에 나오는 〈지옥의 묵시록〉의 내레이션에는 『디스패치』에서 등장한 허의 목소리가 담겨 있다.

내가 벌써 몇 명이나 죽였나? 확실히 아는 것만 여섯 명이다. 그들의 마지막 숨결이 내 얼굴에 닿을 정도로 가까이에서 죽였지. 하지만 이번에는 미국인 하나랑 장교 하나다. 그렇다고 달라질 건 없어야 했지만, 내게는 달랐다. 제기랄…. 여기서 사람을 죽였다고 비난하는 일은 자동차 경주에 가서 속도위반 딱지를 떼는 것만큼 무의미했다. 나는 임무를 맡았다. 그럴 수밖에 없었거든. 하지만 나는 그 사람을 찾아내고 나면 뭘 어떻게 해야 할지 몰랐다.

마이클 허는 끔찍했던 베트남 전쟁(어쩌면 모든 끔찍한 전쟁)의 몽환적이고 초현실적인 목소리를 창조했다. 그 목소리 덕분에 허는 그가 베트남 포르노라고 지칭한 적이 있는 영화 장르의 유명 인사가 되었다.

시러큐스 대학을 중퇴한 겸손한 작가는 『디스패치』를 쓰고서 영어권 최상류 지식인이 되었다(소설가 존 르 카레John Le Carré는 『디스패치』가 "우리 시대에 인간과 전쟁을 다룬 작품 중에서 내가 읽어본 최고의 책"이라고 했다). 나 같은 젊은이들은 허의 글을 읽고, 베트남 전쟁에 대한 정부 거짓말을 폭로한 민중의 영웅으로 그를 우러러봤다. 미국이 베트남을 구해주는 척을 하러 갔든, 진짜 구해주러 갔든 아니든 간에 미국은 침입자일 수밖에 없었다는 사실을 허는 우리에게 알려주었다.

이렇듯 허의 멋진 관점은 우리가 들은 전쟁 이야기 중에서 가장 '진실해' 보였다. 그런데 그의 진실은 따옴표가 달린 새로운 진실이었다. 나는 오늘날 유행하는 '역사와 종교의 확실성을 삼켜버릴' 주관적 진실이라는 것이 『디스패치』가 나왔을 때부터 세력을 키우기 시작한 게 아닐까 생각한다. 주관적 진실을 선호하는 경향은 자전적 글쓰기 장르의 인기가 치솟는 데에 이바지했다.

우리는 정부보다 허를 더 믿었다. 아마도 허가 독한 마약에 취한 사람처럼 글을 썼기 때문일 것이다. 허의 글에는 정부의 공식 보도 자료에서 엿보이는 애국적인 태도가 없었다. 그리고 허가 전쟁을 지켜보기만 했다는 사실에서 느낀 도덕적 죄책감은 베트남 전쟁에서 미국 국민 모두가 느낀 수치심과 일맥상통했다.

허는 『디스패치』에 실제 인물 여러 명을 혼합한 등장인물과 확인되지 않은 사실이 많이 들어 있다고 밝혔다(프랑스에서는 이 책이 소설로 출간되었다). 하지만 그는 글을 쓰면서 가장 우선시한 가치가 진실성이었다고 나에게 말했다. 초반에 원고를 쓰면서 미쳐버리는 줄 알았다고, 아내가 집에 돌아와 종이 뭉치에 파묻힌 그를 발견하곤 했다고 한다. 그러다가 어느 순간 "저는 몇몇 일들에 대해 쓰는 것을 줄곧 망설이다가 마침내 써버리기로 했습니다. 지금 와서 말하려니 잘난 체하는 것 같지만, 진실을 말하기로 한 겁니다".

다른 기자들은 잠깐씩 부대를 따라 전장에 나갔다가 안전지대로 돌아가 마감 날짜에 맞춰 기사를 써 보냈지만, 허에게는 마감 날짜가 없었다. 허는 몇 달씩 부대에 머무는 내내 들려오는 대화를 공책에 빽빽하게 적었다. 지금도 내 머릿속에 떠오르는 대화들이다.

"'베트남 놈이 하나 있었고, 우린 그놈 피부를 벗겨낼 작정이었죠.' (어느 보병이 내게 말했다.) '어차피 이미 죽었거든요.'"

허는 모든 종류의 대화문을 끌어와 다정한 말과 무시무시한 말을 나란히 놓으며 모순되는 목소리들을 한데 엮었다. 로큰롤 가사, 히피들의 아포리즘, 재즈를 연상시키는 흑인 말투, 군대 약어, 가난하고 교양 없는 백인 병사들의 종교적 언어를 구사하면서 결국 찾을 수 없는 확고한 진실을 염원하는 슬픈 노래를 불렀다.

뇌리에 박히는 대화를 포착하는 허의 능력은 낯선 사람들을 순수하게 궁금해하던 그의 어린 시절에서 비롯된 것이 분명하다. 어렸을 때 탐정 놀이를 즐겼던 그는 또래 아이들이 야구에 몰두하던 나이에 남이 한 말을 토씨 하나 틀리지 않고 그대로 외우는 능력을 길렀다. 그는 한 인터뷰에서 자신의 유년 시절을 이렇게 이야기했다.

"저는 관찰하기를 즐기는 사람이었습니다. (…) 기차에서 창밖을 보는 척하면서 한 마디도 빠뜨리지 않고 대화를 엿듣는 훈련을 했죠. 열두 살 때 이미 거리를 떠돌면서 귀가하는 사람들을 따라다니곤 했습니다. 버스까지 같이 타면서요. 그들이 어디서 어떻게 사는지를 보고 싶었던 겁니다."

그는 미국 사람들의 문법에 어긋난 말투에 담긴 시적 감흥을 좋아했고, 보통 사람이 말을 할 때 풍기는 나름대로의 작은 위엄을 집어내는 귀를 길렀다.

허는 자신이 쓴 내용 대부분을 부분부분 꿰맞췄다고 고백했다. 하지만 인용문 자체는 진실하다고 주장했다. "지어낸 대화는 거의 없습니다." 다시 말해 그의 작품에서 우리를 사로잡은 목소리들은 사실상 누군가가 말한 그대로를 옮긴 것이다. 내가 보기에 이는 허의 가장 뛰어난 재능이다.

게다가 허가 역사적 방법론을 사용하지 않은 것에 대해서는 어차피 논란의 여지가 있었다. 그러나 우리는 폭격 날짜나 어느 부대가 이동한 날짜 등 외적인 사건을 정확히 알기 위해서가 아니라, 겁에 질리고 어리둥절하며 가슴이 찢어져 분개하는 화자의 내면의 여정을 따라가기 위해 그의 글을 읽는다. 그가 전하는 풍경은 시시각각 달라졌다. 그가 마구 잘라 붙인 콜라주는 너무도 흐릿하고 현실보다는 환각을 닮았기에, 사실을 수집하기 위해 그의 글을 읽는 것은 마치 사건 당시 약에 취했던 증인의 말을 믿는 것과 같다. 다음 인용문에서 허는 미국이 베트남에 간 이유를 설명한 정부의 말을 빌려, 마지막에 자기가 그곳에 간 진짜 이유를 밝혔다.

농익은 거짓말들이 넘쳐났다. 베트남 국민들의 마음을 얻자느니, 무너지는 도미노라느니, 끊임없이 잠식해 들어오는 뭐시기를 저지하여 어디어디의 균형을 유지한다느니. "다 '헛소리'일 뿐이오. 우린 베트남 놈들을 죽이려 온 거요. 이상." 나는 아니었다. 나는 지켜보러 간 것이었다.

정부의 거짓말에서 살의가 넘치는 젊은 병사로 넘어가고, 거기에서 비밀스런 감시자 허가 나타난다. "나는 지켜보러 간 것이었다"라는 문장에서 말이다. 허는 결과적으로 몹시 당황했다. "보고 싶으면서도 동시에 보고 싶지 않기도 하다."

이러한 도덕적 갈등이 바로 내가 자전적 글쓰기에서 계속 강조해온 내부의 적이다. 허는 선배 격인 헤밍웨이처럼 피 끓는 청년답게 모험을 꿈꾸며 전쟁터에 갔다. 그는 나중에 이것이 가당찮은 꿈이었다고 느꼈다. 그는 베트남에 가고 싶어 했기에 결국 가해자가 되었다. 베트남 전쟁이라는 피 튀기는 영화의 관람권을 구매함으로써 베트남 전쟁을 지지한 셈이 되어버렸다. 시체들을 보는 것은 "세상의 모든 포르노물"을 보는 것 같았다.

램프가 꺼질 때까지 지켜봤더라도 나는 떨어져나간 다리와 몸을 머릿속에서 연결 짓지 못하고 시체들의 흔한 자세나 위치를 이해할 수 없

> 었을 것이다. (…) 그들은 아무 데서나 죽은 자세 그대로 누웠다. 가시 철조망에 걸쳐 있거나 되는 대로 다른 시체 위에 올라타거나 곡예사처럼 나무에 매달린 채로. '나 봐라.'

허는 이 극적인 장면에 참전 용사들이 자주 내뱉는 블랙 유머를 넣어 분위기를 가벼워지게 했다. 죽은 사람들이 곡예사처럼 '나 봐라'라고 말했다니.

이 작품에서 허가 간절히 찾아다니는 도덕적 확실성은 결코 모습을 드러내지 않는다. 모든 장면이 거짓말과 불가사의로 뒤덮여 있다. 그는 당시 유행했던 팝송에서 따온 스푸키spooky * 으스스하고 귀신이 나올 것 같다는 뜻 * 라는 단어를 사용했다. 어떤 병사는 수수께끼처럼 이렇게 말했다. "스푸키는 이해할 겁니다."

허는 그 거대한 불가사의를, 그리고 그를 따라다니는 유령들을 둘러싼 스산한 공기를 독자가 느낄 수 있게 해주었다. 그는 사실을 숨기거나 감추지 않았다. 눈앞에 펼쳐진 광경에 대해 할 수 있는 모든 이야기를 하는데도, 확실한 것은 아무것도 없다. 그의 글을 읽다 보면, '그 사람들은 우리가 죽여야만 하는 괴물이었다'라는 단 하나의 진실을 신처럼 꼭 붙들고 있어야 전쟁에서 살아남을 수 있는 듯했다. 사실은 수천 개의 서로 모순되는 진실들이 존재하지만 아무도 그것들을 들여다보지 않고 지나쳐버렸다.

❖

허는 자신을 연민의 대상으로 삼지는 않지만, 나는 이 책이 작가 자신에 관한 책이 아니라는 어느 서평자의 말에 동의하지 않는다. 레프 톨스토이Lev Tolstoy는 이반 투르게네프Ivan Turgenev가 작품에 "작가 자신의 눈에 맺힌 눈물을 개입시킨다"고 비난했는데, 이 점에서 허도 예외는 아니다. 독자는 언제나 작가의 눈으로 책 속 세계를 바라본다는 점에서 이 책은 허 자신에 관한 책이라고 볼 수 있다. 다른 훌륭한 자전적 글쓰기에서도 마찬가지다.

물론 베트남 전쟁 중의 학살에 관해 읽고 나면 자연히 도덕적으로 분개하게 되는데, 그러면 누군가를 비난해야 한다. 하지만 비난을 하면 깊은 연민을 느낄 수 없다. 작품 끄트머리에 이르러 불교 신자가 된 허처럼 종교적인 측면에서 보면 진정한 치유는 연민을 통해서만 가능하다. 그는 전쟁터에서 발견한 아름다움과 기쁨을 전쟁의 끔찍함과 조화시키지 못했다. "그것은 서양인의 정신을 사정없이 깨부수었다. 평상시의 선악의 범위를 벗어나 있었다. 아예 차원이 달랐다."

전쟁의 다양한 목소리는 아름답기도 하고 끔찍하기도 하고 허의 표현에 따르면 '매혹적'이기도 했다. 통일되지 않은 다양한 목소리는 각기 다른 정보를 전해주었다. 풍경이 끊임없이 변화하므로 그는 누군가를 향한 분노를 배제한 도덕적 입장을 찾지 못한다. 이 분노 또한 연민을 가로막았다. 베트남만큼 윤리적 판단이 절실히 필요한 곳도 없었고, 베트남만큼 윤리적 판단이 불가능한 곳도 없었다.

젊은 병사들을 대하는 그의 따뜻한 태도에는 전염성이 있다. "나는 그들을 무척 아꼈지만 그러면 안 된다고 생각했다." 그들은 악랄한 만행을 저질렀다. "사람들을 헬리콥터 밖으로 던지고, 묶어놓고 사나운 개들을 풀어놓기도 했다." 하지만 이 젊은이들은 서로를 위해 총에 대신 맞았고 수류탄을 감싸 안았다. 그들은 말 그대로 허를 살게 해주었다. 모두 전사할 것 같은 상황에서 허가 헬리콥터까지 달릴 수 있게 사격을 중지하기도 했다. 무거운 짐을 들어주기도 하고, 비에 젖은 참호에서 가장 따뜻한 잠자리를 권하기도 했다(허는 그런 호의를 한 번도 받아들이지 않았다). 허는 그들을 존경하고 불쌍해하고 아끼고 피했다. "나는 그들의 일원이 되지 않으면서 되도록 가까이 다가갔고, 나중에는 지구를 떠나기라도 할 태세로 최대한 멀찍이 떨어졌다."

"열아홉 살짜리가 자기는 이 일을 하기에 나이가 너무 많아진 것 같다고 진심으로 고백할 때 어떤 기분이 드는가?" 이렇듯 병사들을 향한 허의 연민 덕분에 그의 혐오와 우리의 혐오가 조금은 옅어진다. 이것이 훌륭한 인생록이 벌이는 일이다.

> 베트남 사람들만 불쌍하다고 말하는 이들도 있었다. 하지만 그들이 참전 용사들을 전혀 가엾게 여기지 않았다면 사실 아무도 불쌍히 여기지 않았다고 본다. 군인들은 그들을 위해 죽어갔고 그들을 위해 인생을 망쳤던 것이다.
>
> 물론 우리는 친했다. 얼마나 친했는지 말해주겠다. 그들은 나의 총이 돼주었고, 나는 그들이 한 짓을 하게 내버려두었다. 우리는 서로 돕고 서로 감싸주었다. (…)
>
> 정체성을 흉내 낸다는 것, 역할에 몰입한다는 것, 역설이란 이런 것이었다. 나는 전쟁을 보도하러 갔는데 전쟁이 나를 드러냈다. (…) 나는 모든 것을 볼 수 있어야 한다고 미숙하지만 진지하게 믿으며 그곳에 갔다. 내 믿음을 실천하느라 정말 그곳에 갔다는 점에서 진지했고, 그곳에서 내가 무엇을 보고 있었는지 한참 세월이 흐르기 전에는 알지 못했기에 미숙했다.

작품의 어두운 분위기는 최고 사령부의 광대짓 덕분에 누그러진다. 나는 책에서 윌리엄 웨스트모어랜드William Westmoreland 장군의 인터뷰를 읽을 때면 마시던 커피가 튀어나올 정도로 웃곤 한다. 그 장군에게 허를 보낸 것은 마치 위대한 시인 윌리엄 블레이크William Blake를 훈족의 왕 아틸라Attila의 천막으로 보내는 것과 같다. 장군은 허가 잡지 《에스콰이어》 특파원이므로 "'유머' 작품을 쓴다"라고 생각했다.

> 인터뷰를 마치고 나자, 마치 의자를 만지며 "이것은 의자입니다"라고 말하고, 책상을 가리키며 "이것은 책상입니다"라고 말하는 사람과 대화한 기분이었다. 그에게 물어볼 거리를 생각해낼 수 없었다.

'공식적인 군대 말투'를 흉내 내는 허의 능력은 정말 탁월하다. 허는 일단 누군가의 말을 인용하고 나서 현실에서 벗어나 자기 머릿속에서 시점을 빙빙 돌린다. 독자는 그의 비틀린 정신을 통과한 말을 '듣는다'.

글쓴이의 내면은 독자의 고향이며 헬리콥터가 구해주러 오는 곳이다. 독자가 밀림에서의 끔찍한 장면으로 걸어 들어갈 때 관찰력이 뛰어난 화자가 항상 함께 가준다. 작가는 확실한 진실을 갈구하지만 진실을 파악할 수 없기 때문에 계속해서 눈먼 사람처럼 더듬거린다.

지금은 티베트 불교 신자로 충실하게 수행하고 있는 허는 최근 내게 전화로 이런 이야기를 했다. 베트남 전쟁을 겪기 전에는 사람이 자기가 한 행동에 책임져야 하는 줄만 알았지, 눈으로 본 모든 것에 대해서도 책임이 있는 줄은 몰랐다고. 이것을 깨달으면 누군가를 책망하거나 판단하지 않게 된다(이것은 내가 믿는 가톨릭

교의 원죄 개념과도 통한다. 사람은 누구나 똑같다!). "위대한 보살님들은 타인의 고통을 대신 떠맡아 병들고 죽습니다. 그들은 지옥에서 다시 태어나게 해달라고 기도하죠." (여기에서 지옥이란 예수가 십자가에 매달려 죽은 후에 처음으로 갔던 곳이다.)

마이클 허의 작품을 읽으면 인간이 행할 수 있는 잔혹함을 알게 되는 데에서 그치는 것이 아니다. 끈질기게 살아남고 가혹한 현실 앞에서도 패배를 인정하지 않는, 빛나는 고귀함도 엿볼 수 있다. 나라를 위해 죽는 일은 달콤하지도, 숭고하지도 않다. 그러나 지극히 어두운 상황 속에서 밝게 행동한 사람은 어쩌면 가장 값진 용기를 발휘한 것이다. 오로지 '진실'만을 더듬거리고 찾아내려 죽도록 노력한 이만이 보여줄 수 있는 일이다.

내 친구 한 명이 심각한 암에 걸렸다는 진단을 받았다. 그 친구는 『디스패치』를 읽고 기대하지 않았던 위안을 받았다고 말했다. 전화로 그 얘기를 전하자 허는 무척 감동받았다. "그보다 좋은 일은 없죠. 저는 항상 사람들에게 말합니다. '걱정 마세요. 행복하게 끝날 겁니다.'"

2
4

많이 고칠 수 있다면 성공한 것이다

적합한 단어와 거의 적합한 단어의 차이는

번개와 반딧불이의 차이와 같다.

마크 트웨인

출간해도 될 만큼 잘 다듬어진 글을 쓰는 것을 성공이라고 정의한다면, 내가 아는 제대로 된 작가들은 모두 '성공'보다 '실패'할 때가 훨씬 많다. 결국 작가들은 퇴고를 통해 좋은 작품을 얻곤 한다. 예이츠가 마구 고쳐놓은 자필 원고나, 에즈라 파운드가 T. S. 엘리엇의 「황무지The Waste Land」를 칼로 쳐내듯이 편집한 것을 생각해보라. 과감하고 철저하게 검토하지 않았다면 그들의 훌륭한 작품은 빛을 보지 못하고 사라졌을지도 모른다. 나는 평생토록 많은 작가에게 조언을 구해왔는데, 작가들이 모두 언급하는 세 가지 진실이 있다.

1. 글쓰기는 고통스럽다. 초심자, 젊은이, 글의 질에 신경 쓰지 않는 글쟁이들이나 글쓰기를 '재미있어' 한다.

2. 간혹 운이 좋을 때를 제외하면 좋은 작품은 퇴고를 통해서만 얻을 수 있다.

3. 퇴고를 잘하는 작가들은 현대 이전의 문학 작품도 열심히 읽는다. 그러면 역사적 감각을 기를 수 있고 글의 품질을 따지는 기준이 높아진다.

많은 독자가 옛날 말씨로 적힌 작품을 읽는 것을 어려워한다. 나도 어렸을 때 옛날 작품들을 싫어해서 코를 막고 냄새가 고약한 대구 기름을 얼른 삼키듯이 억지로 읽어버리곤 했다. 결국 나는 아주 천천히 읽기 시작했다. 현대에 쓰인 작품들을 먼저 읽고 차츰 더 옛날 작품들을 읽었다. 프랭크 콘로이를 읽는데 딱 한 세대 전인 로버트 그레이브스가 언급되었다. 그레이브스는 새뮤얼 존슨을 언급했다. 그래서 새뮤얼 존슨의 전기를 그의 저작보다 먼저 읽었다. T. S. 엘리엇은 말라르메와 발레리Valéry와 보들레르를 언급했다. 내가 우러러보는 동시대 작가의 작품에서 시작해 시간을 거슬러 올라갔다.

나는 어떻게 하면 작가가 될 수 있는지 늘 궁금했기 때문에 문인들의 전기도 열심히 읽었다. 키츠와 콜리지Coleridge의 전기, 보들레르와 랭보의 전기, 앤 섹스턴의 전기, 로버트 로웰의 전기, 윌리엄 칼로스 윌리엄스William Carlos Williams의 전기 등등. 작가가 살아간 시대를 파악하면 시대의 맥락에서 작가의 문체를 이해하는 데에 도움이 되었다. 작가의 글에 반영된 문학적 경향이나 유행이나 시대의 가치를 살펴보는 것 말이다.

여러 시대의 작품을 읽으면 출판 시장이 요구하는 품질보다 더 높은 기준을 세울 수 있다. 여러 시대의 작품을 읽는 일은 어렵지만 안정감을 준다. 그리고 오랜 기간에 걸쳐 선별된 작품이기에 작품이 더 훌륭하다. 물론 이른바 고전 목록에는 나름대로의 결점이 있다. 최근 들어 그 결점들이 보완되는 목록이 나오고 있다. 아무튼 수백 년이 지나도록 살아남은 작품들은 가치를 인정받았다고 볼 수 있다. 어떤 고전 작품을 최신 경향이나 유행에 편승한 현대 작품과 한번 비교해보라. 역사에 길이 남을 글을 쓰겠다는 포부를 가지면 불공정하고 어리석은 시장의 변덕에 휘둘리지 않아도 된다. 시장에는 사기꾼과 돌팔이가 넘쳐난다.

그러려면 먼저 비판적 자아를 길러야 하는데, 그 과정에서 자의식이 지나치게 강해진다. 내가 가르치는 문예창작 과정에는 자신이 쓴 단어 하나하나를 방어하는 학생들이 있다. 제대로 공부한 학생들은 2년 차 중반에 접어들면 자기 글을 보며 절망에 빠진다. 많이 읽고 많이 생각하면서 자기 능력보다 기준이 훨씬 높아졌기 때문이다. 그래서 자기가 쓴 글과 머릿속에 있는 관념이 서로 격이 맞지 않는 것이다.

이 학생들은 예전처럼 요령을 부릴 수 없다. 이제는 그런 속셈이 빤히 보이는 것이다. 그리고 이들을 강타한 자의식은 무거운 짐이 된다. 큼지막하고 불편한 갑옷을 입고 춤을 추려 하는 것처럼. 그런데 3년째가 되면 대다수가 근육을 키워 갑옷을 입고도 움직일 수 있게 된다. 자의식은 단순히 자기 인식이 된다. 그렇지 않은 학생들은 글을 퇴고하는 행위 자체를 견디지 못한다. 대신에 그들의 글을 이해하지 못하는 사람은 깨어 있지 않았다고 몰아간다.

작가를 곤경에서 구해줄 비밀의 열쇠는 퇴고다. 더구나 자기 능력보다 높은 품질 기준을 지니고 있으면 추구할 목표가 생긴다. 사실 모든 작가에게는 두 가지 자아가 필요하다. 글을 생산하는 자아와 편집하는 자아가 그것이다.

글을 쓰는 자아는 초반에 글자 하나하나를 쾌활하게 써간다. 한두 달이 지나면 성실하고 낙관적으로 이백 쪽을 생산해낸다.

그러면 편집하는 자아가 나타나 원고를 들춰 보고는 말한다. '그래 좋아, 하지만….' 편집하는 자아는 이백 쪽을 삼십 쪽으로 줄인다. 무조건 잘라낸다는 뜻이 아니다. 적은 분량으로 같은 효과를

낼 수 있게 핵심만 남기는 것이다.

편집하는 자아는 독자의 시간을 낭비하지 않고 글을 읽었을 때 강렬한 감정을 경험할 수 있게 하는 데에 주력한다. 그래서 글을 읽으면서 드는 불평과 의심과 의문을 선뜻 잠재우지 못한다.

내 경우에는 글 쓰는 자아를 발동시키는 단계가 무척 어렵다. 하지만 좋은 문장이 거의 나오지 않더라도 굳은 의지로 볼품없는 문장들을 종이에 죽죽 휘갈기곤 한다. 일단 몇 개의 장면을 글로 옮겨놓는 것이 관건이다. 막다른 골목으로 이어질 수도 있는 골목들을 들쑤시며 돌아다녀보는 것이다. 원래 그렇게 하는 것이다.

『리트』를 쓸 때 나는 2년쯤 캘리포니아, 멕시코, 영국에서 보낸 시간과 몇몇 옛 남자친구들에 대한 글을 썼다. 그러다가 수백 쪽에 이르는 그 이야기들에 감정적 깊이와 진중함이 없다는 사실을 깨달았다. 술을 퍼 마시며 시간을 소모하던 시절, 가볍고 편안하고 활기찬 젊은 시절이었다. 겉보기에 덜 반짝여서 이야기를 끌어내기 어려운, 고뇌에 시달리던 때가 아니었다. 그런 데다가 그 이야기들은 어머니와 아무 관계가 없었다. 사실 그때 나는 어머니 이야기를 더는 쓰지 않겠다고 다짐한 터였다. 하지만 놀랍게도 내가 꼭 써야 했던 것은 바로 어머니에 대한 글이었다. 어머니가 남긴 것들과 화해하지 않고는, 내 자녀에게 어머니 역할을 할 수 없었다는 이야기 말이다.

그렇더라도 내가 처음에 썼다가 빼버린 분량도 꼭 필요한 것이었다고 볼 수 있다. 최종 여행 일정을 정하기 전에 반드시 답사해야 했던 장소였다.

일단 써놓은 것 없이 1페이지부터 쓰기 시작할 때는 뭐라도 짜내도록 자신을 다독여야 한다. 그 내용이 나중에 최종 원고에 들어가지 못하더라도. 우리는 뭔가를 쓸 때마다 다음 목표물로 가기 전에 다녀와야 하는 곳으로 갔다가 돌아온다. 그러다 보면 우왕좌왕할지도 모른다. 우울할 때도 있겠지만 꾸준히 억지로라도 써나가야 한다. 자신이 중요하다고 생각하는 주제에 대한 사소한 진실을 말하고, 자신을 성장시킨 뚜렷하고 진실한 기억 속에 자리 잡으려 애써보자.

그런 노력이 효과가 있을 때는 마치 마법에 걸린 것 같다. 과거의 세계가 분명해진다기보다 과거의 내가 되살아난다. 내가 무엇을 느꼈고, 어떤 계획을 세웠고, 누구에게 거짓말했는지 기억난다. 하지만 보통 처음에는 상투적인 문장만 나열된다. 단숨에 멋진 글이 나오지는 않는다.

편집하는 자아가 나타나 원고를 하나하나 뜯어보고 각 장면의 진실을 건져 올리면 좀 더 진전이 있다. 그럴 때 내가 주로 하는 작업은 일반적인 관념을 육체적으로 혹은 극적인 이야기로 나타내는 것이다. 그리고 내가 옳다고 생각하는 것들을 의심해본다.

그런 일이 일어난 것이 확실한가? 그 사람이라면 다르게 기억하고 있을까? 육체적인 언어를 활용하다 보니, 과거의 공간에서 내 몸이 움직이는 모습을 자주 묘사한다.

그러는 내내 나는 스스로에게 물어본다. 이 내용이 진짜 중요한가? 멋지고 똑똑해 보이려고 쓰는 것은 아닌가?

글 다듬는 작업의 마지막 20퍼센트에 내 노력의 95퍼센트를 기울이곤 한다. 전부 퇴고하는 데에 들어가는 노력이다. 솔직히 말해서 내가 발표한 모든 글은 단 한 쪽도 초고와 비슷하지 않다. 시 한 편을 육십 가지 버전으로 다시 쓰기도 했다.

퇴고를 할 때는 장기적으로 호기심을 갖고 접근하는 편이 낫다. 그러면 글을 많이 고쳤다고 해서 자존심이 상하지 않아도 된다. 퇴고 과정은 독자에게 정성을 다하고 작가의 원대한 포부를 펼치는 수단임을 명심하자. 글이 좋은지 나쁜지, 출간되는지 출간에 실패하는지, 호평을 받는지 혹평을 받는지, 그런 결과와 관계없이 글을 쓴다는 것은 추악한 세상에서 아름다움을 기리는 일이다. 그러려면 늘어지고 어수선한 부분을 다시 쓰거나 잘라내면서 우아하고 아름다운 글을 써내야 한다.

너무 높아서 절대 다다를 수 없을 정도로 기준을 높게 설정하면 나 자신이 조금 불쌍하기는 해도 묘하게 자유로운 기분이 든다. 셰익스피어를 내 기준으로 삼으면, 적어도 지저분하고 변덕스러운 출판 시장에 대해서는 걱정하지 않아도 된다. 이상하게도 작업이 잘될 때 내가 쓰는 글은 더 이상 나에 대한 글이 아니다. 자전적 글쓰기를 하고 있을 때도 그렇다.

글쓰기의 퇴고 과정은 다른 예술의 경우보다 안전하다. 가령 회화에서는 가장 좋은 상태에서 덧칠하는 바람에 작품 전체를 망칠 수 있다. 실시간으로 이루어지는 공연은 수정할 수 없다. 하지만 작가는 언제든지 이전에 썼던 원고로 돌아갈 수 있다. 자존심을 지키는 데에 에너지를 쓰기보다 작업하고 있는 글을 얼마나 다양한 형태로 쓸 수 있을지 궁금해하고 시도해보는 것이 낫다.

그러니 지루한 부분을 쳐내는 방법을 배우도록 해라. 요즘에는 어디에서나 글쓰기 교실을 모집한다. 거기에 모인 사람들은 글재주가 아주 출중하지 않더라도 잠재적 독자 역할을 해준다. 메아리가 울려 퍼지는 머릿속의 작은 방보다는 그들이 훨씬 큰 도움이 된다.

G. H. 하디G.H.Hardy의 『어느 수학자의 변명A Mathematician's Apology』은 훌륭한 인생록이다. 말년에 접어든 하디는 수학 연구 능력이 떨어지는 것을 느끼고 자살을 시도했다. 그는 깊은 교감을 나누는 상대 없이 공부만 한 사람이었고, 일요일이면 크리켓 경기를 관람하는 독신의 영국인이었다. 케임브리지에서 함께 일했던 친구 스노우가 병원에 찾아갔다. 하디는 치사량에 가까운 과다 복용 때문에

이 지경이 됐다고 암울하게 자조하고 있었다. 하디의 회고록에 들어간 스노우의 서문을 읽으면 가슴이 미어진다.

> 그가 한쪽 눈에 멍이 든 모습은 희극적이었다. 약을 토하다가 화장실 세면대에 머리를 부딪힌 것이다. (…) 나는 냉소 놀이에 참여해야 했다. 그때만큼 냉소할 기분이 아닌 적도 없었지만, 그럴 수밖에 없었다. 나는 탁월하게 실패한 자살 사례들을 이야기했다. 지난 전쟁에서 독일 장교들은 어떻게 했었지?

하디는 계속 살기로 했다. 스노우는 이렇게 썼다. "하디의 엄중한 지적 금욕주의가 돌아왔다." 하지만 그는 몸이 약해졌고, 쇠약한 노인들이 흔히 그렇듯이 죽을 날만 기다리고 있었다. 우리도 언젠가 그렇게 될 것이다.

하디의 생존은 용기 있는 행동이었다. 때로 작업이 잘되지 않아 낙담하거나 악마 같은 자기 연민이 삶의 저편에서 나를 유혹할 때면(네 작품은 정말 볼품없어. 이 위선자!) 하디의 짧은 책에서 위안을 얻곤 했다. 지루한 줄만 알았던 수학에 대한 책이었지만, 수학에 대한 하디의 열정은 전염성이 강했다.

하디는 책의 마지막에 뭔가를 창조하려는 모든 사람을 위한, 잔인하지만 왠지 모르게 희망적인 자신의 신조를 적어놓았다.

> 나는 '유용한' 일을 한 번도 한 적이 없다. 내가 발견한 모든 것은 직접적이든 간접적이든, 좋든 나쁘든 이 세상에 아무런 실용적 영향을 미치지 않았고 앞으로도 미칠 일이 없을 것이다. (…) 어떤 실용적 잣대로 가늠해보아도 내 수학 연구의 가치는 제로이고, 수학 이외 내 삶의 가치도 어차피 하찮다. (…) 나는 인류의 지식에 내 몫을 조금 보탰고 다른 사람들도 보탤 수 있게 도와주었다. 우리가 보탠 것의 가치는 뛰어난 수학자들이 창조한 이론이나 위대하든 보잘것없든 뭔가 기억할 만한 것을 남긴 예술가들이 창조한 것과 정도의 차이가 있을 뿐, 본질적으로 다르지 않다.

나는 졸업하는 학생들에게 이 글을 나눠주곤 한다. 뭔가를 창조하려고 발버둥 치는 사람은 시장에서 성공하든 못 하든 누구나 거장들과 대화하기 시작했다는 사실을 알려주려고. 우리 모두 같은 무대에 서 있고 우리의 노력은 "정도의 차이가 있을 뿐, 본질적으로 다르지 않다".

펜을 들자마자 우리는 호메로스와 토니 모리슨과 물소를 그린 동굴 화가들을 포함하는, 수천 년 이어진 작가들의 전통에 속하게 된다. 연예인들의 전성시대인 오늘날, 작가를 우러러보는 태도는 식상하다. 학계마저 저자는 죽었다고 부르짖는 판이니. 문학계 시상식에 가보면 작가들은 미국에서 가장 소박한 사람들 같다. 내성적인 바보들이 블라우스에 음식이나 흘리고 어리둥절한 표정으로 셀카를 찍고 있다.

하지만 나는 여전히 작가들을 존경한다. 고단한 삶 속에서 길이 남을 아름다움을 창조해낸 거장들은 물론이고, 나머지 작가들도 진심으로 존경한다. 지독하게 엉망인 한 사람의 삶에서 진실을 끌어내려 애쓰는 용기에 박수를 보낸다. 작가가 남들에게 자신을 드러낸 덕분에 지구에 사는 모든 사람이 덜 외롭다. 다들 뭔가 해보려고 애쓰는 고귀한 몸부림이 감동적이다.

나는 여러분이 자기 기준에 따르면 실패한 수학자인, 소심한 하디에 대해 생각해보기를 바란다. 하디는 아인슈타인Einstein이나 뉴턴Newton만큼 중요한 업적을 남기지 못했다. 나는 그의 수학적 업적이 그가 주장하는 것처럼 사소한지 아닌지 가늠할 능력이 없다. 하지만 그가 대단찮게 여겼던 작은 책은 지금도 어느 작은 출판사에서 계속 출간되고 있고, 수학자가 쓴 회고록 중에서 내가 알기로 가장 널리 읽히고 있다. 책을 읽을 때마다 요정이 내 몸에 마법의 가루를 뿌려주는 기분이다. 아무도 각자의 인생이 어떤 가치를 지니는지 알지 못한다. 저마다 묵묵히 쓰는 글이 세상에 어떤 식으로 보탬이 될지 알지 못한다. 다만 우리가 쓴 글은 우리를 조금씩 변화시키면서 세상에도 변화를 일으키고 있을 것이다.

인생은 어떻게 이야기가 되는가

초판 1쇄 발행 2023년 6월 1일

지은이 메리 카
옮긴이 권예리
펴낸이 김보경

편집 김지혜
마케팅 권순민
디자인 지노디자인 이승욱
제작 한동수

펴낸곳 지와인
출판신고 2018년 10월 11일 제2018-000280호
주소 04015 서울특별시 마포구 포은로 81-1, 에스빌딩 201호
전화 02-6408-9979
팩스 02-6488-9992
이메일 books@jiwain.co.kr

ISBN 979-11-91521-25-2 03800

지은이

메리 카

Mary Karr

미국 시러큐스 대학교 영문과 교수이자 베스트셀러 작가. 텍사스 남동부의 거친 문화에서 자라난 어린 시절의 이야기를 쓴 인생록 『거짓말쟁이들의 클럽The Liars' Club』이 출간 후 1년 넘게 《뉴욕 타임스》 베스트셀러 상위권에 머물고 전미비평가협회상 최종 후보에 오르는 등 전미 대륙에 자전적 글쓰기 열풍을 불러일으켰다. 이어서 쓴 두 권의 책 『체리Cherry』와 『리트Lit』도 연이어 베스트셀러에 올랐을 뿐만 아니라 평단의 수많은 찬사를 받았다. 인생록 작가로서만이 아니라 시인으로서의 명성도 높아, 구겐하임 지원금을 받고 시와 산문으로 각각 푸시카트 문학상을 수상하며 다섯 권의 시집을 출간했다.

메리 카는 작가일 뿐만 아니라 작가들의 선생으로도 유명하다. 그에게서 배운 이들 중에는 셰릴 스트레이드, 키스 게센과 같은 유망한 작가들이 있으며, 훌륭한 교수상을 수상하기도 했다. 『인생은 어떻게 이야기가 되는가The Art of Memoir』는 30여 년 동안 대학에서 작가 지망생들에게 '인생 글쓰기'를 가르친 내용을 바탕으로 하는 책으로, 스티븐 킹의 『유혹하는 글쓰기On Writing』, 앤 라모트의 『쓰기의 감각Bird by Bird』과 함께 작가 지망생들의 필독서로 사랑받아왔다. 모방과 허구의 글쓰기보다 '진실'의 글쓰기를 고집스럽게 추구하라고 요구하는 그의 조언은 현대 사회에서 가장 인기 있는 장르인 자전적 글쓰기의 정수가 무엇인지를 알려줄 것이다.

옮긴이 **권예리**

미국 캘리포니아 대학교에서 물리학을, 서울 대학교에서 약학을 공부했다. 어릴 적부터 글자로 적힌 모든 것을 좋아했고 새로운 언어가 열어주는 세계에 매료되었다. 미국에서 11년간 거주하는 동안 도서관과 서점에서 시간을 보내면서 다양한 분야의 좋은 책을 더 많은 사람에게 소개하고픈 마음을 품었다. 옮긴 책으로 『순수와 비순수』 『기억의 틈』 『심야 이동도서관』 『은밀하고 위대한 식물의 감각법』 『사라진 여성 과학자들』 『수상한 나무들이 보낸 편지』 등이 있으며, 저서로 『이 약 먹어도 될까요』가 있다. 번역하고 글을 쓰면서 동네약국에서 일일약사로 일하고 있다.